读客

读客外国小说文库

激发个人成长

# 针眼

[英] 肯·福莱特 著　胡允桓 译

KEN FOLLETT

EYE of the Needle

江苏凤凰文艺出版社
JIANGSU PHOENIX LITERATURE AND ART PUBLISHING LTD

**图书在版编目（CIP）数据**

针眼 / (英) 肯・福莱特 (Ken Follett) 著 ; 胡允桓译. -- 南京 : 江苏凤凰文艺出版社, 2017.9

书名原文: Eye of The Needle

ISBN 978-7-5594-1074-0

Ⅰ. ①针… Ⅱ. ①肯… ②胡… Ⅲ. ①长篇小说—英国—现代 Ⅳ. ①I561.45

中国版本图书馆CIP数据核字（2017）第217139号

---


图字：10-2012-580号

书　　名　针眼

---

著　　者　（英）肯・福莱特
译　　者　胡允桓
责任编辑　丁小卉　姚　丽
特邀编辑　任俊芳　闵　唯
责任监制　刘　巍　江伟明
策　　划　读客图书
版　　权　读客图书
封面设计　读客图书　021-33608311
出版发行　江苏凤凰文艺出版社
出版社地址　南京市中央路165号，邮编：210009
出版社网址　http://www.jswenyi.com
印　　刷　三河市良远印务有限公司
开　　本　890mm x 1270mm　1/32
印　　张　11.5
字　　数　256千
版　　次　2017年9月第1版　2017年12月第2次印刷
标准书号　ISBN 978-7-5594-1074-0
定　　价　49.00元

如有印刷、装订质量问题，请致电010-85866447（免费更换，邮寄到付）

---

# 序　言

一九四四年初，德国情报机构搜集到的情报表明：在英格兰东南部正在集结一支大军。侦察机拍回的照片显示出营房、机场和沃什湾中停泊着的舰队；有人看见巴顿将军穿着他那双别无分号的粉色马靴遛他的白色哈巴狗；那一地带无线电活动频繁，团队间联络的信号此起彼伏；潜伏在英国境内的德国间谍发回的情报也证实了有大军集结这一回事。

其实那里根本没有军队。军舰是用橡胶和木头伪造的，营房则与电影中的布景没两样；巴顿手下也没有一兵一卒；无线电信号拼凑不出有意思的词句；向德国发回报告的间谍全都是些双料间谍。

这样做的目的是为了欺敌，让敌人误以为盟军要在加来登陆，这样，定于D日[①]进行的诺曼底大反攻，将可令德国人措手不及。

有成千上万的人投入了布置骗局的行动。一个规模如此庞大的骗局竟然能够不走漏一丝风声，着实令人难以置信。如果说希特勒的间谍竟然全被蒙在鼓里，那真是不可思议。

---

① 1944年6月6日。

当时有没有德国间谍事先洞悉盟军的这个骗局呢？战后流传着一个说法，说是英国军情五处早在一九三九年圣诞节前就将所有的德国间谍掌握在手掌心里。但更接近事实的情况似乎应该是：军情五处只掌握了潜伏在英国境内绝大部分德国间谍的动向。

但是只要还有漏网之鱼，哪怕只有一个，那么……

我们知道，德国人看到了在东英吉利亚摆给他们看的假象。我们还知道，他们曾竭尽全力试图弄清真相。

这都是史实。下面的故事纯属杜撰。

尽管如此，我还是相信，当时确实曾发生过与本书情节相近的故事……

肯·福莱特

一九七七年六月

于萨里之坎伯利

德国人差不多全都上了当——只有希特勒猜对了，不过他对自己的预感犹豫不决……

——A.J.P. 泰勒

《英国历史：1914—1945》

# 第一章

## 1

这是四十五年以来最严寒的冬天。英格兰的乡村被大雪阻隔在外，泰晤士河也封冻了起来。有一天，从格拉斯哥到伦敦的火车足足晚了二十四小时才抵达。积雪再加上灯火管制，使开车变成一件分外危险的事。车祸倍增，人们开玩笑说，夜间在皮卡迪利大街开车，比开坦克越过齐格菲防线①还要危险。

后来，春天到来了，天气晴朗了。防空气球在蔚蓝的晴空里随风飘动，威风凛凛；休假的士兵和身着无袖衬衫的姑娘，在伦敦的街头打情骂俏。

伦敦看上去一点也不像一个处于战争状态的国家的首都。迹象自然还是有的，亨利·费伯骑着自行车从滑铁卢车站向海格特返回时，就注意到了那些战时迹象：重要的公共建筑外面都堆放着沙袋；郊区住宅的庭院中修起了安德森式掩体②；到处都是劝

① 1936—1939年德国在其西部边境修建的防御体系，与法国的马奇诺防线对峙。
② 二战时英国流行的波纹铁防空洞，由内务大臣约翰·安德森提倡，由此得名。

导民众疏散到乡间和空袭须知一类的大型告示牌。费伯细心观察着这类迹象——比一个一般的铁路职员要留心和仔细得多。他看到公园中成群的孩子，就得出结论：疏散宣传没有成功。他默数着街上行驶的汽车的数量，暗读着汽车制造商宣布的新型号。他深知夜班工人鱼贯涌进工厂的现象意味着什么，仅仅数月之前，工厂里连白天班都没有足够的工作可干。但更令费伯全神贯注的是，军队沿英国铁路网调动的情形，全部铁路动向的报表都要经过他的办公室，他从这些报表中可以获得相当多的讯息。就拿今天来说，一大堆须经由他加盖橡皮印章的报表使他确信，一支新的远征军正在集结。他敢肯定，那支大军不下十万人马，去向是芬兰。

不错，在伦敦，战争的迹象是有的；但这里也同时存在着一些似乎是在开战争玩笑的景象：广播电台对战时规定的繁文缛节冷嘲热讽；人们在防空洞里举行合唱；时髦女郎把防毒面具放在名牌服饰公司的手提袋里逛街。人们在谈论这场令人生厌的战争时，既夸大其词，又轻描淡写，仿佛在讨论一场电影。所有的空袭警报，毫无例外全是虚惊一场。

费伯对这场战争持不同观点——不过那是当然，因为他是个不同类型的人。

他把自行车骑进了阿奇威路，因为是上坡，他把身体稍向前倾，两条腿不知疲乏地蹬踏着，如同火车头的活塞。就一个三十九岁的人来说，他算是相当健壮。只不过这个年龄是虚报的：为了小心起见，他在大多数事情上都不说实话。

他爬上斜坡，到达海格特时，已经大汗淋漓。他住的房子是伦敦地势最高的建筑物之一，也正是因为这一点，他才选择住在这里。他住的是一栋维多利亚式的砖房，位于一排六栋最后面的一栋。每一栋楼都是三层，外加地下室，那儿有一道专供仆人出入的门——十九世纪英国的中产阶级坚持要开这样一道门，尽管他们并没有仆人。费伯对英国人装腔作势的那一套嗤之以鼻。

六号楼的主人原先是哈罗德·加顿，但他开的那家小公司——加顿茶叶暨咖啡公司——在经济大萧条的年代破了产。以加顿先生的做人准则来说，欠债不还钱乃是一条十恶不赦的大罪，所以他破产后别无选择，只有自杀一途。这栋房子是他留给他太太的唯一遗产，加顿太太也只能靠着收房租度日。她虽然乐于当房东，但按照她所处的社会地位的要求，还是不得不装出一副引以为耻的样子。费伯租下了位于顶层的房间，屋顶有扇天窗。周一至周五他都会住在这里。他告诉加顿太太，周末他要去厄立特陪伴母亲。其实，他在布莱克希斯另外租了个住处。在那儿的女房东的认知里，他叫作贝克先生，是一家文具制造商的流动推销员，一周五天都要在路上奔波。

他蹬车骑上花园的小径，高大的前窗似是在不痛快地皱着眉。他把车子推进木棚，锁到剪草机上——不锁车是违法的。木棚周围箱子里做种子用的马铃薯块正在发芽。加顿太太把她的花园都种了蔬菜，算作为战争出了一份力。

费伯走进房子，把帽子挂到门厅的架子上，洗了洗手，坐下喝茶。

另外三位房客已经在那里进餐了：一个脸上长着粉刺的小伙子来自约克郡，正在设法参军；一个糖果推销员，头发已经花白；还有一个是退休的海军军官，费伯认为他已不啻是个废人。费伯跟他们点头打招呼，然后就座。

推销员正在讲笑话："那名中队长开口说：'你回来得可真早啊！'那位飞行员转过身来说：'是啊，我把那些传单成捆地投了下去，难道不对吗？'于是中队长说：'我的天！那也许会砸伤人的！'"

海军军官咯咯地笑起来，费伯也赔起笑脸。加顿太太端着茶壶走了进来："晚安，费伯先生。我们未能恭候你，希望你别介意。"

费伯在一片全麦面包上涂上薄薄的人造牛油，一时盼着能有一块肥肠。"你种的那些马铃薯可以移植了。"他对她说。

费伯匆匆用过了餐。其他人还在争论着，张伯伦是否该下台而由丘吉尔取代的问题。加顿太太不断发表宏论，并时时瞥着费伯，看他有什么反应，不过费伯却始终置身在争论之外。加顿太太是个脸色红润的女人，稍微有点发福。她跟费伯年纪相仿，却穿了件适合三十岁妇女穿的衣裙，他猜测她想再嫁。

加顿太太打开了收音机。嗡嗡响了一阵之后，便是一个播音员的声音："这是英国广播公司的国内节目《又是那个人》！"

费伯听过这个节目，是讲述一名叫作范夫的德国间谍的广播连续剧。他托故告辞，起身上楼回房间去了。

《又是那个人》节目之后，餐厅里只剩下了加顿太太独自一人：海军军官随推销商去了小酒馆，约克郡来的小伙子本是个虔诚的教徒，去出席一个祈祷会了。她坐在餐厅里，眼前放着一小杯杜松子酒，眼睛望着灯火管制用的窗帘，心里想着费伯先生。她真希望他别老待在自己的房间里。她需要有人陪伴，而他正是她所需要的那种伴侣。

这种念头使她有一种罪恶感。为了平息这种感觉，她便去想加顿先生。种种记忆熟悉而模糊，如同一部老旧的电影，画面有点磨损，声音不清了。是啊，虽然她能轻易想起他在这房间里陪伴她的情况，但要记起他的面貌、他的穿着，或者想象他会在战争爆发当日发表什么样的见解，却实在太难了。他身材矮小，手脚利落，在别人面前他不苟言笑，床笫之间却情意缠绵。她那时是多么爱他啊。这场战争照这样打下去，会有许多女人像她一样单身守寡的。她又给自己斟了一杯酒。

费伯先生是个安静的人——麻烦也就出在这里。看不出他有什么恶习劣迹。他不吸烟，她也从未由他嘴里嗅到过酒气，每天晚上他都关在自己的房间里，听收音机里的古典音乐。他阅读大量的报纸，进行长距离的散步。她推测他相当机灵，虽然位卑职微：他在餐厅中参与谈话时，往往比任何人都显得深思熟虑。要是他想办法，一定能找到一个更好的职位的。他看起来并不想争取机会，去给自己谋个相称的差事。

他的外貌也给人同样的感觉。他是个身材健美的男人：高高的个子、厚实的肩颈，并不算胖，还有一双长长的腿。他有一副坚毅的面孔，高额头、长下巴，明亮湛蓝的眼睛；他称不上帅，不像电影明星，但那张脸对女性颇具魅力。只是那张嘴长得太小，嘴唇也薄，她可以想象他性格冷酷。加顿先生可不是个冷酷的人。

他那条旧西装裤子从来不烫（她倒情愿帮他这个忙，而且会兴致勃勃地去做，可惜他从来没要求过），还老穿一件不像样的雨衣，戴着码头工的平顶帽。他不留胡子，头发两周剪一次，理得短短的。似乎他就想摆出一副不引人注目的样子。

他需要一个女人，这一点是没有疑问的。他需要一个妻子来打扮他，振奋他。而她也需要一个男人来陪伴她和——唉，爱抚她。

然而他却毫无行动。有时她简直沮丧得想放声尖叫。她自信风韵犹存。她又倒了一杯酒，同时照起镜子。她有一张漂亮的脸蛋，满头卷曲的金发，还有引动男人想“掌握”的东西……想到这里，她咯咯地笑了起来。

她啜着酒，考虑着是不是该采取主动。费伯先生有点羞赧，显然是生性如此而并非没有情欲——从那两次他瞅着她身穿睡衣时的眼神，可以看出这一点。或许她可以用自己的大胆放纵来克服他的羞怯。她会有什么损失呢？就假设他拒绝吧。是啊，那会很尴尬——甚至很丢人。那对她的自尊心将是一个打击。但谁又晓得发生过这件事？不过，他倒是不得不搬出去了。

想到可能会遭到拒绝，她就打消了整个念头。她一边慢慢地站起身，一边想，自己根本就不是那种厚脸皮的人。该睡了。如果她在床上再喝上一杯杜松子酒，就会安然入睡了。她拿着酒瓶走上楼去。

她的卧室在费伯先生房间的下面，她脱衣服时听得见他的收音机中播放的小提琴乐曲。她穿上了一件新睡衣——粉红色的，领口绣着花边，可惜没人来欣赏！——倒了最后一杯酒。她想不出费伯先生脱掉衣服会是什么样子。他大概没有小腹，乳头上长着毛，大概还能看得见他的根根肋骨，因为他很瘦。他的屁股可能也很小。她又咯咯笑了起来，心想自己真厚脸皮。

她端着酒杯上了床，拿起她的书，可是实在难以把注意力集中到白纸上的黑字。何况，她对阅读别人的风流韵事也厌烦了。她啜饮着她的杜松子酒，巴不得费伯先生能关掉他的收音机。现在简直像想在茶会跳舞时入睡一样难。

她当然可以请他关掉收音机。她看了一眼床头的钟：已经十点多了。她可以套上那件和睡衣相衬的晨衣，稍稍梳理一下头发，然后穿上拖鞋——式样十分精巧，上面还有玫瑰图案呢——然后就三步并作两步地爬上那一段楼梯，然后嘛，只是轻轻敲一下他的门。他会打开门，大概穿着裤子和背心，这时候他会用看她身穿睡衣走进浴室的那种目光打量她……

“蠢货。”她出声地自言自语，“你不过是找借口到楼上去罢了。”

这时她纳闷自己为什么还需要找借口。她是个成年人，这里又是她的房子，而且整整十年她都没遇到过第二个适合她的男人；她渴望有个强壮、硬朗和多毛的男人压在她的身上，揉搓她的乳房，对着她的耳朵吁吁喘气，用他那双宽大的手掌，分开她的大腿。而且，说不定明天就会有个从德国飞来的毒气炸弹，把他们俩都先毒死，要是今天不有所行动，她可就失去最后一次机会了。

于是她喝光了杯中酒，下了床，穿上她的睡裙，稍稍梳理了一下头发。她拿起备份钥匙，以防他收音机声音太大，听不见她的敲门声，可以自己开门进去。

楼道里没有人。她摸着黑找到了楼梯，正想跨上那级会吱嘎作响的楼梯时，一不小心绊到了松动的地毯边缘，重重地一步踩到了楼梯级上；幸好，似乎没人听见，于是她一路爬上去，轻轻敲响上面的房门。她敲得很轻柔。房门锁着。

收音机声音关小了，费伯先生问道：“谁？”

他字正腔圆：既没有伦敦腔，也不带外省腔——真的，什么口音也没有，就只是一种悦耳的中性的声音。

她说："我能和你说句话吗？"

他像是迟疑了一会儿，然后说："我已经脱衣服了。"

"我也是。"她咯咯笑着，用她的备份钥匙打开了房门。他正站在收音机前面，手中握着一把螺丝起子之类的东西。他下身穿着裤子，上身却什么都没穿，面色苍白，一副吓得要死的表情。

她迈进房间，并在身后关上了门，一时不知说什么才好。突然想起一部美国电影中的一句台词，便说："你肯不肯赏光给一个孤独的女郎买一杯酒？"这么说很蠢，真的，因为她清楚，他房间里没有酒，而她这身打扮也不像是要上街的样子；不过那勾引的意味昭然若揭。

看，出现了她期望之中的效果。他默不作声地向她慢慢走来。他的乳头上果真长着毛。她向前跨了一步，随后他就把她揽在了怀里，她阖上了眼睛，仰起了脸。他吻了她，她在他的搂抱中轻轻扭动着，之后，她便感到背上一下可怕的、难以忍受的刺痛，她张开嘴想叫喊出声音。

他之前就听到了她在楼梯上绊的那一下。如果她再等上一分钟，他就来得及把无线电发报机装回箱子，把密码本放进抽屉，也就不必要置她于死地了。但是没等他藏好证据，已经听到她在用钥匙开锁了，到她打开房门时，那把锥形匕首已经握在了他的手中。

因为她在他怀里轻轻扭动，费伯没能一下子就刺中她的心脏，只好用手指扼住她的喉咙，制止她叫出声来。他又刺了一下，可是她又动了，刀锋扎到了一根肋骨，只在她皮肉上划了一道口子。随后血便涌了出来，他明白干得不够干净利落，只要一刺不中，就会这样的。

现在她挣扎得很厉害，一刀是杀不死了。他还用手封住她的嘴，同时用拇指抠住她的下巴，倒推着她向门撞去。她的头碰到木板门上，发出很响的声音，要是没把收音机的音量关小就好了，可是他又怎么会料到这一步呢？

他在杀她之前犹豫过，因为最好是让她死在床上——这样便于遮掩，他本来已经想妥了——但是他没把握不出声响地做到那一步。他扣紧了她的下巴，把她的头死死抵在门上，抡起锥形匕首，在她的喉咙上扯开了一个大口子。切口不规则，因为那匕首不是把利刃，而且喉咙也不是费伯最熟悉的目标。

他向后一跳，避开喷出的第一股鲜血，然后立即又跨上前去，抓住了她，以免她倒在地板上。他把她拖向床，尽量不看她的脖子，把她放倒了。

他以前杀过人，因此他知道自己杀人后会有什么生理反应。他走到屋角水槽前，等待着。他可以在刮脸用的小镜子里看到自己的脸。他面色苍白，两眼发直，他看着自己，心里想：杀手。随后他就呕吐起来。

吐完之后，他觉得好受了些。现在他可以去工作了。他清楚必须做些什么，甚至在他动手杀她的时候，就已经盘算清楚了。

他洗了脸，刷了牙，清洗了盥洗盆。然后坐到桌前，靠着他的无线电。他看了看笔记本，找到了地方，开始敲击发报键。电文很长，报告的是有关一支军队集结起来开赴芬兰的消息，刚才被打断时，他刚发了一半。电文是用密码写在拍纸簿上的。他把全文发完后，用了“向威廉致意”来代替签名。

他把发报机按部就班地装进一个特制的皮箱里，然后把其余的东西放进另一只箱子里，脱下裤子，用海绵擦去血迹，随后便洗了个澡。

最后他又看了看死尸。

他现在已经能够冷静地看待她了。这是在战时；他与她是敌我双方：如果他没杀死她，她会送了他的命。她始终是个威胁，如今，因为威胁已经解除，他唯一的感觉就只有轻松。她不应该来这里惊吓他的。

不过，最后一件任务实在叫他感到厌恶。他解开她的晨衣，撩起她的睡衣。她穿的是半短内裤。他撕开她的内裤，露出了阴毛。可怜的女人，她不过是想勾引他。但是他没办法做到让她在离开房间之前不看到发报机，而英国政府的宣传又已经使人人都警惕着间谍这回事了。不过说起来，英国人对间谍的疑神疑鬼也着实是荒唐可笑：如果德国情报机构拥有像报纸上推测的那么多间谍，英国早就战败了。

他退后一步，歪着头，看着她。有点什么不大对劲。他设想自己是个色情狂：如果我对尤娜·加顿这样的女人急不可待地要发泄性欲，而且杀了她才得以上手，我下一步该做什么呢?

对！这种色情狂要看她的乳房！费伯俯向尸体，抓住睡衣的吊带，把睡衣一直捋到腰部。加顿太太那对丰乳登时裸露了出来。

法医很快就会发现，她并没有遭到奸污，但费伯认为这无关紧要。他在海德堡听过犯罪学的课程，他清楚，许多强奸都以未遂告终。何况，他并不想作假到那种地步，即使为了祖国，也不想那么过分。他并不是党卫军，有些党卫军会排着队去奸尸的……他不让自己再想下去。

他又洗了次手，然后穿起衣服。已经快半夜了，他要再等上一个小时才离开：晚点走更安全。

他坐下来，静静地思考是怎么出的差错。

毫无疑问是他犯了错误。如果他的伪装完美无缺，他就会绝对安全。如果他绝对完全，就不会有人发现他的秘密。加顿太太发现了他的秘密——或者确切地说，她再多活上几秒钟就会发现了——这就说明他并非绝对安全，就是说他的伪装不够完美，所以说他犯了错误。

他应该在门上装一个插销。宁可让人以为他生性腼腆，也胜过由身穿睡袍的房东太太在夜间用备用钥匙打开房门，悄悄溜进来。

这是表面上的错误。深层的毛病出在他根本不适合扮作单身汉。他深知自己是个颇有魅力的男人，实在找不出理由来说明自己为什么会是单身。他把思路转到设想一种伪装足以解释这点，以断绝加顿太太一类的女人想入非非的念头。

他想从自己的真实身份上获得启发。他自己为什么选择单身呢？答案很简单。那是因为出于职业需要。至于是不是还有更深层的理由，他不想去弄清楚。

今天后半夜他要在露天里度过了，海格特丛林就蛮好。天一亮，他就把箱子寄存到火车站的行李寄存处，明天晚上他就到布莱克希斯的住处去。

他要换成他的第二种身份。他不大担心会被警察抓去，周末在布莱克希斯下榻的那个流动推销员跟杀死这位房东太太的铁路职员判若两人：住在布莱克希斯的推销员奢侈、庸俗、浮华，打着花哨的领带，梳着不同的发型，在酒吧里请人喝酒也毫不吝啬；警察要找的是一名小职员，按照描述，他邋邋遢遢，对呆鹅都不肯吭上一声，后来只因为一时欲火中烧而杀了人。谁也不会对一个身穿条纹毛料西装的帅气推销员怀疑地多看上一眼，他显然属于那种时时都充满了欲望的色鬼，而要女人在他面前裸露出乳房，是用不着他下手去杀她们的。

他需要再准备一种身份——他总是同时保持两种身份。他需要一个新工作，一套新证件——护照、身份证、配给证、出生证明。这要大冒其险了。该死的加顿太太。她干吗不跟往常一样喝完酒就睡觉呢？

午夜一点了。费伯最后看了一圈这间卧室。他不在乎留下什么痕迹——这房子里到处都有他的指纹，但谁都知道，凶手正是一个叫费伯的铁路职员。他也不会因为从此要离开住了两年的住所而伤感，他从没有把这里当成是家。其实，他从来不把任何地方当作家。

他将永远记住这个地方，只因为在这里他学会了要在门上装插销。

他关掉灯，提起箱子，爬下楼梯，走出大门，消失在黑夜中。

## 2

亨利二世是位卓越的国王。在飞机还没有发明出来的年代，他就已经有办法神出鬼没地飞速往返于英法两地，人们认为他自有神助。在一一七三年——至于是在六月抑或九月，这取决于人们接受的是哪一种第二手资料——他抵达英格兰，旋即再次驰往法兰西，其速度之快，当年的作家均无一人弄清真相。后来，历史学家从收支档案上发现了他的开销记录。当时，他的王国正受到他的儿子们在北南两面国界——英格兰边境与法兰西南部上的进攻。但是，他当时出访的目的何在？他去会晤的又是什么人？为什么要神神秘秘的？他又达成了什么目的呢？

一九四〇年夏天，这些问题沉重地压在珀西瓦尔·高德里曼的心头。当时，希特勒的军队正如一把大镰刀似的横扫法国的玉米田，而英国人则溃不成军地从敦刻尔克仓皇撤退。

高德里曼教授比所有在世的人都更熟谙中世纪。他那本论述黑死病的专著，冲破了中世纪研究的陈规，成了畅销书，在此基础上，他把研究转向时代更早也更加棘手的历史时期。

伦敦六月里阳光和煦的一天，中午十二点半，秘书看到高德里曼正俯身在一份有插画的手稿上，吃力地翻译着中世纪的拉丁文，并用他那比手稿还难辨认的字体加着注解。秘书不喜欢这间死气沉沉的手稿室，要进这间屋子，得用许多把钥匙，这里简直像座坟墓。

高德里曼站在放手稿的小台架前，单腿而立，活像一只栖息在枝头上的鸟。在头上一盏聚光灯的照射下，他的脸色苍白，看起来仿佛就是当年在清冷的夜晚埋头编写这部年史的那位修道士的幽灵。女秘书清了清喉咙，希望引起他的注意。她眼睛里看到的，是个五十多岁的小个子男人，肩头浑圆，视力微弱，穿着一套花格呢的西装。她知道，只要把他从中世纪中拖出来，他就又会变回一个十分敏锐的人。她又咳嗽了一声，说："高德里曼教授。"

他抬起眼睛看到了她，微微一笑，这时他不再像是幽灵，倒更像什么人的书呆子父亲。"你好！"他用吃惊的口气说，犹如在撒哈拉大沙漠中跟邻居不期而遇。

"之前您让我提醒您，中午您约了特里上校在萨伏伊酒店用餐。"

"哦，对。"他从背心口袋里取出怀表，看了一眼，"我要是走路去，最好现在就出发。"

她点点头："我已经给您拿来了防毒面具。"

"你想得真周到！"他又笑了笑，她觉得他和蔼可亲。他从她手中接过面具，说，"我要穿大衣吗？"

"今天早晨您没有穿大衣来，天气也挺暖和。要我在您走后把门锁上吗？"

"谢谢，谢谢。"他把笔记本往外套口袋里一塞，就走了出去。

女秘书四下打量了一周，打了个冷战，跟在他身后离开了。

安德鲁·特里上校是个红脸膛的苏格兰人，由于成年累月大量吸烟，身材干瘦，稀疏的金棕色头发上涂着厚厚的发蜡。高德里曼看到他身穿便服，坐在萨伏伊酒店一张靠角落的餐桌旁，面前的烟灰缸里已经有了三个烟蒂。他站起身来跟他握手。

高德里曼说："午安，安德鲁舅舅。"特里是他母亲的小弟弟。

"你好吗，珀西？"

"我正在写一部有关普兰塔日内家族[1]的书。"高德里曼坐了下去。

"你的手稿还放在伦敦吗？真令我吃惊。"

"为什么？"

特里又点燃了一支香烟："为防空袭起见，还是把手稿转移到乡下去吧。"

"非这样做不可吗？"

"国家美术馆的一半藏品都疏散到威尔斯不知什么地方的一个大地洞里去了，年轻的肯尼斯·克拉克[2]动作可比你要快得多。别犹豫了，赶快出发吧。我想，你的学生留下来的也没几个了。"

"这倒是真的，"高德里曼从侍者手中接过菜单，说，"我没什么想喝的。"

特里没有看菜单："说真的，珀西，你还待在城里干吗？"

高德里曼的眼睛似乎明亮了，如同放映机调好焦距后银幕上的

---

① 英国金雀花王朝的王室。

② 肯尼斯·克拉克（Kenneth Clark）时任英国国家美术馆馆长。

形象清晰了，仿佛从他走进来才第一次动脑筋。“疏散儿童是必要的，还有像勃·罗素[1]那样的国家精英。至于我嘛——咳，我走的话，就有点临阵脱逃，让别人代你战斗的味道了。我认为，这并非严格的逻辑之争，而是个情感问题，不是逻辑问题。”

特里因为高德里曼的回答一如他所预期，不禁微微一笑。但他没有继续这个话题，而是看起了菜单来。一会他惊叫：“天哪，有伍尔顿老爷派！”高德里曼咧嘴笑道：“我敢保证，不过是些土豆加蔬菜。”

他们点好菜之后，特里说：“你对我们的新首相有什么看法？”

“那家伙是个蠢驴。不过，照这么说，希特勒更是个笨蛋，只要看看他干了什么就够了。你说呢？”

“我们可以指望温斯顿[2]。他起码是个主战派。”

高德里曼扬起了眉毛。“‘我们’？你又重操旧业了吗？”

“你知道，我从来就没有当真洗手不干。”

“可是你说过——”

“珀西。要是一整个部门的人员都众口一词，说不再为军队工作，你想过后果会是怎样？”

“咳，我真是该死。这一问……”

第一道菜来了。他们打开了一瓶波尔多白葡萄酒。高德里曼吃起焖鲑鱼，陷入忧郁的沉思。

特里终于说：“在想上一次玩命的经历吗？”

高德里曼点点头：“那时候年轻啊，你知道。那日子真可

---

① 著名的哲学家、数学家和文学家。

② 指温斯顿·丘吉尔。

怕。”不过他的口气是怀念的。

“这次战争可一点也不一样喽。我的小伙子们再也用不着像你当年那样跑到敌后去数军营帐篷了。想知道他们什么，只要截听无线电就行了。”

“他们不用密码的吗？”

特里耸耸肩：“密码可以破译的啊。坦白讲，这年头，我们想要知道什么，就可以知道什么。”

高德里曼向四周打量了一下，附近没有人能偷听到他们的谈话。其实，用不着他提醒，特里也知道，漫不经心的谈话可以要他们的命。

特里继续说：“事实上，我的工作重点是确保他们得不到我方的情报。”

他们的下一道菜都是鸡肉馅饼，菜单上没有牛肉。高德里曼缄口不言，而特里却滔滔不绝。

“卡纳里斯是个挺有意思的家伙，你知道。威廉·卡纳里斯海军上校是德国军事情报局的头目。在这次战争开始前，我见过他。他喜欢英国。依我看，他对希特勒没多大好感。我们获悉，他奉命发动一场针对我们的情报战，以便对入侵作好准备——但他没有多少动作。我们在战争爆发的第二天就逮捕了他派驻在英国最出色的间谍，那人现在还关在旺兹沃思监狱。卡纳里斯手下的间谍都是些废物——”

高德里曼说：“我说，老小子，这太过分了！”他又气愤又不解地稍稍有些发抖，“这些全是机密，我不想知道！”

特里安之若素。“你还要点别的吗？”他问道，“我要吃巧克力冰淇淋。”

高德里曼站起身：“我不想吃了。如果你不介意的话，我要回去工作了。”

特里冷冷地抬头看着他：“这个世界等得起你的大作，珀西。亲爱的孩子，外面正在打着一场战争呢。我想要你为我工作。”

高德里曼低头盯了他好长时间：“到底要我做什么呢？”

特里贪婪地一笑：“抓间谍。”

高德里曼一路走着，返回学校，尽管天气晴朗，他却感到郁闷。他将接受特里上校的提议，这是毋庸置疑的。他的国家正处于战争中，这是一场正义之战，如果说上前线，他也许年纪嫌太大，但说到尽一份力，他还不算太老。

但一想到要离开他的工作——要多少年呢？——他就难免感到压抑。他热爱历史，自从十年前妻子去世以后，他就全心投入了中世纪英格兰史的研究。他喜欢揭示奥秘，戳穿谎言、谣言和鬼话。他的新作将是近百年来就此题目所写的最佳论述，即使再过一世纪，恐怕仍将不会有别的作品能望其项背。这件事占据了他的生活已经有那么长的一段时间，要抛弃它，简直难以想象，犹如一个人突然发现自己的父母原来与自己毫无血缘关系一样匪夷所思。

尖利的空袭警报打断了他的思维。他想不去管它，现在很多人都是这样的，何况，离学校只剩下十分钟的路程了。但他知道这一天即使再回到书房也不可能做什么了，便改变心意，匆匆走下一个地铁站去躲空袭。他和成群的伦敦人一起爬下楼梯，踏向污黑的站台。他靠墙站着，盯着一副牛肉汁广告，心想：放弃研究可不是令我闷闷不乐的唯一原因。

重操旧业是让他郁郁寡欢的另一个理由。谍报工作有他喜欢的方面：这是一种重视细枝末节的工作，可以考验人的机智、细致和推理能力。但他厌倦讹诈、出卖、欺骗和亡命的生涯，以及那种总要在背后捅人的勾当。

站台上益发拥挤了。高德里曼趁着自己还有空地就坐了下去，发现自己挨着一个身穿公车司机制服的人。那人笑了笑，说："'夏天已到，赶赴英格兰吧！'知道这是谁说的吗？"

"是'四月已到'才对。"高德里曼纠正他说，"是勃朗宁[1]。"

"我听说是阿道夫·希特勒讲的。"司机回答说，逗得身旁另一位妇女放声大笑起来。司机转过身去问她："你知道疏散人员对农妇是怎么说的吗？"

高德里曼没有注意听他们在聊什么，只自顾自回想起来，在很多年前的一个四月份，自己有多么思念英国。当时他人在德国战线的后方，蹲伏在一株梧桐树上，透过一道法国峡谷的冷雾，向前眺望。即使靠望远镜，依旧只能看到一些模模糊糊的暗影，其余一切都看不见。当他正要从树上下来，再往前走上个一英里[2]左右的时候，不知打从哪儿跑出来三个德国士兵，坐到大树底下，抽起烟来。过了一会儿，他们又取出一副纸牌，打起了扑克。年轻的珀西瓦尔·高德里曼明白，他们是开溜出来摸鱼的。他躲在树上，一动也不敢动。慢慢地，他开始感到肌肉麻木，痉挛得发抖，膀胱也憋得要破了。他掏出左轮枪，对准那三颗凑在一起的头，连开了三枪。三个本来还在笑笑骂骂的人就此一命呜呼。那是高德里曼第一次杀人，而他当时唯一的念头只是：我要撒尿。

---

① 此句诗出自英国诗人罗伯特·勃朗宁（Robert Brown，1812—1889）。

② 英里，英制长度单位，1英里=1760码=1.6093千米。

高德里曼在冰冷的水泥站台上挪动了一下，让往事从记忆中消逝。隧道中吹来一股暖风：一列车进站了。下车的人也各找空位待着，等候警报解除。高德里曼聆听着人们的闲聊。

“你听了丘吉尔那一次的无线电广播吗？我们是在威灵顿公爵府听到的。当时老杰克·桑顿哭了……”

“从我听到的来看，凯茜的儿子待在一个挺像样的家里，还有他自己的仆人呢！我的艾尔菲挤牛奶……”

“菜单上好久没有肉片了，我简直都忘了那是什么滋味啦……幸好葡萄酒委员会赶在战争爆发之前进了两万打的葡萄酒，谢天谢地……”

“唉，婚礼一点不热闹，可是，既然不知道明天会怎么样，又何必等呢？”

“你知道吗，她又怀孕了……是啊，从上次到现在已经十三年了……我想我已经弄清是什么原因造成的了！”

“彼得一直没从敦刻尔克回来……”

那位公车司机给了他一支香烟。高德里曼谢绝了，取出了自己的烟斗。有人唱起歌。

灯火管制员走进来叫嚷
“大妈，放下窗帘——
看看你暴露了目标！”
我们喊道：“没关系。”
哦！布朗妈妈站起身来……

歌声在人群中传开，后来大家都跟着唱了起来，高德里曼也加入了合唱。他心里明白，这只是一个打了败仗的国家，在用歌声掩饰内心的恐惧，如同一个人夜间走过墓地要吹口哨给自己壮胆；他心里也明白，他对伦敦和伦敦人这种突发的钟情不过是一时冲动。他明白，但他并不去管这些，因为这是他那么多年来，第一次感受到同仇敌忾的震撼。他喜欢这一点。

警报解除后，人们仍一路唱着走上台阶，踏上街道。高德里曼找到一个电话亭，给特里上校打了通电话，问他最快什么时候可以开始工作。

## 3

费伯……高德里曼……这两人只是三角关系中的两个角，而最后那一角，则将在未来的某一天，由大卫和露西来完成。但此时，他俩还在乡间的小教堂进行婚礼。这座乡村小教堂古老而优美。石头堆起的围墙围绕着长满野花的墓地。这座教堂从不列颠最后一次遭入侵时就已存在了，差不多已有上千年的历史。中殿的北墙有好几英尺[①]厚，上面只留了两个小窗口。小小的圆拱窗，与其说是为了让上帝的灵光照射进来，不如说是为了让人把箭从里面往外射出去。事实上，当时的地方自卫队早有打算：要

① 英尺，英制长度单位，1英尺=12英寸=0.3048米。

是欧洲大陆上那帮匪类越过英伦海峡，入侵英国，他们就要利用这座教堂进行抵抗。

不过，在一九四〇年的八月份，这里还只有戴着高礼帽的唱诗班的歌唱声，未闻长筒军靴的踏步声——德国人还没有来。阳光透过彩色玻璃射进来，屋顶下回荡着从未被蛀坏的风琴中奏出的乐声。

这是一场欢乐的婚礼。新娘露西一身白婚纱，而她的五个当女傧相的妹妹，都清一色是杏黄色衣裙。新郎大卫身上那套皇家空军飞官的晚礼服崭新笔挺。大家随着《克里蒙德颂》的曲调唱起《诗篇》第二十三篇《耶和华是我的牧者》。

露西的父亲面带得色，任何一个父亲在把自己最美貌的长女嫁给穿军装的英俊小伙子时，都免不了会有这种表情。他是个农场主，但驾驶拖拉机已经是很久以前的事了；如今可把耕地都租出去，用租金豢养赛马。不过，这一年的冬天，他的牧场准备要翻土，播种马铃薯。尽管他确实更像绅士而不像农夫，却依然有着农民那样饱经风吹日晒的皮肤、宽厚的胸脯和粗大的双手。聚在教堂中他这一侧的男人，外形大多与他相仿，人人穿的都是花格呢西服和厚皮靴，没有人穿燕尾服。

几位女傧相也有些相仿的外貌，她们都是村姑。但新娘像她母亲。她的头发是深棕红色，又长又密，润泽光亮，鹅蛋脸上长着一双隔得很开的琥珀色眼睛；当她用清澈的目光直视着牧师，用坚定而嘹亮的嗓音回答“我愿意”的时候，牧师一惊，想到“上帝，她倒是蛮认真的！”做牧师的在婚礼进行中间居然这么想，实在有点古怪。

中殿另一侧的那家人也自有自己的仪表。大卫的父亲是位律师，出于职业的影响，时常紧锁双眉，掩盖着他那开朗的秉性（在上次大战中他是一名陆军少校，当时他认为什么皇家空军啦、空战啦，统统是些转瞬即逝的时髦玩意儿）。不过他家的人都长得不像他，连他的儿子也不像，这位新郎此时正站在圣坛前承诺要爱他的妻子，至死不渝。上帝保佑，可不要让死期来得太早。那一家人全都像大卫的母亲，她现在坐在她丈夫旁边，满头乌发，有着黝黑的肤色和修长的四肢。

大卫是人群中最高的。去年他在剑桥大学打破了跳高纪录。就一个男人来说，他长得太漂亮了一点，若不是那一脸浓密的黑胡须，他的脸孔简直像女孩。他一天要刮两次脸，长着长睫毛，人看起来又聪明（的确如此）又善感（他可不是如此）。

这一切都如诗一般地美好：一对幸福、漂亮的青年，都出身于殷实的英格兰家庭，在不列颠最晴朗的夏季，在一座乡村教堂中结为终生伴侣。

当牧师宣布新郎新娘成为夫妻时，双方的母亲都没有哭，而两位父亲却落了泪。

亲吻新娘是个野蛮的习俗，露西这样想着，又是一张被香槟酒沾湿的中年人的嘴唇凑到她的面颊上。这种习俗可能是从黑暗的中世纪更野蛮的风俗演变而来的，那年代，部落中的所有男人都可以对新娘……

露西早就知道她不会喜欢婚礼的这一部分。她喜欢香槟，但不那么热衷鸡腿和鱼子酱；至于神话、拍照和蜜月玩笑，她也兴趣缺缺。不过现在的情形还算是好的了，要是在和平时期，父亲准要把阿尔伯特会堂租下来办婚礼呢。

到目前为止，已经有九个人说了“但愿你们的一切烦恼都是些小问题”这样了无新意的祝福话。露西握了无数次手，假装没有听到“今晚我可不介意穿上大卫的睡袍”这类粗鄙话。大卫讲了话，感谢露西的父母把女儿给了他，仿佛她是个无生命的物件，被包在白色礼品缎内，送给最值得领受的申请人。露西的父亲讲的话更是俗套得不能再俗套：“我不是失去一个女儿，而是得到了一个儿子。”

一个远房叔叔从酒吧那边摇摇晃晃地冒出来，她把他介绍给她丈夫：“大卫，这是诺曼叔叔。”

诺曼拍打着大卫的瘦手。“喂，我的孩子，你什么时候去执行任务啊？”

“明天，先生。”

“什么，不度蜜月啦？”

“我只有二十四小时的休假。”

“可是，据我猜，你应该是才刚刚结束训练啊。”

“是的，不过我原先就能飞了。我在剑桥学会的。再说，战事这么吃紧，飞行员不敷使用，我期待着明天就上天呢。”

露西悄悄说：“大卫，不要。”但他没理她。

“你飞什么机型？”诺曼叔叔带着小学生的热情说。

“喷火式。我昨天就见到它了。可真是个漂亮的‘风筝’呢。”大卫不出两小时就自觉地学会了皇家空军的全部俚语：“风筝”啦、“柳条筐”啦、“饮料”啦、“匪徒”啦。“它装有八支枪，时速三百五十海里，能在一只鞋盒里转弯呢。”

“了不起，了不起。你们一定打下过德国空军的飞机了，是吧？”

“昨天我们击落了六十架，我们自己损失了十一架。”大卫骄傲地说，如同那些敌机全是他一个人打下来的，“前天，他们跑到了约克郡，我们把他们打得夹着尾巴跑到了挪威——我们自己连一只‘风筝’都没损失！”诺曼带着微醺的激动，抓住了大卫的肩头。他脱口引用说：“‘从来还没有这么多的人对这么少的人欠那么多过。’这是丘吉尔那天说的。”

大卫作出谦虚的微笑：“他大概是在讲伙食方面的问题吧。”

露西不喜欢他们对流血和破坏如此轻描淡写。她说：“大卫，我们现在得去换衣服了。”

他们分乘两辆车到露西家中去。她母亲帮她脱下结婚礼服，说：“亲爱的，我不太清楚你今天晚上会期待什么，不过有些事情你应该要知道——”

“哦，母亲，”露西打断她的话，“你要对我说的事情，足足晚了十年呢。要知道，现在是一九四〇年啦！”

她母亲脸微微地红了。“好极了，亲爱的，”她温和地说，“不过，如果你有什么话想谈，以后……”

在露西看来，说这类事情费了她母亲不少力气，她为自己顶撞式的回答感到懊悔。“谢谢你。”她碰了碰她母亲的手，说，“我会的。”

“那我就听凭你决定了。你要是需要什么，告诉我好了。”母亲吻了露西的面颊，走了出去。

露西坐在梳妆台前，抬手梳头发。她对今天夜里会发生什么事情一清二楚。她回想起来她和大卫的第一次，感到一种昏昏然的兴奋。

那是一次计划周密的引诱，不过在当时，露西并没想到大卫已事先设计好了每一步骤。

那是他俩在舞会上相识一周年后的六月份。那时，他俩已经是每周都见面了，而大卫正和露西的家人一起过他复活节的部分假期。露西的父母对他首肯了：他英俊、聪明，风度翩翩，而且出身于和他们完全相同的社会阶层。父亲认为他有点自以为是，但母亲说，乡绅对大学生这种偏见有了六百年了，她觉得，大卫会好好对他的妻子，而从长远来看，这才是最重要的。于是，露西在六月份到大卫家去度一次周末。

大卫家的住宅是一座维多利亚风格的十八世纪农庄，宅邸呈方形，里面有九间卧室，外面有一个景色优美的平台。让露西印象颇深的是，她意识到规划花园的人十分清楚要在他们死后很久园林才能具有规模。那天气氛相当轻松，他俩在午后斜阳中坐在平台上啜饮着啤酒。就在这时，大卫告诉她，他和大学飞行社其他四个老友已被皇家空军录取，将接受军官训练。他想成为一名战斗机驾驶员。

“我会飞得很好的。”他说，“这场战争一旦打起来，他们会需要人手的。他们说，这次战争的胜败取决于空中。”

“很怕吗？”她悄声说。

“一点不怕。”他说。随后他用一只手遮住双眼，说，“是的，我怕。”

她觉得他很勇敢，并握住了他的手。

过了不久，他们穿上泳衣，下到湖里。湖水清冷，但太阳仍然强烈，空气温和。他们欢快地拍打着水，仿佛已预感到这是他们孩提时代的结束。

“你是游泳好手吗？”他问她。

“比你强。”

“好吧，和你比赛，游到岛上去。”

小岛在三百码开外的湖中心，是一片高高矮矮的树木构成的葱绿。

大卫臂腿颀长，当然是胜利者。露西用自由式游到距小岛还有五十码[①]处，便感到没了力气。她改成了蛙泳，可是已经筋疲力竭，连蛙泳也游不动了，只好转过身来，面朝上漂着，大卫早已坐在岸上，海象似的喷着气，这时又溜回水里，游着去迎她。他游到她身后，用正确的救护方式，拢住她腋下，把她慢慢抱上岸。他的一只手就在她乳房下面。

“我喜欢这样。”他说。她上气不接下气，还是咯咯地笑了。

过了一下，他说：“我想我还是告诉你好了。”

“什么事？”她喘着气。

“这湖只有四英尺深。”

“坏蛋！”她从他怀里挣脱出来，喷着水，哈哈笑着，站住了脚。

他握住她的手，领她走出水，穿过树丛。他指着一株山楂树下面一条翻了过来、已经朽坏的木筏。“我小时候喜欢划这条小船到这里来，身上带着爸爸的烟斗、火柴和纸包着的烟丝，到这儿来抽烟。”

他俩站在被灌木丛密密实实围绕着的一块空地上，脚下的草地干净而松软。露西一屁股坐到了地上。

“咱们慢慢地游回去吧。”大卫说。

① 码，英制长度单位，1码=3英尺=0.9144米。

“先不忙说那个吧。”她回答。

他坐到她身旁，吻着她，随后轻轻向后推着她，直到她仰卧在地。他抚摸着她的臀部，吻着她的脖子，不久她就不再颤抖了。他把一只手轻柔地、紧张地放到她两腿间柔软的隆起部位，她向上拱起下身，愿意他压得更有力些。她把他的脸拉向自己，张开嘴唇，湿湿地吻他。他的双手伸到她泳装的吊带上，从她肩上拉下来。她说：“不要。”

他把脸埋到她的双乳中间。“露西，拜托。”

“不行。”

他看着她：“这可能是我最后一次机会了。”

她从他怀里滚开，并站起身。随后，由于这场战争，由于他那张涨得红红的年轻面孔上苦苦请求的神色，也由于她内心里不肯褪去的激情，她以一个迅疾的动作脱下了她的泳衣，摘下泳帽，让她那头深棕红色的秀发披到肩上，然后跪到他面前，用双手捧起他的脸，引导着他的双唇到她的胸前。

她失去了她的童贞，毫无痛苦而且充满热情，只是稍显太快。

犯罪的滋味不但没有减少，反而增加了这些事情在回忆中的快感。假如那真是一次计划周详的引诱，那么她就可以被称为心甘情愿的牺牲了——尤其是在最后阶段。

那天下午在岛上，她让他吃惊了两次：一次是她要他亲吻她的乳房，之后是她用双手引导着他进入她体内。很显然，看来这种情况在他读过的书里没有出现。而露西则像她的大多数朋友一样，是从劳伦斯[①]的小说中获得性知识的。她相信劳伦斯的铺

① D. H. 劳伦斯（David Herbert Lawrence，1885—1930）：英国作家，代表作为《查泰莱夫人的情人》等。

陈，但不相信他的渲染：他笔下人物之间所做的那回事，看起来挺美的，但应该没有美好到那种地步；她也并不预期在自己第一次的性经验中，会有电闪雷鸣似的震撼。

大卫比起她来对性要更无知一些；但他很绅士，而且能从她的愉快中感受到愉快，她相信这一点很重要。

自从那一次之后，他俩只又有过一次。就在他们举行婚礼刚好一星期之前，他们又做了一次爱，而且由此引起了他们之间第一次口角。

这次是在她父母的家中，在早晨大家都离开之后。他身穿晨衣来到她的卧室，上床躺倒她身边。这一次，大卫的表现差点改变了她对劳伦斯的看法，但完事之后，大卫却立刻起身下了床。

"别走。"她说。

"可能会有人进来的。"

"我宁可冒这个险。回到床上来吧。"她觉得暖暖和和、昏昏沉沉的挺舒服，她想要他躺在她身边，可他却穿上了晨衣。

"我感到紧张。"

"五分钟以前你可没紧张。"她伸手去拉他，"和我躺躺。我想熟悉一下你的身体。"

"我的天，你脸皮可真厚。"

她瞧着他，想弄清楚他是不是在开玩笑，等她明白过来他是当真的，就生气了。"你这话到底是什么意思？"

"你根本不像是……淑女！"

"你居然说这种蠢话——"

"你的行为像是个——个——妓女。"

她气呼呼地赤裸着身体猛地跳下床，那对可爱的乳房上下直颤："你对妓女到底了解到什么程度？"

"一无所知。"

"你对女人又了解到什么程度？"

"我知道一个处女应该有什么举止！"

"我是……我原先是……直到我遇到你……"她坐到床边，一下子哭了起来。

口角当然到此就结束了。大卫伸出双臂拦住她，说："对不起，对不起，对不起。你也是我的第一个，但我却不像你懂那么多，我感到有点困惑……我是说，没人给你讲这方面的任何事情，是吧？"

她抽泣着点点头，表示同意，她突然想到，真正让他心烦的是八天之后就要驾飞机去云层上拼命这件事；于是她便原谅了他，他也擦干了她的眼泪，重新回到床上，紧紧搂抱着互相鼓励。

露西告诉她的朋友乔安娜这次口角，但却把原因说成是大卫嫌她一件衣裙太过暴露。乔安娜说，婚礼前，通常在前一天夜里，小两口总会口角：这是考验他们爱情力量的最后一次机会。

她就要打扮好了，便在穿衣镜中检查了一下自己。她的裙装稍微有点像军装：肩头方方的，还带有着肩章条，不过下面的衬衫是女式的，以便协调。她在绺绺卷发上搭配了一顶扁圆无边的平顶女帽。在这年头，穿得太花枝招展是不恰当的；不过她觉得现在的装束已达到了活泼实用兼具动人的效果。目前，这种朝气蓬勃的样式正在迅速成为时尚。

大卫在大厅里等候着她。他亲吻了她，然后说："你的样子棒极了，罗斯太太。"

他们登车返回招待会，向大家告别，之后要去伦敦，在克拉雷奇旅馆过夜；然后大卫将驱车前往比金山，而露西则回到家中，她将和她父母一起住。

又是半小时的握手和亲吻，然后他俩出门上了汽车。大卫的表兄弟已经把那辆MG敞篷小汽车打点妥当：他们在保险杠绑上了一堆空罐头和一只旧皮靴，在脚踏板上撒满了五彩纸屑，用鲜红的唇膏在车身上涂满了“新婚”字样。

他俩面带微笑，启动了汽车，向车后挤满街道的宾客频频挥手。等开出了一英里后，他们停了下来擦拭车身。

他们重新上路时，天已经暗了下来。大卫的车头灯装上了防控遮光罩，但他依然开得飞快。露西感到十分快乐。

大卫说：“手套箱里有一瓶香槟。”

露西打开箱盒，看到了那瓶香槟和用餐纸仔细包好的两只玻璃杯。天气还很冷，瓶塞随着“砰”的一响，射进夜空。露西倒着酒，大卫点燃了一支香烟。

“我们要赶不上晚饭了。”他说。

“管它呢！”她递给了他一杯酒。

她太累了，不想喝酒，真的。她有点困了。车子开得快得吓人。她让大卫喝了大半瓶香槟。他开始用口哨吹起《圣路易慢四步爵士舞曲》。

在灯光管制下在英格兰驰骋，实在不可思议。人们怀念战前的灯光：村舍前廊和农舍窗口的灯光，大教堂尖顶和小客店招牌上的闪光，以及——最大量的——附近城镇万盏灯火在远处低低的天际闪闪发光。即使一个人能够看得见路，他也瞧不见路标：它们早已全部被拆掉，好让跳伞而至的德国间谍不辨东西（仅仅几天之前，在米德兰，农民们发现了降落伞、无线电和地图；但由于这些东西四周有脚印，所以当局认定，并没有人真的在此降落，整个事件不过是纳粹故布疑阵，试图在居民中间造成恐慌罢了）。不过没有路标也没关系，反正大卫认得去伦敦的路。

他们爬上一道长山坡。小巧的汽车轻捷地上着坡。露西半睁着眼睛，盯着前面的漆黑一片。山的下坡陡峭曲折。露西听到远处一辆车正在接近的轰鸣声。

大卫快速弯来转去，敞篷车的轮胎在地上擦着，吱吱作响。

“我看，你开得太快了。”露西温和地说。

车尾向左打滑。大卫换成低挡，却有些担心如果刹车，会造成再次打滑。避着光的车头灯勉强照出了两侧的隔离墩。前方的道路出现了向右的急转弯，大卫又控制不住后轮了。那条弯道似乎无穷无尽。小汽车滑向一边，转了个一百八十度，往回走了，然后在这个方向上继续打转。

露西尖叫：“大卫！”

月亮突然露出了头，他们看见了那辆卡车，正在蜗牛似的吃力爬上山坡，从鼻子状的引擎罩处喷出浓烟，在月色中一团银白。露西可以看得见司机的面孔，甚至他的布便帽和胡子；还能看到他踏住刹车，吓得大张着嘴。

这时，小车又向前走了。要是大卫能够重新控制住车子，刚好可以擦过卡车。但他猛打方向盘，踩下了油门，这就铸成了大错。

小车和卡车迎面撞在了一起。

# 4

外国有间谍，所以英国也要有个军事情报局。但似乎军事情报局这个名称太直接，所以人们都喜欢用它的简称MI[①]。一九四〇年，MI是陆军部的一部分。当年，这个机构的编制如杂草一样蔓延，变得愈来愈大——这是不足为奇的。MI的各单位以不同的序数来称呼：军情九处经营从战俘营通过欧洲沦陷区抵达中立国的逃亡路线；军情八处监听敌人电台的讯号，其价值抵得上六个团的兵力有余；军情六处则负责向法国派遣特工。

一九四〇年秋，珀西瓦尔·高德里曼教授加入的是军情五处。在一个寒冷的九月的上午，他来到了设在白厅内的陆军部。

在和平时期，军事情报局的人员清一色是军职人员，但这时高德里曼却发现，军事情报局里增加了许多非军职人员，而在军情五处，有一半人都是他的旧识，这使他感到很高兴。他第一天到那里就遇到了好几个熟人：和他同一个俱乐部的律师、和他是大学同学的历史学家、和他在同一所大学里工作的档案管理员以及他最喜爱的侦探小说家。

上午十时，他被带到特里上校的办公室。特里显然已经工作

① 全称是Military Intelligence。

了好几小时：从他字纸篓里扔的两个香烟盒就可以知道。

高德里曼说："现在我该叫你'长官'了吧？"

"这里没那么多啰唆，珀西，叫'安德鲁舅舅'就蛮好。坐下吧。"

特里身上那种精悍利落的劲头，是他们在萨伏伊进午餐时所没有的。高德里曼注意到，他毫无笑容，眼睛总是在办公桌上一叠没读过的电文上瞟来瞟去。

特里看了下他的表，说："我要把情况简单地向你说明一遍，把那天午饭我开了头却没有讲完的事给讲完。"

高德里曼微微一笑："这回我不会再那么趾高气昂了。"

特里又点燃了一支烟。接着，就滔滔不绝地讲了起来：卡纳里斯派到英国的间谍都是些废物（特里讲起这话来的样子，就像他上次跟高德里曼的谈话只是中断了五分钟而不是三个月），多萝西·奥格拉迪就是个例子：她在怀特岛上窃听军用电话时被我们抓住了，她往葡萄牙写信所用的隐形药水在玩具店里都买得到。

九月份卡纳里斯又派出了一批新间谍。他们的任务是侦查英国，为入侵作准备：把适于登陆的海滩、可供运载军队的滑翔机降落的机场，还有道路、坦克陷坑、路障和铁丝网设施等，一一标在地图上。

这批间谍是一些随便挑选、训练欠佳而又装备不良的无用之辈。最典型的例子是九月二、三日两夜到达的那四个人：迈尔、基布姆、庞斯和沃尔德伯格。基布姆和庞斯是黎明时分在海思附近着陆的，他们还在沙丘中拔不出腿、越陷越深时，就被萨玛赛特轻步兵团的二等兵托勒维抓住了。

沃尔德伯格倒是向汉堡发出过一份电文：

安全抵达。文件已毁。距海岸两百公尺处有英军巡逻。海岸上有褐色铁丝网，五十公尺外有铁路枕木。没有地雷。士兵很少。未完成的碉堡。新修的公路。沃尔德伯格。

显然，他根本不知道自己在什么地方，甚至连代号也没有一个。他这份情报质量之差，可以从他对英国法律规定的一无所知上得到佐证：他竟然在早上九点走进一家酒馆，要一夸脱的苹果酒[1]。

（高德里曼听到这里，不禁哈哈大笑，而特里却说："等一等——更可笑的还在后边呢。"）

酒店老板叫他十点再来，还建议他利用这一小时去看看村里的教堂。令人不敢相信的是，他竟然真的在十点整的时候回来了，当场就被两名骑自行车的警察一下子给逮住了。

（"这简直像《又是那个人》的情节了。"高德里曼说。）

迈尔是几小时后被发现的。随后几周里，又有十一名间谍落网。他们大多是踏上英国的土地没出几小时就被捕的，几乎全部被处以绞刑。

（"几乎全部？"高德里曼问。特里说："不错，有两个人被解送到我们的B-I(a)科。一会儿我还要谈到这件事。"）

剩下的在埃里着陆，其中一个是厄恩斯特·韦伯-德罗尔，是个知名的杂技演员，在爱尔兰有两个私生子（他曾以"世界最强

① 当时英国规定早上十点前不得卖酒。

壮的人”的称号在爱尔兰巡回演出过）。他被警备队逮捕，罚款三英镑，然后移交给了我们的B–I(a)科。

另一个叫赫尔曼·戈茨，他跳伞误入北爱尔兰，而没有落到埃里。他遭爱尔兰共和军劫掠之后，身穿皮内衣泅渡了博伊恩河，最后吞服了自杀药片而死。他有一个手电筒，上面标着“德勒斯登[1]制造”。

（“既然抓住这帮笨蛋这么易如反掌，”特里说，“我们又何必请像你这样足智多谋的人来抓他们呢？有两个原因：第一，我们无法知道还有多少间谍我们没抓到；第二，这和我们不处绞刑的那些人有关。B–I(a)科负责的就是这码事。但是为了解清楚，我得回到一九三六年。”）

阿尔弗雷德·乔治·欧文斯是个电子工程师，他任职的公司和政府有几项合约。二十世纪三十年代，他曾数次出访德国，并把在那里搜集的零零散散的技术情报自愿提供给海军部，后来，海军情报处把他介绍给军情六处，军情六处遂把他发展成一名特工。但后来，军情六处截获了他发给一个已知的德国伪装地址的一封信，发现他差不多在同一时间也被德国情报机构吸收。显然，他是毫无气节的人，一心想当间谍。我们给他的代号是“雪”，德方则叫他“约翰尼”。

一九三九年一月，“雪”收到了德方的一封信，内容有：（1）一台无线电发报机的使用说明；（2）一张维多利亚火车站行李寄存处的存单。

战争爆发的第二天，我们就逮捕了他，他和他的发报机（装

① 德勒斯登是德国的城市。

在一只皮箱里，他向寄存处出示了存单，便取了出来）被扣在旺兹沃思监狱。我们要他继续用发报机和汉堡方面联系，但他发出的全部情报都是由B-I(a)科拟就的。

德国情报机构要他与潜伏在英国的两名德国间谍联系，我们立即逮捕了那两个人。他们还给了他一套密码和无线电通讯的详细程序，这些都是无价之宝。

继“雪”之后，德国又派遣了“查理”“彩虹”“夏天”“饼干”等一批间谍，他们都与卡纳里斯保持经常联系，并显然得到他的信赖，其实他们都在英国反谍报机构的完全掌握之下。

这时，军情五处依稀瞥见一个可畏又诱人的前景：如果走运的话，他们可以控制并操作德国人在英国的整个间谍网。

“把间谍变成双重间谍而不绞死他们，有两大好处，”特里回到要点上，“由于敌方认为他们的间谍还在活动，就不会派其他间谍来取代他们。透过他们向德方发回的假情报，我们就能蒙骗敌方并误导他们的战略家。”

“恐怕不那么容易。”高德里曼说。

“当然不容易。”特里打开一扇窗子，让房间里香烟和烟斗的雾散出去。”要干，就要干得彻底，这儿要是真的留下几个没被发现的间谍，他们的情报就会与双重间谍送出的假情报相抵触，德国情报机构就会嗅出味道来。”

“听起来很激动人心。”高德里曼说。他的烟斗熄灭了。

特里笑了，这还是他在那天早上第一次露出笑脸。“这儿的人会对你说，这差事很苦——工作时间长，高度紧张，经常受挫——不过，却肯定是激动人心的。”他看了看手表，“现在我要你见见我的一个十分机灵的年轻部下。我陪你到他的办公室去吧。”

他们走出房间，上了几级台阶，穿过好几道走廊。“他叫弗雷德里克·布劳格斯，你要是拿他的姓氏开玩笑，他会恼火的[①]。”特里继续说，“我们是从苏格兰场[②]把他挖过来的——他原是那里的一名特警。如果你需要助手，就用他好了。你的官阶比他高，不过，我们这儿不太讲究这一套。我想这一点你用不着我来提醒。”

他们进了一间光秃秃的小屋子，窗外面对着一面空白的墙。房间里没铺地毯。墙上挂着一帧美女的玉照，帽架上吊着一副手铐。

特里介绍说：“这位是弗雷德里克·布劳格斯，这位是珀西瓦尔·高德里曼。剩下的你们自己谈吧。”

办公桌后面坐着的那个人金发碧眼，矮小结实——高德里曼心想，他的身高大概勉强刚够当警察的资格。他的领带十分刺眼，但是面孔和颜悦色，笑容很动人，握手时也很有力。

他说：“珀西，我正要赶回家吃午饭，你为什么不和我一起去呢？我太太做的香肠和马铃薯条味道不错。”他有浓重的伦敦土腔。

香肠和马铃薯不是高德里曼爱吃的饭食，但他还是去了。他们走到特拉法加广场，坐上一辆开往豪克斯顿的公共汽车。布劳格斯说：“我娶了一位很好的太太，但她做菜不大行，我每天都只能吃香肠和马铃薯条。”

伦敦东区仍然因为昨天夜里的空袭而烟雾弥漫。一群群的消

---

① 该姓与”醉鬼、笨蛋”一词音近。

② 英国人对伦敦警察厅的称呼，这个名字源于1929年，当时的伦敦警察厅总部所在地位于白厅广场4号，后门正对苏格兰场大街。

防队员和志愿人员正在挖掘着瓦砾堆，向余烬上浇水，清理着街道。他俩走过他们身边，看到一个老年人正抱着一套贵重的收音机，从一栋几成废墟的住宅中出来。

高德里曼搭讪着：“看来我们要一起抓间谍了。”

“我们试试看吧，珀西。”

布劳格斯的家是有三间卧室的半栋住宅，那条街上清一色都是这种把一栋房子隔成两家的建筑，小小的前庭花园全都种了蔬菜。布劳格斯太太就是他办公室墙上照片中的那个美女，名叫克里斯琴。她面带倦容。布劳格斯说：“空袭时她开救护车去了，是吧，亲爱的？”他颇以他太太为傲。

她说：“每天早晨我回家来，都不知道这栋房子还在不在。”

“你注意到了吧，她担心的是房子，而不是我。”布劳格斯说。

高德里曼从壁炉台上的礼品盒中拿起一枚奖章，问道：“你怎么得到这个的？”

克里斯琴回答说：“他从一个邮局抢匪的手中夺下了一支滑膛枪。”

“你们可真是一对。”高德里曼说。

“你结婚了吗，珀西？”布劳格斯问。

“我是鳏夫。”

“对不起。”

“我太太一九三〇年死于肺病。我们没有孩子。”

“我们也还没有呢。”布劳格斯说，“世道这么乱，要孩子不是时候。”

克里斯琴说：“哦，弗雷德，人家对这不感兴趣！”接着便走出客厅，到厨房去了。

他们围坐在客厅中央一张方桌四周吃饭。高德里曼很为这对夫妻和那种家庭的温馨所触动，不由得想起了亡妻埃莉诺。这有点不寻常，这么多年来他已经不太伤感了。或许哪根神经终于又活跃起来了，战争总是会引发一些可笑的事。

克里斯琴的烹饪技术确实不高明，香肠煎焦了。布劳格斯把香肠泡到番茄汁里，高德里曼也愉快地照样吃着。

他们返回白厅之后，布劳格斯将档案拿给高德里曼看，里面都是些据认为仍在英国活动却尚未查明的间谍。

有关这些人的资料有三个来源。

第一是内政部的移民等级。长期以来，护照监控始终是军事情报局的一件利器——自从上次世界大战之后，他们就掌握了一份进入英国但尚未离境、又没有死亡或者加入英国国籍的外国人的名单。这次战争一爆发，这些人都受到了特别法庭的审理，被甄别为三种类型。起初，只有A类侨民受到拘留，但到一九四〇年七月，舰队街[①]制造了耸人听闻的舆论之后，B类及C类的人的行动也受到了限制。有少数移民下落不明，将他们当中的部分人假定为间谍是合情合理的。

他们的档案在布劳格斯的案卷里。

第二个来源是无线电台发报。军情八处的C科每天夜里都在扫描天空电波，把他们无法肯定是自己一方的电文记录下来，转给政府密码学校。该校原先坐落于伦敦的伯克利大街，不久前迁往

① 舰队街为伦敦新闻报社的聚集地，常用来代指报刊。

布利奇雷公园的一栋乡间别墅。事实上，这个机构根本不是什么学校，而是由国际象棋冠军、音乐家、数学家和填字游戏的爱好者组成的一个集团。军情八处相信，密码既然是人编写的，也就能由人破译。发自英国本土又不属于本国军警的无线电讯号，都被认定是间谍所发。

这些破译的电文也在布劳格斯的案卷里。

第三个可以追踪潜伏间谍的线索来源是那些双重间谍。但他们的价值实际上不如预期的那么大。德国情报机构发他们的电文提及过一些新派遣的特工的名字，还暴露了一名常驻间谍——伯恩茅斯的玛蒂尔达·克拉夫特太太。她曾经给“雪”汇过钱，后来当局将她逮捕，关押在豪格威监狱。但双重间谍无法揭露对秘密谍报机构最有价值、悄悄潜伏并作用极大的职业间谍的身份和地点。这样的间谍必然存在，一些线索证实了这一点：比如，有人从德国给“雪”带来了无线电发报机，放到维多利亚火车站的寄存处，让他去取。但德国情报机构和这些间谍本人都十分小心，双重间谍抓不到他们的踪迹。

这些线索也在布劳格斯的案卷里。

其他来源也在开发：无线电专家正在努力改进定位无线电发报地点的三角测量法；而军情六处也在设法重建在希特勒军队进攻的高潮中遭到破坏的欧洲特工网。

无论是什么片语只字的情报，布劳格斯的档案柜里全都有。

“不时会有些令人恼火的情况。”他对高德里曼说，“看看这个。”

他从档案中取出了一份有关英国派遣远征军赴芬兰的计划的长电文。“这是今年年初截获的。情报准确无误。我们正想测定他的方位时，他的发报却突然中断了，看不出明显的原因——或许他被迫停止了。几分钟之后他又继续发报，但没等我们的小伙子找到他，他的电波就又在空中消失了。”

高德里曼说：“这是什么——‘向威廉致意’？”

“恩，这很重要，”布劳格斯说。他兴奋起来了，“这是另一篇电文的记录，就是最近的。瞧——‘向威廉致意’。这次有个回电，称他为‘针’。”

“针。”

“这家伙是个行家。看看这段电文：简单扼要，但详细明确。”

高德里曼研究着第二段电文。“看来是关于空袭效果的评估。”

“他显然在东区打转。一个行家，一个行家。”

“关于这个‘针’我们还知道些什么？”

布劳格斯那种年轻人满腔热情的表情一下子不见了：“恐怕就这么些了。”

“他的代号叫‘针’，所以‘向威廉致意’结束电文，而且他还掌握着标准的情报——就是这些了吧？”

“恐怕是。”

高德里曼坐到办公桌边上，向窗外凝视着。对面建筑物的墙上，在一扇华丽的窗下，他看到了一个家雀窝：“在这种情况下，我们有多少机会抓到他呢？”

布劳格斯耸了耸肩，答道：“在这种情况下，毫无可能。”

## 5

“荒凉”这个字眼正是为这种地方创造的。

这是阴郁地突兀于北海的一座J形石岛。从地图上看，如同一根折断了的手杖：其弯曲的杖头朝着阿伯丁，而折口处有如锯齿般的杖身，则气汹汹地指向远方的丹麦。全岛长十英里。

沿岛的海岸多是耸立于冰冷海面之上的悬崖峭壁，没有半处适宜遨游的海滩。海浪为这种粗暴所激怒，凶猛地扑打着岩石。但小岛千百年来已习惯于这种暴戾，傲然挺立，不予理睬。

J形石岛内环中的海面比较平静。浪潮把大量的泥沙、海草、浮木、泡沫和贝壳抛到岸上，日积月累之后，居然在崖壁的脚下和海水之间，形成了一片月牙形的地面——一片多少可算作海滩的地段。

每逢夏季，崖顶上生长的植物就把不多的种子撒到海滩上，犹如一个富人把几个小钱扔给乞丐。如果冬季还算暖和、春天又早早到来的话，一些种子就会勉强生根，但其生命力绝支持不到开花结果的程度，因此，海滩年复一年地只有靠施舍度日。

在小岛上，由于峭壁阻隔了海水的侵蚀，土地上生长繁殖出了绿色植物。大多是野草，仅够喂养几只瘦骨嶙峋的羊，但足以把表土固定在岩基上。此外还有些灌木，全都是荆棘，为野兔提供了家园；小岛东端的背风坡上则挺立着一片傲岸的针叶树。

高地是石南的天下。那个人——是啊，岛上住着一个人——那个人每隔几年就会放一把火，烧掉石南，让野草得以生长，绵羊也就可以在这儿放牧了；但是过上两年，石南又会卷土重来（天晓得来自什么地方！），把羊群逼得节节后退，直到又一把火把它们烧光为止。岛上的野兔是本来就有的，而绵羊则是人带来的。那个人所以在这里，是要放养羊群；鸟类在此栖息，是因为它们喜欢这座小岛。鸟的数量成千上万；有长脚的崖鹨，它们翱翔时啁啾而鸣，俯冲时——宛如喷火式战斗机扑向天际的麦塞施米特[①]——又会噼啪作响；有秧鸡；那个人虽然很少见到，却知道它们的存在，因为他总是被它们的鸣叫吵得夜不能寐；有渡鸦、食腐肉的乌鸦、三趾鸥和遮天盖地的海鸥；还有一对鹫，那个人一见到它们，就开枪打，因为无论来自爱丁堡的博物学家和专家们怎么对他解释，他就是知道，这对鹫不只吃死羊的肉，也捕食活羊羔。

风是岛上的常客，大多数来自东北方向。它时常带来雪雨和寒雾这样一些不受欢迎的礼物；有时虽然是空手而来，却狂呼怒吼，把灌木连根拔起，把树木吹弯了腰，把咆哮的大海掀起阵阵卷着泡沫的怒涛。风无止境地吹着，这显然是失策的。如果它突然来访，就会让小岛措手不及，从而造成某种真正的灾难；但由于它几乎总是在这里，小岛就学会了在风中生存。植物把根扎得深深的，野兔藏身在灌木丛的深处，树木生来已经把腰弯好，准备接受狂风的鞭笞，鸟类则把巢筑在突岩的隐蔽处，而人深知狂

① 两者都是二战时期的战斗机名，喷火式（Spitfire）为英军的战斗机，麦塞施米特（Messerschmidt）则是德军的战斗机。

风的肆虐，颇有匠心地把住房建得矮小坚实。

这栋房屋是由大块的黑色石头和石板建造的，颜色与大海相同。窗子很小，门镶得很紧，烟囱是松木的。房屋耸立在岛东端的山顶上，靠近“手杖”的断根处。它顶风冒雨屹立山巅，并非为了炫耀，而是便于那人俯视羊群。

十英里之外，横跨全岛的另一端，在多少算作海滩的附近，还有另一栋十分相似的房屋；但这边没有住人。这里原先还有另一个人，他自以为自己比这座小岛本身更了解这里的自然条件，以为自己有办法在这里种植燕麦和马铃薯，饲养几头乳牛。他与狂风、严寒和瘠土斗了三年，最后认输了。他走了之后，再没人想住在这里了。

这是个艰苦的地方，只有坚挺的东西才可以在这里存活：坚硬的石头、坚韧的野草、坚毅的鸟类、坚牢的房屋和坚强的人。坚硬和冰冷的东西、严酷和尖利的东西、粗壮坚定和缓慢移动东西，以及和岛屿本身一样冰冷、生硬和无情的东西。

“荒凉”这个字眼正是为这种地方创造的。

“这儿叫风暴岛。”阿尔弗雷德·罗斯说，“我想你会喜欢这地方的。”

大卫和露西·罗斯坐在渔艇的船头，眺望着波涛滚滚的海面。这是一个晴朗的十一月的日子：空气清冷、微风拂面、天高气爽，微弱的阳光照射着粼粼的海水。

“我是一九二六年买下这座岛的。”罗斯老爹继续说，“当时我们以为会有一场共产革命，需要有个地方避难，这儿是个疗养的好地方。”

露西觉得他热心得令人生疑，但还是承认这里确实可爱：清风不断，一切都自然而新鲜。而且搬到这里来也是明智的——他们必须离开双方的父母，开始婚后的新生活。大卫的父亲这时才说出来，他在苏格兰海岸边拥有一座小岛，这消息好得难以置信。

“那些羊也是我的，”罗斯老爹说，“每年春天，剪羊毛的人就到岛上来，羊毛的收入刚好与汤姆·麦卡维蒂的工资相抵。老汤姆就是那儿的牧羊人。”

“他多大年纪了？”露西问。

“他该有——哦，老天，七十岁了吧？”

“我猜他应该是个脾气古怪的人。”小船转进海湾，露西看到小码头上有两个小身影：一个人和一条狗。

“脾气古怪？要是你独自一个人生活二十年，也会和他差不多了。他只能和他的狗说话。”

露西转向小船的水手：“你多久上岛一次？”

“两周一次，太太。我给汤姆送来他买的东西，数量不大，还有他的邮件——数量就更少了。每隔一周的星期一，你只要把购物单给我，如果在阿伯丁买得到，我就给你捎回来。”

他关闭了引擎，把一根缆索抛给汤姆。那条狗吠叫着，转着圈跑，兴奋不已。露西单脚蹬在船舷上，一跃跨到码头上。

汤姆握住了她的手。他的脸如皮革般粗糙，嘴里叼着一个带盖的石南根大烟斗，个子比她矮，肩宽胸厚，看起来健康得滑稽。他穿着一件花呢外套，上面的毛是她所见过的衣料中最长的，里面的毛衣大概是由什么地方的老姐姐手工织成，头上戴的是花格呢便帽，脚下蹬着的是军用皮靴。他的鼻子又长又红，上面布满血丝。“很高兴看到你。”他彬彬有礼地说，似乎她是他今天第九位客人，而不是两周来见到的第一张面孔。

“给你，汤姆。”水手说着，从船上拿起两个硬纸箱递给他，“这次没有鸡蛋，不过有一封德文郡来的信。”

“那准是我侄女写的。”

露西心想：那件毛衣大概也是她织的。

大卫还在船里。水手站到他身后，问：“准备好了吗？”

汤姆和罗斯老爹也弯腰下船去帮忙，三个人把坐在轮椅里的大卫抬到了码头上。

“如果我现在不走，就得等上两星期，下一班船来的时候才能走了。”罗斯老爹微笑着说，“你们会看到房子已经修缮一新，东西全都安置在里面了。汤姆会一一指给你们看的。”他吻了露西的面颊，拥抱了大卫的肩膀，又和汤姆握了手，“在一起好好休息几个月，完全恢复健康后就回来，重要的战争工作还在等着你们俩呢。”

露西深知，他们不会回去的，至少到战争结束之前要一直待在这里。不过她并没有对任何人讲过这件事。

父亲回到了船上。渔船兜了个小弯，掉头走了。露西挥着手，直到小船消失在海岬后面。

汤姆推着轮椅，露西提着他那些七零八碎的行李。从码头的陆地边到崖顶，是一条又长又陡的窄坡路。推轮椅的人换成是露西，绝难自己把它推上去，但汤姆看起来毫不费力。

小屋舍看来美轮美奂。

那是一幢小巧的灰色房屋，旁边有座可资挡风的小土丘。房子的门窗都刚刚油漆过，石阶旁长着大丛的野玫瑰。从烟囱里冒出的缕缕炊烟随风散开，小小的窗子俯视着海湾。

露西说：“我喜欢这栋房子！”

室内经过油漆粉刷，又打扫过，通过风，石头地板上铺着厚厚的地毯。里面有四个房间：楼下是一间现代化的厨房和一间有石砌壁炉的客厅，楼上是两间卧室。房子的一端认真地改建了，装配了时新的管道，楼上是浴室，楼下是厨房的延伸。

他们的衣服全放在衣橱里，浴室里挂着毛巾，厨房里摆着饭菜。

汤姆说：“仓库里有些东西，我要给你们看。”

其实那只是间棚屋，而不是什么仓库，它隐在房舍的背后，里面有一辆闪闪发光的崭新吉普车。

“罗斯先生说，这辆车已经专为小罗斯先生改装过。”汤姆说，“上面装有自动排挡、手控油门和手动刹车。他就是这么说的。”他像鹦鹉学舌似的重复着那几个名词，看来他对什么是排挡、油门和刹车一窍不通。

露西说：“车子棒极了，是吧，大卫？”

“棒得没话说。不过我开着车又能往哪儿去呢？”

汤姆说：“欢迎你随时到我那儿去，抽抽烟斗，喝上一杯威士忌。我一直盼着能再有个邻居呢。”

“谢谢你。”露西说。

“这是一台发电机。”汤姆转过身来，指着说，“我也有一台，一模一样的。汽油加在这儿，发的是交流电。”

大卫说：“这可不寻常，小型发电机一般都是直流的。”

“唉，我也搞不清楚有什么不同，不过他们告诉我，这种更安全。”

“一点也不错。给交流电电到了，人会被摔到屋子那头，不过，要是给直流电电到，就连命都会没有了。”

他们回到房舍里。汤姆说：“好啦，你们需要安顿一下，我也要照看羊群了，咱们就道再见吧。哦！差一点忘了告诉你们了：遇到紧急情况，我可以用无线电和陆上联系。”

大卫惊讶地问：“你有一台无线电发报机？”

“唔，”汤姆骄傲地说，“我是皇家观察队的敌机观察员。”

“观察到什么敌机了吗？”大卫问。

露西对大卫语气中的讽刺意味，掠过一丝不满，但汤姆似乎并没有注意到。“还没有呢。”他回答说。

大卫说：“太棒了。”

汤姆走了之后，露西说：“他不过是想尽他的一份力量。”

“我们有很多人都想尽自己的一份力量呢。”大卫苦涩地说。露西反应过来，这正是症结所在。她撇下这个话题，推着她双腿残疾的丈夫进入新居。

当初，当露西被医院的心理学家找去时，她满以为一定是大卫的脑部在车祸中受了伤。结果不是。“他的头部没什么问题，只有左太阳穴上有一块较严重的瘀伤。”那位心理学家说，“不过，现在很难预测，失去双腿会给他的心理带来何种影响。他是不是很想当一名飞行员？”

露西想了想：“虽然他有点胆怯，不过我认为他是渴望着当飞行员的。”

“嗯，他需要你能给予他的所有支持和慰藉，还要有耐心。我们可以预见的一件事是，在一段时间内他会有埋怨情绪，爱发脾气。他需要疼爱和休息。”

然而，在他们上岛的最初几个月里，他似乎一无所求。他没有和她同床，或许因为他想等到伤口彻底愈合。但他并没有休息。他投身到饲养绵羊的工作之中，驾着吉普车，车后座上放着轮椅，跑遍了全岛。他沿着不牢靠的悬崖边竖起篱笆，用枪射鹫，帮助汤姆焚烧石南，还驯服了一条新狗——因为原来那条叫“贝特西”的老狗的眼睛开始看不见了；春天时，他每夜都要出去接生羔羊。一天，他把汤姆住屋附近的一株高大的老松树伐倒了，之后又花了两个星期削掉树枝，砍成一段段圆木，运回家中当木柴。他津津有味地干着艰苦的体力劳动，学会了把自己牢牢地绑在轮椅上，以便在挥舞斧头或大锤时，让身体得以保持稳定。他刻了一对哑铃，在汤姆找不到活儿让他干时，一练就是几个小时。他的两臂和背部的肌肉锻炼得十分发达，可与健美比赛冠军相比。

他直截了当地拒绝做洗碗、做饭或打扫这些家务事。

露西没有不高兴。她本来担心大卫可能会终日坐在火炉旁，愁眉苦脸地自怨自艾。他那种拼命干活的劲头也让人有点担心，不过至少日子过得不那么无聊。

圣诞节那天，她对他讲了怀孕的事。

那天上午，她送给了他一把燃油发动的锯子，他送给了她一匹丝绸。汤姆过来吃晚饭，他们吃了他打下的一只大雁。喝完茶之后，大卫开车送牧羊人回去，他返回家时，露西打开了一瓶白兰地。

这时她说：“我还有另外一件礼物给你，不过，在这五月份之前你无法打开。”

他哈哈大笑："你到底在说什么？我才出去一阵，你又喝了多少白兰地了？"

"我怀孕了。"

他瞪着她，脸上笑意全消："好心的上帝，我们他妈的就缺这个了。"

"大卫！"

"好啦，看在上帝的份上……见鬼，什么时候怀上的？"

"这不难推算出来，是吧？"她凄苦地说，"准是婚礼前一个星期。那次车祸中居然把胎保了下来，真是奇迹。"

"你去找过医生吗？"

"嗯——我什么时候去过了？"

"那你怎么敢肯定呢？"

"哦，大卫，别这么烦。我敢肯定是因为我的月经已经停了，乳房胀痛，早上恶心呕吐，腰围也比原先大了四英寸[①]，你只要好好看看我，你就会肯定了。"

"好吧。"

"你是怎么搞的？你该兴奋才是啊！"

"哦，是啊。也许我们会有个儿子，到时候我可以带他去散步，和他踢足球，而他长大了则会想像他父亲那样当个战争英雄，一个没有腿的倒霉的笑柄。"

"哦，大卫，大卫。"她悄声叫着，跪在他轮椅的前面，"大卫，别那么想。他会尊敬你的。他会佩服你，因为你振作精神，重新生活了；因为你在轮椅上可以做两个男人的工作，因为

① 英寸，英制长度单位，1英寸=2.5400厘米。

你以勇气和乐观挺住了你的残疾。”

“别他妈的这么纡尊降贵吧。”他勃然大怒，“听起来你倒像个伪善的教士。”

她站起身：“好啦，用不着这样，好像都是我的不是。你知道，男人也是可以采取预防措施的。”

“在灯火管制时，对看不见的卡车，要怎么采取预防措施！”

这是个愚蠢而软弱的借口，他们俩全清楚，因此露西没有再说什么。过圣诞节的整套想法一下子全泡汤了：墙上的彩色纸屑、屋角的圣诞树，还有厨房里没吃完的大雁——这一切全都与她的生活无关了。她开始想不通了：和一个看来并不爱她，有了孩子也不想要的男人一起，在这样一座荒岛上做什么呢？她干吗不……随后她意识到她没有别的地方可去，没有别的和她生活有关的事情可做，除了当大卫·罗斯太太，没有别的身份可以充当。

最后，大卫说：“好啦，我要上床了。”他摇着轮椅到了客厅，自己拖着出了轮椅，倒着一步一退地上了楼梯。她听见他擦着地板进了房间，听见他爬上床时，床头吱嘎作响，听见他脱了衣服扔到屋角，随后听到他躺下去，把毯子拉起盖到睡衣上，最后床垫的弹簧呻吟了一声。

但她仍然不会哭。

她看着白兰地酒瓶，心想：如果我把酒全都喝完，洗个澡，也许明天早上胎儿就不复存在了。

她对这事想了好久，最后得出结论：没有大卫，没有这岛，没有婴儿，生活会更糟，因为太空虚了。

所以她没有哭，没有喝白兰地，也没有离开小岛；相反，她上了楼，爬上床，睁眼躺在她熟睡的丈夫身旁，听着风吼，竭力不去想任何事，直到海鸥开始啼鸣，落雨的灰色黎明爬上北海，把寒冷、落寞的银光洒满那小小的房间，她才终于入睡。

春天，一种平和的心情笼罩着她，似乎一切的问题在婴儿出生以前都已不复存在。二月份，冰消雪融之后，她在厨房门口到仓房之间的那块土地上种了花卉和蔬菜，尽管其实她并不认为它们能长出来。她把住宅彻底清扫了一遍，并且告诉大卫，如果在八月份之前他想再打扫一次，只好由他自己动手了。她给她母亲写了信，织了很多衣物，并邮购了尿布。他们建议她回家去生产，但她知道，她要是去了，就再也不会回来了。她常常腋下夹着一本写鸟的书，在野外长时间地漫步，直到她身子太笨重，无法走远路为止。她把那瓶白兰地放在大卫从来不用的一个橱柜里，每当感到郁闷时，就过去看看那瓶酒，这会使她回想起她几乎失去的东西。

预产期前三周，她乘船去了阿伯丁。大卫和汤姆在码头上挥手为她送行。大海翻腾着，她和水手都担心，可能等不到靠岸，她就要生产了。她住进了阿伯丁的医院，四星期之后，又带着婴儿乘同一艘小船返回了家。

大卫什么都不懂。他大概以为，女人生孩子就和母羊产羔羊一样容易。他根本不知道那种挛缩的痛苦，那种可怕的、简直不可能的肌肉扩张，以及随后的酸痛。当他看到包在洁白襁褓中的健康漂亮男婴，只说了句：“我们叫他乔纳森吧。”

是乔纳森·阿尔弗雷德·马尔科姆·汤玛斯·罗斯（阿尔弗雷德是大卫父亲的名字，马尔科姆是露西父亲的名字，汤玛斯是老汤姆的名字）。但对一个这么小的小孩子来说，无论喊他的全名或喊他乔纳森都太郑重了，所以他们都只喊他乔。大卫学会了用奶瓶给他喂奶，给他拍背让他打出嗝来，给他换尿布，有时候甚至还把他放在膝头上颠，但大卫的兴致总保持着距离，不肯有太多感情介入。他像那些护士，抱着一种公事公办的态度；他做这一切不是为了自己，而是为了露西。汤姆倒是比大卫对婴儿更亲。露西不让他在婴儿待的房间吸烟，这个老头子就一连几个小时把他那根带盖的石南根烟斗放在衣袋里，对小乔呵呵笑着，看着他蹬腿，或者帮助露西给他洗澡。露西委婉地提醒他，他可能忽视了那群羊。但汤姆说，羊不需要他看着它们吃草——他宁可瞧着乔吃奶。他用漂木雕了一个拨浪鼓，里面填上小石子，看到乔不用人教就抓过去摇起来，他高兴得合不拢嘴。

不过，大卫和露西依旧没有同床。

起初是因为他有伤，后来是因为她怀孕，再以后是因为她处于生产后的复原期；可是现在，这些理由都不存在了。

一天夜里，她说："现在我已恢复正常了。"

"你这话是什么意思？"

"生完孩子之后，我的身体已经复原了。我恢复正常了。"

"哦，我知道了。那很好嘛。"他躲开了。

她一心要和他一起上床，这样他就能看着她宽衣解带，但他总是背过身去。

他们躺在床上，打着瞌睡，她动弹着，以便让她的手、她的大腿或她的胸脯蹭到他，看似随意，但却是明白无误的主动表示。可是，她没有得到回应。

她坚定地相信，她没有过错。她不是个性欲狂：她并不是单单想着做爱，她只是想和大卫做爱。她十分有把握，即使岛上有另一个七十岁以下的男人，她也不会受到诱惑。她不是个性饥渴的荡妇，她是个爱饥渴的妻子。

他们终于摊牌了。那些夜里，他们总是并肩仰卧床上，两个人都没有睡意，聆听着室外的风声和隔壁乔的睡觉声。在露西看来，现在不能再拖了，他要么和她亲热，要么干脆把话说明白，解释清楚为什么不肯；看来她不强迫，他会始终回避这个问题，那么她就只好挑明，总胜似再过这种痛苦的不明不白的日子。

于是她就用一条胳膊摩挲着他的大腿。她惊讶得几乎叫了出来——她发现他已经勃起了。这么说他是办得到的！可是他为什么又不肯？她的手胜利地攥住他欲望的证据，向他更紧地靠过去，轻声道："大卫——"

他说："哦，看在上帝的份上！"他抓住她的手腕，把她的手从他那地方拉开，背过身去。

但这次她不打算默默迁就地忍受他的冷拒。她说："大卫，为什么不？"

"老天爷！"他把毯子一甩，身体摆到地板上，用一只手抓着鸭绒被，拖着身子爬向门口。

露西在床上坐起身，朝他高叫："为什么不？"

乔哭了起来。

大卫拉起他那剪掉一截的睡裤的空裤管，指着截肢上皱缩发白的截面，说："这就是为什么不！这就是为什么不！"

他摆着身体滑下楼梯，睡到了沙发上。露西赶到隔壁房间去哄乔。

花了好长时间才哄着乔继续睡了，或许是因为她自己太需要安慰了吧。婴儿尝着她面颊上的泪水，她不知道孩子是否明白泪水的任何一点点含义：泪水难道不是婴儿最早懂得的事情之一吗？她没心思给孩子哼歌，也无法由衷地哄着他说一切都好，于是便紧紧搂着他，摇晃着，当他的温暖和偎依安慰了她，他也就在她的怀里睡着了。

她把他放回婴儿床里，站着看了他好一会儿。再回到床上去是没意思了。她能听见从客厅传来的大卫沉重的鼾声——他吃了药性极强的镇定剂，他不得不如此，不然那旧伤就会让他痛得睡不着。露西需要马上躲开他，躲到既看不到也听不见他的地方，躲到在几小时内，他即使想找也找不到她的地方。她穿上裤子和毛衣，套上厚外套和靴子，下楼，走进黑夜之中。

外面浓雾滚滚，潮湿的严寒，正是这个岛屿气候的特色。她竖起外套的领子，想回屋里去取一条围巾，但还是决定不去了。她沿着泥泞的小路咯吱咯吱地走着，让雾滴痛快地咬啮着喉咙，天气引起的小小不适，转移了她内心更大的痛楚。

她到达了崖顶，又战战兢兢地走下又陡又窄的斜坡，小心翼翼地把脚落到石板上。走到崖底后，她跳到沙滩上，向海边走去。

狂风和海水还在持续着它们那从不止息的争吵。

露西沿着坚硬的沙滩走着，让风浪的喧嚣和恶劣的天气充满她的头脑，直到水崖相接的一处尖角，海滩到了尽头，这时她转身往回走。她整夜都在海滨踱步。到天亮时，一个想法不由得进入她的脑海：大卫这一切作为，都不过是他表现坚强的一种方式罢了。

他曾经要证明某种精神，这种精神用言语表达出来，可能像陈词滥调，但如果真的让他当上了战斗机驾驶员，他就可以通过实际行动来表现这种精神。可惜那如今只能体现在伐树、竖篱、掷棒和摇轮椅上。现在，他已无法去参加战斗的考验，但他却想透过他的所作所为，告诉别人：“我是通得过考验的，只要看看我现在所能承受的就知道了。”

他忍受了创伤，勇气十足，但却无法以此为荣。如果是德国战斗机打断了他的双腿，他这部轮椅就犹如一枚勋章，是一个能表明他勇气的标志。可是目前及至终生，他都只能说：“那是在战时——不过不是作战负伤，我从未见过任何战斗，这是撞车造成的。我接受了训练，并且第二天就要参战，我还看到了我的‘风筝’，简直是个美人，我知道，我会很勇敢的……”

是啊，这是他表现坚强的方式。或许他也能够坚强起来。大卫曾经善良又可爱，现在她也许要学会耐心等待，等待他经过搏斗，重新成为原先那样完整的人。她应该能够找到新的希望、新的生活内容。很多其他女人，不就已经找到力量，去面对像亲人死亡、家园被炸、丈夫被俘这类不幸了吗？

她捡起一颗石子，出尽全力把它抛向大海。

她高呼：“我也能坚强！”

随后她便回转身，迈上通往房舍的斜坡。

已经快到喂乔吃奶的时间了。

# 6

在北汉堡郊外郁郁葱葱的沃尔多夫小镇上，坐落着一栋外观如同大厦的建筑，但近看却是一幢住宅。照理说，它应该是一个矿主或成功的进口商或企业家的寓所，不过，事实上它是德国情报机构的产业。决定这座建筑命运的是气候——不是这里的气候，而是东南方两百英里之外柏林的气候，那儿的环境不适合与英国进行无线电通讯联络。

住宅地底下是两个巨大的混凝土防空洞，内有价值数百万马克的无线电设备。这一电子系统是由沃纳·特劳特曼少校装配起来的，他的工作相当出色。每个防空洞设有二十个小巧的隔音监听岗，值班人员能够透过拍电报的手法，轻而易举辨认电报是出自哪个间谍之手。

这些接收装置在制造的过程中，精心选择了材料。发电文的发报机在设计上首先考虑的则是小巧坚实，而不是功率，它们大多数是小提箱式的，被称作拉克莫顿，由特利芬肯公司生产，供德国情报局长、海军上将卡纳里斯的手下使用。

这天夜里，空中电波相当安静，因此，当“针”的讯号发来时，人人都知道了。电文由一位年长的电报员接收。他发出知悉的回答后迅速把信号译出，然后走到直通电话前面，把电讯内容报告给位于汉堡索非因台地的德国情报机构总部。办完以后，他走回到他的隔间，点了一支烟。

他给了坐在隔壁的年轻人一支香烟，两个人靠在墙上，一起站了一会儿，吸着烟。

那年轻人说："有什么消息吗？"

年长的耸了耸肩："他每次发报来，总有些东西，不过这次东西不多。我们的飞机又没有炸中圣保罗大教堂。"

"没给他回电吗？"

"我们认为他不想等回电，这家伙一向不受约束。我训练过他的无线电技术，但我的课一教完，他就觉得自己比我还行了。"

年轻人肃然起敬："你见过'针'了？"

"是啊。"那个老资格说着，弹了下烟灰。

"他是个什么样子的人？"

"他是个乏味得像死鱼一样的酒友。我觉得他喜欢女人，不过是悄悄地干，至于和男人一起开怀畅饮——免谈。不过，不管怎么说，他都是我们最出色的间谍。"

"真的？"

"这没话说。有人说，从来没有过这样出色的间谍。传闻他曾花了五年时间在俄国的内务人民委员会里向上爬，一直到成了斯大林最信任的助手之一……我不知道这是不是真的，但他可真是个会干这类事的人。一个真正的行家。这一点元首也知道。"

"希特勒也听过他？"

年长的人点了点头。"有一段时间，'针'发回来的所有电文，他都会亲自过目。我不知道他现在是不是还每电必读。不过，这对‘针’没什么区别。他对什么都不在乎。你听过人们是怎么形容他的吗？他用同样的目光看待每一个人，仿佛心里琢磨的都是同一件事情：怎样在你走错一步的时候取你的性命。”

“幸好我没有训练过他。”

“我得承认，他学得很快。”

“是个好学生？”

“最好的。他一天钻研二十四小时，等他掌握了，他就连个早安都懒得跟我说。他要不是拼命记住，准会忘记向卡纳里斯敬礼的。”

“他妈的狗屁。”

“哦，对了，你不知道吧——他总是以‘向威廉致意’来结束电文。他对阶级也就只重视到这程度。”

“向威廉致意？他妈的狗屁。”

他们抽完了烟，把烟头扔到地上踩熄。随后，那年长的又把烟头捡起来放进衣袋，因为严格地说，在地下室是不准吸烟的。电台仍然鸦雀无声。

“是啊，他不肯用他的代号。”年长的继续说，“‘针’是冯·布劳恩给他取的，他从来都不喜欢。他也从不喜欢冯·布劳恩。你还记得那次——哦，那是在你来我们这儿之前呢——布劳恩要‘针’到肯特郡法恩巴勒的机场去，回电立刻就来了：‘在肯特郡的法恩巴勒没有机场。在汉普郡的法恩巴勒才有机场。幸好德国空军的地理知识比你强，你这笨蛋。’就是这样。”

“我看这是可以理解的。我们要是犯了错误，就会把他们的性命置于险地了。”

年长的皱了皱眉。这种高见应该是出自自己的口中。“也许是吧。”他不甘心地应着。

年轻人又回到他原先那洗耳恭听的角色：“他为什么不喜欢他的代号呢？”

“他说这代号有含义，而有含义的代码是会暴露一个人的。但冯·布劳恩不管他。”

“含义？‘针’有什么含义呢？”

但这时那老资格的值班人员的无线电响了，他马上回到座位上。于是年轻人就没弄清答案。

# 第二章

## 7

电文使费伯心烦，因为它逼迫他去面对他一直回避着的问题。

他发出呼号后，他们发回的不是通常的“知悉——进行”，而是“到第一接头点联络”。

他把无线电放回皮箱里，随即蹬着他的自行车离开了厄瑞思沼泽——他的掩护身份是观鸟人——上了通往布莱克希斯的大路。在骑车返回他那狭窄的两个房间的寓所路上，费伯思考着要不要服从那道命令。

他有两点不服从的理由：一个是职业上的，一个是个人的。

职业上的理由是：“第一接头点”是个老代码，早在一九三七年由卡纳里斯制定。这意味着他要到莱斯特广场和皮卡迪利广场之间某家商场的门口去和另一名特工接头。两个人各自拿着一本《圣经》作为记认。接头的暗语是：

“今天是哪一章？”

“《列王记》第十三章。”

之后，如果他俩都确定没人跟踪，就要一致表示，这一章是“最鼓舞人心的”。否则，一个人就要说：“恐怕我还没有读过它呢。”

那家商店可能已不存在了，但这还不是费伯感到麻烦的原因。他认为，卡纳里斯可能已经把这个代码告诉了大多数于一九四〇年越过英伦海峡并落入军情五处手中的蹩脚间谍（费伯之所以知道他们落网，是因为英国政府在绞死他们之前，曾进行公开宣传，以安抚民心）。现在英国人可能知道了那个老的接头代码。如果他们这次截获了汉堡发出的电文，那家商店门口此时一定拥满了伶牙俐齿的年轻英国人，手拿《圣经》，练习着用德国腔说“最鼓舞人心的”。

在入侵英伦三岛看似指日可待的日子里，德国情报机构忘乎所以，把一切专业守则都抛诸脑后。从那时起，费伯就不信任汉堡了。他不告诉他们他的住址，拒绝与派驻英国的其他特工联系，变换着使用发报频率，根本不管是否混用了其他间谍的频率。

假如他对上司唯命是从，就不会幸存这么长时间了。

在伍尔威治，一大群骑车的人和他一路，他们当中许多是妇女，那是兵工厂白天班下班的时间，工人从厂里一涌而出。他们虽然面带倦容，却精神愉快，这使费伯想起他拒不服从的个人理由：他认为德国正在逐渐输掉这场战争。

俄国人和美国人参了战，非洲失守了，意大利人垮台了。同盟国肯定会在今年——一九四四年——挥兵法国。

费伯不想毫无目的地拿自己的生命冒险。

他回到家中，把自行车放到一边。在洗脸的时候，他突然心念一动，完全违背常理地决定去接头。

明知一个事业在失败还要去冒险是愚蠢的，但他技痒难耐地非要一试不可。常规性地发报，观鸟，骑自行车，享用寄住公寓的茶点——他没经历过什么像点样的行动已有四年之久了。没有任何危险，反使他过得心惊肉跳，因为他会幻想是不是有什么看不到的威胁。只有能辨出危险并采取措施来化解时，他才会感到放心。

对，他要去接头。但不是按他们设想的方式。

尽管是在战时，伦敦西区仍然熙熙攘攘，费伯不知道柏林是不是也这样。他在皮卡迪利广场的哈查德书店买了一本《圣经》，塞进他外套的里袋里。那天温和湿润，还断续下着毛毛细雨，费伯拿着一把雨伞。

这次接头定的时间是上午九十点之间或者下午五六点之间，按照安排，一个人要每天到那儿去直到另一方露面。如果接连五天没有接上头，随后的两周里每隔一天去一次。再接不上头，就放弃行动。

费伯在九点十分到达莱斯特广场。接头人就在那儿，站在烟草商店的门口，腋下夹着一本黑皮的《圣经》，伪装避雨。费伯从眼角瞥着他，低着头，从他身边匆匆走过。那人很年轻，胡须金黄，面孔丰润。他穿了一件双排扣的防雨外套，嘴里嚼着口香糖，正读着一份《每日情报》。他不是熟人。

费伯在街对面第二次走过时，发现了“尾巴”。一个矮壮的男人，身穿军用塑胶雨衣，头戴英国便衣警察喜欢的软毡帽，正站在一座办公大楼的门厅里，透过玻璃门，盯着街对面门口的间谍。

有两种可能，如果那间谍不知道他被盯上了，费伯只需须把他从接头地点引开，甩掉“尾巴”就成了。然而，另一种可能是：那间谍已经被捕，站在门口的是个替身，在这种情况下，费伯不能让他和那“尾巴”看到自己的面孔。

费伯做最坏的设想，然后便想出了一条对策。

广场上有一个电话亭。费伯走了进去，记住了那电话的号码。然后他找到《圣经》中《列王记》第十三章那一页，撕下来，在纸边空白上草草写道：“到广场的电话亭里去。”

他绕到国家美术馆后面的街道，找到一个小男孩，年纪约十岁或十一岁，正坐在一个门口，向水洼里扔石子。

费伯说：“你知道广场上那家烟草店吗？”

那男孩说：“知道。”

“你喜欢口香糖吗？”

“喜欢。”

费伯把从《圣经》撕下的那页递给他。“那家烟草商店的门口有个人。你把这个给他，他会给你一些口香糖。”

“好吧。”那男孩说着，站起身来，“那家伙是美国佬吧？”

费伯说：“是。”

男孩跑开了。费伯跟着他。男孩走近那间谍时，费伯溜进对面大楼的门洞。“尾巴”仍在那里，隔着玻璃门窥视着。费伯站在门外，挡住“尾巴”的视线，让他看不到街对面。费伯拿着雨伞，却装作打不开的样子，直到看到间谍给了男孩什么东西之后，走开了。于是费伯结束了摆弄雨伞的把戏，朝间谍去的相反方向走去。他扭回头，看见“尾巴”跑到街上，寻找消失了的间谍。

费伯在最近的一处电话亭前面停下，拨了广场上那个电话亭的号码。过了一会儿，总算通了。听到一个低沉的声音说：“喂？”

费伯说：“今天是哪一章？”

“《列王传》第十三章。”

“最鼓舞人心的。”

“是啊，一点不错。”

那傻瓜根本不知道他遇到了麻烦，费伯想。他提高了声音：“什么事？”

“我得见你。”

“这不可能。”

“可是我必须见你！”费伯觉得，他声音有种近似绝望的调子，“指令来自最高层——你明白吗？”

费伯装出犹豫的口气：“那好吧。一星期后上午九点，我在尤斯顿火车站的拱门下见你。”

“你不能早一点吗？”

费伯挂断电话，走了出去。他快步绕过两个街角，来到能看到广场电话亭的一处地方。他看到那间谍向皮卡迪利广场方向走去，后面不见有“尾巴”了。费伯跟着那间谍。

那人走进皮卡迪利的地铁车站，买了一张去斯托克威尔的车票。费伯马上想到，他可以抄近路赶到那儿。他走出车站，快步走到莱斯特广场，上了一列北行的火车。那间谍要在滑铁卢车站换车，而费伯的车却是直达，因此，费伯会比他先到斯托克威尔。

结果，费伯在斯托克威尔车站外面等了二十五分钟，那间谍才到达。费伯又跟上他。他进了一家咖啡馆。

附近绝对没有什么地方可以让一个人理由充分地站上一会

儿：没有橱窗可以窥视，没有椅子可坐，没有公园可逛，也没有汽车站、计程车站或公共建筑物。这是一片空旷、沉闷的郊野。费伯只好沿街走来走去，摆出像是要去哪儿的样子，直到走出咖啡馆的视线，然后再折返，这当儿，那间谍一直坐在热气腾腾的咖啡馆里，喝茶吃烤面包。

半小时后他走了出来。费伯尾随着他穿过一个住宅区。那间谍看起来不慌不忙，样子像个正要回家的人。他没有回头看，费伯心想：又是个门外汉。

最后，他进了一栋不起眼的简陋出租公寓——无论在什么地方，这种公寓都是间谍爱租用的住处。屋顶上有个天窗，那准是那间谍的房间，高高在上，便于接收无线电讯号。

费伯走过去，眼睛瞄着街的对面。对了——在那儿。在楼上有一扇窗户背后有个人影一闪，他瞥见了一件上装的领带，一个盯梢的面孔缩了回去：正好在这里的对面。那间谍昨天准是去过了接头地点，被军情五处的人盯上了——当然，这是假定他本人不是军情五处的特工。

费伯转过街角，沿旁边一条平行的街道走着，一边走，一边默数着住房。几乎在那间谍进入的住宅的正背后，有一栋房子被炸得只剩下了空壳，好极了。

在走回车站的路上，费伯感到了一阵激动。他的步伐轻快，心跳稍稍加速，明亮的眼睛饶有兴味地四下张望。很好，游戏开始了。

当夜，他穿上了一身黑衣服：毛线帽，高领套头毛衣，外面罩一件飞行员穿的皮夹克，裤子塞进袜子里，穿上胶底鞋，全身上下一色黑。在伦敦灯火管制的黑洞洞的夜里，他几乎是别人无法看见的。

他骑车穿过寂静而昏暗的街道，始终避开大街。时过午夜，他没看到人。他把自行车放在离目的地四分之一英里之外，锁在一家酒馆的院篱上。

他没有去那间谍的住宅，而是去了邻街那栋炸成空壳的建筑。他小心翼翼地挑着路，穿过前院的瓦砾堆，进入了张着大嘴的门洞，通过房子到达屋后。四周黑漆漆的，一层厚厚的云幕低垂着，遮住了月亮和星星。费伯不得不把双手伸在前面，缓慢地走着。

他来到花园尽头，跳过篱笆，又穿过两座花园。在其中一座住宅里，一条狗叫了一阵子。

出租公寓的花园乱七八糟。费伯走进了一丛黑莓，绊倒了。棘刺扎着他的脸。他从一根晒衣绳下钻过去，亮光足以让他看见那根绳子。

他找到了厨房的窗户，从口袋里掏出一件有勺状刃锋的小工具。玻璃四周的油灰老得发脆，有些地方已然剥落了。他悄无声息地工作了二十分钟，把玻璃从窗框中取下来，轻轻放到草地上。然后向窗内闪了下电筒，看清通路上没有什么会发出声响的障碍之后，便爬了进去。

漆黑的房子里有一股蒸鱼和消毒剂的气味。费伯进入门厅之前，先把后门的锁打开——这是一项准备快速逃跑的措施。他把铅笔式手电筒开关了一下。在瞬间的闪亮中，他看见一道瓷砖铺的过道，一张腰形桌，墙上衣钩挂着一排衣服，右边是铺了地毯的楼梯。

他轻手轻脚地爬上楼梯。

他刚爬上一半，走到拐角，准备上第二段楼梯时，看到了旁边的门下有亮光。接着是一声咳嗽声和马桶的冲水声。费伯两步就跨到了门边，紧贴着墙一动也不动。

门开了，灯光泻到楼道上。费伯把他的锥形匕首从袖管中抽出。那老人走出厕所，穿过楼道，但灯还亮着。他走到他的卧室门口嘟囔了一声，转过身又往回走。

他准看见我了，费伯想。他握紧了刀柄。那老人半睁的眼睛直盯着地板。他在摸灯绳时抬眼看了一下，这时费伯几乎就要出手杀了他——但从老人那摸索开关的样子，费伯意识到他没睡醒。

灯灭了，老人拖着脚步回到了床上。费伯松了口气。

楼梯第二段的顶端只有一扇门。费伯轻轻试了一下。门锁着。

他从他皮夹克的口袋里取出了另一件工具。抽水马桶的冲水声掩盖了费伯撬锁的声响。他打开门，听了听。

他能够听见有节奏的深呼吸声。他迈步进了房间。鼾声来自房间的对角，他什么也看不见。他极慢地走过漆黑的房间，每迈一步都先用手摸摸前面，这样一直走到床边。

他左手握着手电筒，锥形匕首缩在袖管里，右手则空着。他打开手电筒，右手死死掐住床上的人的喉咙。

那间谍的眼睛一下子睁开了，眼中充满了恐惧，但他发不出声。费伯跨上床，骑坐到他身上。然后低语："《列王传》第十三章。"这才松开对方的喉咙。

"是你！"那间谍说。他盯着电筒光，想看清费伯的面孔，边揉着脖子上费伯刚掐的地方。

费伯嘘声说："别动！"他用电筒直射那间谍的眼睛，用右手抽出那把锥形匕首。

“你难道不打算让我起身吗？”

“我宁愿你躺在床上，以免你带来更大的危害。”

“危害？更大的危害？”

“你在莱斯特广场被盯了梢，又被我跟踪到这里来，而且他们正在监视这栋房子。我能信得过你任何事情吗？”

“我的天，我很抱歉。”

“他们为什么派你来？”

“这项指令必须当面向你送达。命令来自元首本人。”那间谍闭上了嘴。

“是吗？什么命令？”

“我……必须确认是你。”

“你怎么确认呢？”

“我得看你的脸。”

费伯迟疑了一下，然后迅速用手电筒照了一下自己：“满意了吧？”

“‘针’。”那人喘出一口气。

“那你又是谁？”

“弗雷德里希·卡尔多少校，我听凭你的吩咐，长官。”

“应该我叫你长官才对。”

“哦，不，长官。你出勤在外这段时间晋升了两次，现在你已是中校了。”

“他们在汉堡就没有更好的事情可做了吗？”

“你难道不高兴吗？”

“要是能把冯·布劳恩少将弄去扫厕所，我会很高兴。”

“我可以起来了吗，长官？”

“当然不能。如果真的卡尔多少校被关进旺兹沃思监狱，你只不过是个冒牌货，怎么办？”

“想得很周到。”

“嗯——来自希特勒本人的命令是什么？”

“是这样，长官，元首认为，盟军计划今年会在法国进行登陆。”

“高明，高明。说下去。”

“我们相信，巴顿将军正在叫作东英格兰的地区集结美国第一集团军。如果那支军队就是登陆部队，那就可以断定，他们将以加来为登陆地点。”

“有道理。但是我还没有察觉到有巴顿这支军队存在的迹象。”

“在柏林的最高层中也有些怀疑。元首的星象学家——”

“什么？”

“是的，长官，元首有个占星相学家，他建议要保卫诺曼底。”

“我的天。那儿的事情有这么糟吗？”

“他也得到许多平庸的建议。我个人相信，其实元首认为那些将军们全都判断错误，但又驳不倒他们，所以弄个星象学家来当代言人。”

费伯叹了口气。他一直害怕这类消息。“说下去。”

“给你的任务是弄清美国第一集团军的人员数目、火力和空中支援情况——”

“我懂得怎么计算一支军队的实力，谢谢你。”

“当然。”他停顿了一下，“我奉命强调这一任务的重要性，长官。”

“这一点你已经做到了。告诉我：柏林的情况有那么糟吗？”

那间谍迟疑了一下，说：“不，长官。士气很高，军火生产每月增加，老百姓对英国皇家空军的轰炸机嗤之以鼻——”

“算了。”费伯打断他的话，“我可以从我的收音机里听到这些宣传。”

那年轻人沉默了。

费伯说：“你还有别的什么要告诉我吗？我指的是官方的。”

“有。在执行任务期间，你有一处特别的撤退线路。”

“他们居然会看重这一点？”费伯说。

“一艘潜水艇会在一个叫作阿伯丁的小镇正东十英里的北海海面等你。你只要用正常的无线电频率呼叫，潜水艇就会浮出海面。汉堡一旦知道我已把命令传达到你手中，那条线路就会开启。潜艇每星期五和星期一的下午六点等在那里，直到第二天早上六点。”

“阿伯丁可是个大城市。你有精确的地图参数吗？”

“有的。”那间谍背诵了数据，费伯默记在心。

“都说完了，少校？”

“是的，长官。”

“你打算拿军情五处派到街对面房子里的先生们怎么办？”

那间谍耸了耸肩。“我要乘他们不备溜掉。”

费伯心里想：这样不好。“你见到我之后的行动，命令中是怎么讲的？你有撤退的办法吗？”

“没有。我得去一处叫韦默思的地方，偷一艘小船，返回法国。”

这根本算不上是什么计划。费伯心想：卡纳里斯应该已经猜到接下来会发生什么事情了。

他说：“如果你被英国人抓住，加以刑讯呢？”

“我有自杀药片。”

“你肯用吗？”

“绝对肯定。”

费伯看了看他。“我想你会的。”他说。他把左手放到那间谍的胸口上，把自己的体重压上去，仿佛要按着他下床。这样他就能准确地摸出肋骨尽头和软腹起始的地方。他把锥形匕首的刀尖刚好插入肋骨上方，向上朝心脏捅去。

那间谍一时惊吓得睁大了眼睛。他的喉咙涌上一声叫喊，但没来得及喊出来。他的身体抽搐了一下。费伯的锥形匕首又向里面插了一英寸。那双眼睛闭上了，身体瘫软了。

费伯说：“谁叫你看到了我的脸。”

# 8

“我看我们已经失去了对情况的控制。”珀西瓦尔·高德里曼说。

弗雷德里克·布劳格斯点点头表示同意，又补充了一句：“这怪我。”

高德里曼心想，小伙子看起来很疲乏。他面带倦容已经快一年了，是他妻子的尸体被从住宅的瓦砾堆中抱出来那天夜里开始的。

“我对责任归属问题不感兴趣。”高德里曼爽快地说，“在莱斯特广场你失去那金发男子踪迹的那一会儿，一定出现了什么情况。”，

“你看见他们接上头了吗？”

“可能。”

“等他回到斯托克威尔，我们又盯上他时，我认为他已经放弃了当天的接头了。”

“如果是这样的话，他应该会在昨天和今天再设法接头才对。”高德里曼在他的办公桌上用火柴摆着图案，这种帮助思考的办法已经养成了习惯，“在那栋住宅里还没有动静吗？”

“没有。他已经在屋里待了四十八个小时了。”布劳格斯又

说了一遍，“这怪我。”

“别啰唆了，老弟。”高德里曼说，“是我决定放他跑的，以便能把另外的人引出来，我仍然认为这一招没错。”

布劳格斯一动也不动地坐着，表情茫然，双手插在雨衣的口袋里。“如果他们已经接过头，我们就不能耽搁，立刻把那金发的家伙抓起来，弄清他的任务。”

“那样的话，我们就失去了机会，没法跟踪‘金发人’找到真正危险的人了。”

“你决定吧。”

高德里曼用火柴摆了一座教堂。他瞪着那图案看了一会儿，然后从口袋里掏出一枚半便士硬币，往空中一扔。“背面。”他盯着说，“再放他二十四小时。”

房东是个来自克莱尔郡利斯敦瓦纳的中年人，他是爱尔兰共和党分子，暗中希望德国人赢得这场战争，以便绿宝石岛[1]永远摆脱英国人的压迫。他拖着犯关节炎的腿，一瘸一瘸地围着那栋旧住宅转，收每周的房租，脾气很坏。

在第一层，他敲响那老人的门。这个房客总是很高兴见到他。老人大概见到谁都高兴。他说：“喂，莱利先生，你想喝一杯茶吗？”

“今天没时间。”

“哦，好吧。”那老人把钱递过来，“我以为你已经看到厨房的窗子了。”

① 爱尔兰的别名。

“没有，我没到那儿去。”

“哦！是吗，那儿有块玻璃不见了。我用遮光窗帘把那儿蒙上了，但是还是透风。”

“谁把玻璃打碎了？”房东问。

“说来有意思，玻璃没打碎，就在草地上平放着呢。我想是油灰太老，自己掉了。要是你能弄点油灰来的话，我可以自己把它修好的。”

你这老傻瓜，房东心里想，但他说：“我看你没想到你可能被窃了吧？”

那老人面露惊异：“我从来没想到这个。”

“没人丢失什么值钱的东西吧？”

“没人跟我说起过。”

房东向门口走去。“好吧，我下去的时候看看好了。”

那老人跟着他走了出去。“我觉得新来的那家伙不在，楼上那个，”他说，“我有两天没听到动静了。”

房东嗅了嗅。”他在房间开伙吗？”

“我可不知道，莱利先生。”

两个人上了楼梯。那老人说：“要是他在家的话，可够安静的。”

“不管他做的是什么菜，不能让他再做了。这气味真他妈的糟透了。”

房东敲起门。没人应答。他打开门，走了进去，那老人跟着他。

“哎哟哟，”老警官热衷地说，“我看你们这儿死了人了。”他站在门口，扫视着房间，“你碰过什么东西了吗，帕迪？”

“没有，”房东回答，“另外，请称呼我莱利先生。”

老警官不理他。“不过，死的时间不算长。我嗅到过比这更糟的味道。”他查看了旧五斗柜、矮柜上的箱子、那块褪色的地毯、天窗上的旧窗帘和屋角皱巴巴的床。没有搏斗过的迹象。

他走到床前。那年轻人的面部平静，双手搭在胸前。“要不是他这么年轻，我就会怀疑他是心脏病发。”没有可以表明他是自杀的空安眠药瓶子。他拿起五斗柜上面的皮夹，把里面翻了一遍。有一张身份证和一张配给证，还有相当厚的一叠钱。“文件都整整齐齐，他没有被窃。”

“他住到这儿只有一个星期左右，”房东大着胆子说，“我对他一点不了解。只知道他从北威尔士来，在一家工厂做工。”

警官评论着说：“如果他像他外表这样健康的话，他应该在部队服役的。”他打开了桌上的箱子，“见他妈的鬼，这是什么玩意儿？”

房东和那老人这时都挤进了屋里。房东说：“这是无线电电台。”那老人忽然说：“他身上有血！”

“别碰尸体！”老警官说。

“他肚子上挨了一刀。”老人坚持说。

警官小心地把死者的一只手从胸前举起，露出一小块血痂。“他原先淌过血。”他说，“离这儿最近的电话在哪儿？”

“再过去五户人家。”房东告诉他。

“把房间锁上，在外面等我回来。”

警官离开了这栋房子，敲响有电话的那家邻居的门。一位妇女开了门。“早安，夫人。我可以用一下您的电话吗？”

“请进。”她指给他放在厅里的一个立架上的电话，“出什么事了——发生了什么让人震惊的事情吗？”

“就在这条路旁边一家出租公寓的一个房客死了。”他一边拨电话一边告诉她。

“被谋杀的吗？”她睁大眼睛看。

“这要由专家来下结论。喂？请琼斯局长听电话。我是坎特。”他看着那女人，“我可以请您在我向上司报告时到厨房回避一下吗？”她失望地走开了。

“喂，局长。这具尸体挨了一刀，他还有一部手提发报机。”

“再说一遍地址好吗，警官？”

坎特警官告诉了他。

“对，他就是他们监视的那个人。这是军情五处管的案子，警官。到四十二号去，把你发现的情况告诉监视小组。我也同时通知他们的负责人。快去吧。”

坎特谢过那女人，便穿过街道。他很激动：在他三十一年任大都会警察的生涯中，这才是他遇到的第二件谋杀案，原来还牵扯到间谍！他可能会就此晋升成警长。

他敲起四十二号的门。门开了，两个男人站在门里。

坎特警官说：“你们是军情五处的特工吗？”

布劳格斯和特警处的探长哈里斯同时到达，布劳格斯在苏格兰场当警官时就和他认识了。坎特领他们看了那具尸体。

他们静静地站了一会儿，看着蓄着金色胡须的年轻人平和的面孔。

哈里斯说："他是谁？"

"代号叫'金发人'，"布劳格斯告诉他，"我们认为他是两周前跳伞来的。我们截获了发给另一个间谍、要与他接头的电报。我们知道那密码，所以能监视接头地点。原本希望'金发人'会把我们引向一名潜伏间谍，那家伙要危险得多呢。"

"这么说，这儿发生了什么情况呢？"

"我要是知道就好了。"

哈里斯看着那间谍胸口上的伤。"锥形匕首？"

"好像是。干得干净利落。从肋骨下边捅进去，向上一下刺进心脏。很快。"

"这么死算是痛苦少的了。"

坎特警官说："你们想不想看一看进来的办法？"

他引着他们下楼到了厨房。他们看了那个空窗框和平放在旱地上完整无缺的玻璃。

坎特说："还有，卧室的门锁是撬开的。"

他们坐在厨房的桌边，坎特煮了茶。布劳格斯说："这次谋杀就发生在我在莱斯特广场把他跟丢了的当天夜里。全怪我把事情办砸了。"

哈里斯说："世界上没有完人嘛。"

他们默默地喝了一会儿茶。哈里斯问："你的日子过得怎么样？你很少到苏格兰场来了。"

"太忙。"

"克里斯琴好吗？"

"给炸死了。"

哈里斯的眼睛瞪大了。“你这个可怜的家伙。”

“你都好吗？”

“我弟弟在北非送了命。你以前见过约翰尼吗？”

“没有。”

“他还是个孩子。可要是喝起酒来，你从没见过那样子的。他把钱都花在酒上了，娶不起亲啦——反正都一样，就是这么回事。”

“大多数人都失去了亲人。”

“找个星期天到我们那儿去吃顿晚饭吧。”

“谢谢，现在我星期日也工作。”

哈里斯点点头。“什么时候都可以。”

一名警探从门外探进头来，对哈里斯说：“我们可以开始收拾那些证据了吗？头儿？”

哈里斯看着布劳格斯。

“我的事情办完了。”布劳格斯说。

“好吧，孩子，动手吧。”哈里斯告诉那警探。

布劳格斯说：“假定在我跟丢了他之后，他接上了头，并安排那个潜伏间谍到这里来。那个潜伏间谍可能怀疑是个圈套——这可以解释他穿窗而进和撬锁的原因。”

“这表明他是个凶残狡诈的坏蛋。”哈里斯评论说。

“这可能正是我们始终抓不到他的原因。不过，既然他进了‘金发人’的房间，还把他叫醒了，那他就应该知道这不是圈套了，对吧？”

“对。”

“那么，他为什么要干掉‘金发人’呢？”

“也许他们吵架了。”

“这儿没有搏斗过的迹象。”

哈里斯冲着他的空杯子皱着眉。“大概他观察到‘金发人’正受到监视，担心我们会抓住那小子，让他把真话吐出来。”

布劳格斯说：“这表明他冷酷无情。”

“这可能是我们从来没抓到他的原因。”

“请进。坐下。我刚刚接到军情六处的电话。卡纳里斯被解职了。”

布劳格斯走进来，坐下，说：“这算是好消息还是坏消息呢？”

“很坏的消息。”高德里曼说，“发生在最不该发生的时刻。”

“我可以听听为什么吗？”

高德里曼眯起眼睛瞄着他，然后说：“我认为你有必要知道。此刻，我们有四十名双重间谍向汉堡发出有关盟军即将登陆法国的假情报。”

布劳格斯吹了声口哨。“我没想到有这么多人。我猜这些双重间谍会对德方说，我们要在瑟堡登陆，实际却是在加来，或者反过来。”

“差不多吧。显然，我不需要知道细节。反正他们没有告诉我。不过，整个事情处于危险之中。我们了解卡纳里斯；我们知道他一直被我们蒙在鼓里。但一个新上任的家伙可能不信任他前任的特工。

“再说，去年我们犯了个大错误，把一个叫埃里克·卡尔的德国人遣返回德国。我们后来才知道，他原来是个德国情报机构的间谍———一个真正的间谍。当他被关押在马恩岛时，可能已听说了两个双重间谍的事。

“假如再有一个潜伏在英国的德国间谍得知了有关‘坚韧’——那是我们兵力伪装计划的代号——的情况，整个登陆计划就岌岌可危了。说句老实话，这有可能会让我们输掉这场鸟战争。”

布劳格斯强忍着没笑：他记得有一段时间，高德里曼教授还不懂得这种粗话的意思呢。

教授继续说：“双十委员会[①]已经把话说得再清楚不过了：他们期待我能保证，在英国境内没有一个德国情报机构的干练间谍。”

“上星期我们本来还挺自信，以为没有呢。”布劳格斯说。

“现在我们知道至少有一个。”

“而且我们让他从我们的指缝间溜掉了。”

“因此，眼下我们非重新找到他不可。”

“我可没把握。”布劳格斯愁着眉苦着脸说，“我们不知道他在国内的哪个地方活动，我们一点不知道他长得什么样。他实在狡猾，发报时我们用三角测向法也抓不到他。我们连他的代号也不知道。所以，我们从何入手呢？”

“从那些没破的案件。”高德里曼说，“你要晓得，一个间谍很难说不干些违法的勾当。他要伪造证件，要偷窃汽车和弹药，要逃避检查关卡，要私闯禁区，要偷拍照片，一旦被人发

① 双十委员会：军情五处的上级指导单位。

觉，他还要杀人灭口。警察局肯定有一些这类犯罪记录。只要我们查阅战争开始以来的这类未破的罪案，就会找到蛛丝马迹。”

“你难道不知多数罪案都没破吗？”布劳格斯用怀疑的口吻说，“那些卷宗能装满阿尔伯特大教堂！”

高德里曼耸了耸肩。“这样吧，我们把范围缩小到伦敦，而且先从谋杀案入手。”

他们在查找的第一天，就发现了他们要找的线索。

刚好是高德里曼看到的，起初他并没有意识到它的重要性。

那是一九四〇年在海格的一位叫尤娜·加顿太太的谋杀案。她的喉咙被割破，并遭到猥亵，但没有被强奸。她是在一个房客的卧室被发现的，血液中含有大量的酒精。当时的情景很清楚：她和那房客幽会，他的进一步要求超出了她准备允许他的程度，他们争执起来，他就杀死了她，这下抵消了他的情欲。但警察从没有找到那个房客。

高德里曼本来打算放过这宗案子了：间谍是不会卷入奸杀案件的。但他是个十分重视资料记录的人，所以还是仔细阅读了档案中的每一个字，结果却发现，倒霉的加顿太太除了喉头那致命重伤外，背部还有用锥形匕首捅的伤口。

高德里曼和布劳格斯在老苏格兰场的档案室里，面对面地坐在一张木桌的两侧。高德里曼把卷宗推过桌子，说：“我看就是了。”

布劳格斯从头看了一遍，说：“锥形匕首。”

他们签字调走了那份卷宗，回到不远的陆军部。他们回到高德里曼的办公室时，桌上摆着一份破译的电报，他随便看了一眼，激动地一拍桌子："就是他！"

布劳格斯读道："命令收悉。向威廉致意。"

"还记得他吗？"高德里曼说，"'针'？"

"记得，"布劳格斯迟疑地说。"针。不过这里没什么信息。"

"想一想嘛！一把锥形匕首像是一根针。是同一个人：加顿太太的遇害，一九四〇年那些我们追踪不到的无线电信号，同'金发人'的接头……"

"可能。"布劳格斯沉思着。

"我能加以证明，"高德里曼说，"记得我到这儿来的第一天，你给我看的关于向芬兰派远征军的电报吗？就是发到一半中断的那一份？"

"记得。"布劳格斯到档案堆里找到了那份资料。

"如果我的记忆力还不错的话，那份电报的发报时间和这次谋杀的日期是一致的……而且我敢打赌，谋杀的时间与发报中断的时间也恰好相同。"

布劳格斯看了一眼档案里的电文："两者的时间相同。"

"是啊！"

"他在伦敦活动了至少有五年了，直到现在我们才逮住他的狐狸尾巴。"布劳格斯恍然说，"要抓他可不容易啊！"

高德里曼的表情突然凶狠起来。"他可能很聪明，但聪明不过我，"他狠狠地说，"我他妈的要把他钉死在墙上。"

布劳格斯放声大笑："我的天，你变了，教授。"

高德里曼说："你意识到没有，这是你一年来第一次开怀大笑？"

# 9

供应船在蔚蓝的天空下绕过海角，嗒嗒响着驶进了风暴岛的海湾。船上有两位妇女：一位是水手的太太（她丈夫已应召入伍，掌船的任务由她来接替），另一位是露西的母亲。

露西的母亲下了船，她穿着一套实用的服装——一件男式外套和一条不到膝盖的裙子。露西用力拥抱了她。

“妈！真想不到！”

“可是我写信告诉了你啊。”

那封信和其他邮件还在船上——露西的母亲忘记了邮件每两周才会送来风暴岛一次。

“这就是我的外孙吗？真是个小大个子呢！”

小乔快三岁了，害羞地躲在露西的裙后。他满头乌发，很漂亮，对他的年龄来说，长得够高的。

母亲说：“他真像他父亲！”

“是啊，”露西说，她的附和中有一丝不同意的语气，“你大概冻坏了——快回家吧。你在哪儿弄了那么条裙子？”

她们拿起各种食品，走上通往崖顶的斜坡。一路走，母亲聊个不停，“这是时新的样式呢，亲爱的。省材料，不过在那边没有这岛上冷。多大的风！珍和一个美国兵订婚了——谢天谢地，是个白人，而且不嚼口香糖。如今我只剩下四个女儿要出嫁了。你父亲在国民军里当了一名队长，我跟你提过了吗？他要在野外巡逻半夜，等着德国人跳伞。史蒂芬叔叔的仓库被炸了——我知道他要怎么办，这事有关战争法案什么的——”

“别忙嘛，妈，你有十四天时间跟我讲这些新闻呢。”露西笑着说。

她们到了屋舍前面。母亲说：“这不是挺可爱吗？”她们进了屋，“我看这里真可爱极了。”

露西让母亲坐在厨房桌边，煮好茶。“汤姆会把你的箱子拿上来的。一会儿他就来这儿吃午饭。”

“那个牧羊工吗？”

“是的。”

“那么说，是他给大卫找活儿干了？”

露西笑了。“恰恰相反。我相信他会亲口跟你讲的。你还没告诉我你为什么到这儿来呢。”

“亲爱的，是我该来看你的时候了。我知道我们不该做不必要的出游，但四年一次总不过分，是吧？”

她们听到了门外的吉普车响，过了一会儿，大卫就摇着轮椅进来了。他吻了岳母并介绍了汤姆。

大卫在炉子上烤着手。“天气真冷。”

母亲说：“看来，你是真干上牧羊这一行了？”

“羊的数量已经是三年前的两倍了，”大卫告诉她，“我父亲从来没认真地在这座岛上开垦过。我在崖顶上竖了六英里长的篱笆，改良了牧草，引进了现代饲养方法。我们不仅有了更多的羊，而且每只羊给我们提供了更多的肉和羊毛。”

母亲试探着说："我猜，重活由汤姆干，命令由你下？"

大卫笑了："我们是平等的伙伴，妈。"

这顿午饭吃得很痛快，两个男人吃了一大堆马铃薯。母亲对乔的餐桌举止夸赞不止。饭后，大卫点燃了一支香烟，汤姆吸起他的烟斗。

母亲说："我一心想知道，你们打算什么时候让我抱第二个外孙。"她开心地笑着。

一阵长时间的沉默。

"嗯，依我看，大卫面对生活的态度蛮不错的。"母亲说。

露西说："是啊。"话音中仍流露着不尽同意的口气。

她们在崖顶上散步。母亲来后的第三天风就停了，现在天气晴暖，可以出门活动了。她们带着小乔，给他穿了一件渔民的毛衣和皮外套。她们在一个高岗处停了下来，眺望着大卫、汤姆和那条狗放牧羊群。露西从母亲的脸上看得出，她内心很关心他们但又顾虑重重。她决定替母亲解围，免得她难以启齿。

"他不爱我。"她说。

母亲很快地看了一眼小乔，确信他离得远，听不见。"我相信不至于那么糟，亲爱的。不同的男人表现爱的方式也不——"

"妈，我们一直没做真正的夫妻，从我们结婚那天起。"

"可是……"她朝着小乔的方向点了下头。

"那是在婚前一星期。"

"哦！哦！亲爱的。"她吃了一惊，"是不是因为那次车祸？"

"是，但不是你想的那种理由。不是生理上的原因。他只是……不愿意。”露西轻声地抽泣起来，泪水顺着她让风吹成褐色的面颊淌下。

“你们谈过这件事吗？”

“我试过。妈，我该怎么办？”

“也许随着时间——”

“已经快四年啦！”

一阵沉默。她们继续往前，走过石南丛，来到无力的午后斜阳中。小乔追逐着海鸥。母亲说：“有一阵子，我几乎离开你父亲。”

这次轮到露西吃惊了：“什么时候？”

“珍出生后不久。你知道，那时候我们不怎么富裕，你父亲还在为你祖父干活，而且生意又不景气。三年之内，我三年之内怀了三胎，当时，摆在我面前的，似乎是无穷无尽生小孩和过穷日子的生活，那种单调乏味，没有任何方法可以抒解。我还发现，你父亲常与他的一个老情人布兰达·西蒙兹在幽会——后来她搬到贝辛斯托克去了，你从来不认识她。我突然问我自己，我是为了什么而活？我想不出一个合理的答案。”

露西对那些日子有些模糊零碎的记忆：她爷爷长着白胡子；她父亲像爷爷，只是身材较瘦长；在农舍的大厨房里全家一起吃饭；那儿阳光充足，家畜极多，大家一天到晚说说笑笑。即使在当时，她也以为她父母的婚姻美满牢靠。她问：“你为什么没有离开呢？”

“哦，那年头，人们不流行这个，没有离婚这回事，而且女人也找不到工作。”

“现在妇女什么工作都做了。”

“上次大战时，她们也是都有工作，但战后情况就改变了。我推断这次也一样。一般来说，男人的路要宽得多啊。”

“你没有为自己决定留下来感到遗憾。”这不是个疑问句。

“我这个年纪的人不会对生活发表看法啦。不过我的生活一直是一种听天由命的日子，我所认识的大多数女人都这样，为维系婚姻的稳定而付出，有人觉得是一种牺牲，其实也不见得。不管怎么说，我不打算给你出主意。你也不见得会接受，就算接受了，我估计，出了问题还要埋怨我。”

“哦，妈。”露西微笑了。

母亲说：“我们回去吧！我看，一天散步走这么远就足够了。”

一天晚上，在厨房里，露西对大卫说：“我希望妈能再待两个星期，如果她愿意的话。”

母亲正在楼上哄小乔睡觉，给他讲着故事。

大卫说：“两个星期还不够你们剖析我的人品吗？”

“别傻了，大卫。”

他摇着轮椅凑近她的椅子。“你敢说，你们没议论我吗？”

“当然我们谈论过你——你是我丈夫嘛。”

“那你都跟她说些什么来着？”

“你何必这么担心呢？”露西说，有点怨气了，“你有什么不好意思的？”

“你妈的，我没什么可不好意思的。没人喜欢一对长舌妇议论他的私生活。”

“我们没对你说长道短的。”

“你们说了什么？”

“你怎么那么大脾气呢！”

“回答我的问题。”

“我说我想离开你，她竭力劝说我别这样。”

他把轮椅一转，就摇走了：“告诉她用不着为我操心。”

她叫道：“你是这意思吗？”

他停住了：“我不需要别人，你懂吗？我一个人可以活下去。我只靠自己。”

“那我呢？”她轻声地说，“也许我需要别人。”

“要他干什么？”

“爱我。”

母亲走了进来，感到了屋里的气氛。“他睡熟了。”她说，“我还没讲到灰姑娘赶到舞会，他就睡着了。我想我得收拾些东西，别都留到明天。”她说完就出去了。

“你认为这还能改变吗，大卫？”露西问。

“我不明白你的意思。”

“我们还能不能……恢复原先那样，像结婚以前？”

“我的腿再也长不出来了，如果你指的是这个。”

“哦，天啊，你难道不知道我不在乎那个？我只想得到爱。”

大卫耸耸肩。”那是你的问题。”他没等她哭起来就出去了。

母亲没有再多待两个星期。第二天，露西送她一路走下码头。雨下得很大，她们母女俩都穿着雨衣。她们默默地站着，等候那艘小船，望着大雨落到海面上，砸出点点涟漪。母亲抱着小乔。

“你知道，时候到了，事情自然会改变的。”她说，“四年对一场婚姻来说算不上什么。”

露西说：“我看他不会变，但是除了试试看，我也没别的办法。有小乔，还有这场战争，而大卫又残废了——我怎么能离开呢？”

船到了，露西把三盒食物和五封信从船上取下来，让母亲上去。海面很不平静。母亲坐进小小的船舱。他们站在海角那里向她挥手告别。露西觉得十分孤独。

小乔哭了起来：“我不想让外婆走！”

“我也不想。”露西说。

## 10

高德里曼和布劳格斯并肩走在一条被轰炸过的商店街道上。他们是外形很不相称的一对：教授戴着水晶眼镜，叼着烟斗，鸟似的弓腰驼背，也不看路，只迈着碎步；布劳格斯金发碧眼，身穿侦探喜欢的风衣，头戴式样夸张的便帽，步伐坚定稳健。

高德里曼说：“依我看，‘针’大有来头。”

“为什么？”

“不然的话，他不能如此胆大妄为又不受惩罚。就是那行‘向威廉致意’，准是指的卡纳里斯。”

“你认为他是卡纳里斯的心腹吗？”

“反正他是某个人的亲信——也许是比卡纳里斯更有权势的人呢。”

“我觉得这条线索会给我们一些什么。”

“有来头的人一般是在中学、大学或者军校里建立起来的关系。看看那个。”

他们正好在一家商店外面，原先的玻璃橱窗如今成了一个大空洞。一个粗制滥造的招牌，钉在窗框上，上面一行用手写的字：“比先前更开放。”

布格劳斯哈哈大笑，说：“我在一个挨了炸弹的派出所外面看到过一个牌子：‘乖一点，我们还在办公’。”

“这倒成了一门小型艺术了。”

他们继续走着。布劳格斯说：“这么说来，如果‘针’确实与某个高层人物同过学，又怎么样么？”

“上学的时候，人们总喜欢合影。在肯辛顿的地下室——那栋房子战前是军情六处的办公室——米德温特收集了成千张德国军官的照片：在学校的留影、军官聚会的合影、毕业检阅典礼、和希特勒握手、报纸上刊登的照片——应有尽有。”

“我懂啦，”布劳格斯说，“如果你是对的，而且‘针’上过德国的伊顿和桑赫斯特[①]这类学校，我们很可能找得到他的照片。”

“几乎可以肯定找得到。间谍通常忌讳照相，但他们在成年当上间谍之前不会。我们在米德温特的档案里找到的将是一个年

① 这两所学校为英国著名公学，要人和名流多出身于此。

轻时的‘针’。”

布劳格斯说：“但我们怎么认出来他呢？谁也没见过他啊。”

“不，有人见过。加顿太太的房客对他很熟。”

那幢维多利亚式的红砖住宅矗立在俯瞰伦敦的一座小山上。布劳格斯认为，那样子像是忿忿然地盯视着希特勒对它的城市造成的破坏。住宅高高在上，是发射电波的好地方。“针”大概是住过顶层。布劳格斯想不出，在一九四〇年的黑暗日子里，“针”从这里向汉堡发过什么秘密情报：飞机工厂和炼钢厂的地图参数？海岸布防详情？政治传闻？防毒面具？防空洞和沙包？英国人的士气？轰炸破坏报告？“干得好啊，老兄，你们终于把克里斯琴·布劳格斯给炸死了——”别想了。

一个身穿黑色上装和条纹裤子的老年人打开了门。

“早安，我是苏格兰场的布劳格斯探长。我要和屋主说句话，劳驾啦。”

布劳格斯看到那人的眼睛里跳动着恐惧，随后门洞里出现了一位年轻妇女，说：“请进来吧。”

地面铺着花砖的门厅泛着地板蜡的气味。布劳格斯把他的帽子和外衣挂到一个立架上。老人消失在房子的深处，女人领着布劳格斯进了一间客厅。屋里摆着贵重的家具，有一种旧式陈设的富丽。在一辆小推车上有一瓶瓶的威士忌、杜松子酒和雪利酒，全都是未打开过的。那女人坐到一把雕花的扶手椅上，架起二郎腿。

布劳格斯说：“那个老人为什么害怕警察？”

“我公公是个德国犹太人。他在一九三五年为了逃避希特勒的迫害来到这里，一九四〇年你们却把他关进了集中营。我婆婆见前途无望，就自杀了。他刚刚才从马恩岛被释放出来。他有一封国王给他的信，对给他造成的不便深表歉意。”

布劳格斯说：“我们没有集中营。”

“集中营确实是我们英国人发明。在南非。你难道不知道吗？我们埋首研究自己的历史，却老是忘记历史中的点点滴滴。我们实在善于对不愉快的事实眼不见为净。”

“那也不见得是件坏事。”

“怎么说？”

“一九三九年，我们何尝不是对这样一个不愉快的事实眼不见为净：我们不可能打赢一场与德国人的战争——但看看后来的演变。”

“我公公也是这么说的。他不像我那么犬儒主义。我们能帮苏格兰场做些什么？”

布劳格斯很喜欢和这位女士像这样谈话，但现在他不得不把注意力回归到工作上。“是有关四年前在这里发生的一宗谋杀案。”

“都那么久以前的事了！”

“冒出来了一些新的证据。”

“我当然知道那宗谋杀案。这里原先的房主被一个房客谋杀了。她没有继承人，我丈夫从她的遗嘱执行人手里买下了这栋房子。”

“我想找当年的房客问问情况。”

“好的。”那女人的敌意消失了，她那张聪慧的脸上现出正在努力回想的表情，“我们刚搬进来时，原先住在这儿的三个房客还在：一名退役的海军军官、一位推销员和一个约克郡的小伙子。那个小伙子后来参了军——他还给我们写信。那位推销员应征入伍，死在了海上。我了解这些情况，因为他的五位太太中有两位与我们还有联系！至于那退役军官，现在还住在这儿。”

“还住在这儿！”真是好运气，“我想见见他，劳驾。”

“没问题。”她站起身，“他有一把年纪了。我来带你到他的房间去吧。”

他们走上铺了地毯的楼梯，来到二楼。她说：“你先跟他聊聊，我去找参军的那小伙子最近来的那封信。”她敲起门。布劳格斯苦笑想着，我的房东太太才懒得为自己找这种麻烦。

一个声音在屋里回答：“门开着呢。”布劳格斯走了进去。

那位退役军官坐在窗边的一把椅子上，膝上裹着一条毯子。他穿着一件运动夹克，戴着衬领，打着领带，架着眼镜。他的头发稀疏，胡子灰白，曾经很坚毅的脸上如今皮肤松弛，布满皱纹。这房间成了一个靠回忆度日的男人的家：有几幅航船的绘画、一台六分仪和一架望远镜，还有他本人年轻时在“文契斯特号”军舰上的留影。

“你瞧瞧这个，”他头也不回地说，“告诉我那小子为什么不参加海军。”

布劳格斯走到窗口。屋外路边上停着一辆马拉的面包店送货车。那个所谓的“小子”是个穿裤子留短金发的女人。她有着硕大的胸脯。布劳格斯笑了。“那是个穿裤子的女人。”他说。

“哎呀，果然是！”那军官转过身来，“你知道，这年头是男是女可真说不准。女人居然穿裤子！”

布劳格斯作了自我介绍。“我们重新审理了一九四〇年在这里发生的一宗谋杀案。我相信你和那个叫亨利·费伯的凶嫌，曾经同时住在这儿。”

“没错！我能帮什么忙吗？”

“你对那个费伯记得清楚吗？”

“清楚极了。高大的个子，深色的头发，谈吐文雅，举止安详。穿得相当破旧——你要是以服装取人，可就要看走眼了。我也不是不喜欢他，只是我没那份心思去好好了解他，而且他似乎不想让人了解。我估算他的年纪大概和你相仿。”

布劳格斯忍住没笑：他已经习惯人们只因为他是警探就把他的年纪估计得偏大了。

那军官又补充说：“我肯定他没干那事。你知道，我对人的性格还有点了解——你不学点这方面的本领，是没法指挥一艘军舰的——那个人要是色情狂的话，我就是赫尔曼·戈林了。”

布劳格斯突然联想到，这老头儿把穿裤子的金发女人误认为男人，还错估了他的年龄，肯定是不中用了，不禁感到失望。他说：“你知道，你总该要求看一看警察的证件的。”

那老军官有点吃惊：“那好吧，咱们看看吧。”

布劳格斯把打开皮夹，把克里斯琴的相片给他看：“请看。”

老军官端详了一会，然后说：“拍得真不错。”

布劳格斯叹了口气。老头子的眼睛几乎全瞎了。

他站起身。“这次就谈这些吧。”他说，“谢谢你。”

“欢迎你随时来，我一定尽力相助。如今我对英格兰没有多少价值了——连国民军都不要的人，确实够不中用的了，唉。”

“再见。”布劳格斯向外走。

那女人在楼下的客厅里。她递给布劳格斯一封信。“地址是一个军队信箱号码，”她说，“毫无疑问，你能找得到他在哪儿。”

“你知道，老军官没什么用啦。”布劳格斯说。

“我猜也是。不过，有个客人，他这一天过得总算有点意思。”她打开门。

布劳格斯一时冲动，说：“你肯赏光和我一起吃顿晚饭吗？”

她脸上掠过一道阴影。“我丈夫还在马恩岛呢。”

“对不起——我原以为——”

“没关系。我感到荣幸。”

“我想请你放心，我们不是盖世太保。”

“我知道你不是。一个孤单的女人难免会变得刻薄。”

布劳格斯说：“我妻子死在空袭中。”

“那你应该了解，战争会引起一个人的恨意。”

“对，”布劳格斯说，“它会引起一个人的恨意。”他走下台阶。门在他身后关上了。开始下雨了。

克里斯琴死的那天也有雨。布劳格斯因为和高德里曼翻阅一些新资料，回家晚了，他拼命往家里赶，希望可以在克里斯琴出去开救护车之前，和她一起待上半小时。天黑了，雨已经下起来了。

布劳格斯为她感到骄傲，很骄傲。和她一起工作的人都说，她这样的一个女人胜过两个男人。她在灯火管制的伦敦街上开车驰骋，像个老兵似的拐弯时只用两轮着地，尽管这城市四处起火，她却吹着口哨，谈笑风生地穿行其间。人们都说她无所畏惧。布劳格斯比他们更了解她：她心里是害怕的，只是不表露出来罢了。他之所以会知道，是因为早晨他起床而她上床时，他看到了她的眼睛。这种时候，夜里的可怕情景已经过去了几小时，她也不用再那么强撑着了。他知道，她并非不害怕，但却勇气十足，他感到骄傲的正是这个。

他从火车上下来时，雨下得更大了。他向下拉了拉帽子，把衣领竖起来。他在一个商店给克里斯琴买了香烟——她像很多妇女一样，最近也抽起烟来了。店主只卖给他五包烟，因为货源短缺。

一名警察拦住了他，要验看他的证件——又耽搁了两分钟。一辆救护车驶过他身边，很像是克里斯琴开的那辆，那是一辆征用来的水果运输卡车，漆成了灰色。

他走进家门时，心情开始紧张起来。爆炸声听着越发近了，而且他还能清楚地听到飞机声。今天夜里，东区又会伤痕累累，看来他又得要在莫瑞森防空洞睡觉了。很近的地方又有一次爆炸，他加快了步伐。他连晚饭也要在防空洞里吃了。

他拐进自己那条街，看到了许多辆救护车和救火车，赶紧拔腿跑起来。

有炸弹落在了他家的街上，离街的中央部位不远，应该就在他家附近。老天爷，可千万不要是我家，不要——

屋顶上被直接命中，房子彻底被炸平了。他向人群冲过去，那儿聚着邻居、消防队员和志人员。“我太太没事吧？她出来了吗？她还在里面吗？”

一名消防队员同情地看着他：“没人出来，老兄。”

救护人员在翻着瓦砾堆。突然，一个人叫道：“在这儿了！”随后他又说，“倒大霉啦，是无所畏惧的克里斯琴！”

布劳格斯冲到那人身前。克里斯琴在一大堆砖头下面。可以看得见她的脸：她双眼紧闭。

那个救护人员叫着：“吊车，哥儿们，赶快。”

克里斯琴呻吟了一声，动了动。

布劳格斯说："她还活着！"他跪到她身边，把手伸到一块大砖垛的下面。

那个救护人员说："你抬不动的，孩子。"

但那块砖垛却被抬了起来。

那个救护人员说："天哪，你会砸死自己的。"一边说一边赶紧弯腰来帮忙。

大砖垛抬起离地面两英尺高时，他们用肩膀扛住了它。现在重量不再压住克里斯琴身上了。又来了一个人，再来了一个。四个人一起把大砖垛撑了起来。

布劳格斯说："我把她抬出来。"

他爬到斜坡砖顶的下面，把妻子搂在怀里。

有人叫道："该死，往下滑啦！"

布劳格斯把克里斯琴紧紧搂在胸前，赶紧往外爬。他刚刚出来，那几个救护人员就松开了砖垛，跳到了一边。砖垛落在地上，发出震耳欲聋的轰响。布劳格斯意识到，这块大砖垛刚才就是这样落到克里斯琴身上的，心里明白她是没救了。

他把她抬到救护车上，车子马上开走了。她死前又睁了一次眼，并且说："你们只好靠自己来赢这场战争，我可帮不上忙了，孩子们。"

一年多后，当他从海格特顺着下坡走到伦敦市区时，泪水又涌了出来，和落到脸上的雨水交织在一起，他想起刚才女主人说的那句至理名言：战争会引起一个人的恨意。

十八岁的比利·帕金，本该在他父亲开在斯卡伯罗的皮革厂中当学徒，却因为战争的需要被军队按二十一岁接收，并一路被提升为中士。现在，帕金正受命率领他的先遣班穿过一座燥热的树林，向一个尘土飞扬的意大利村庄前进。

意大利人已经投降，但德国人还没有，正是德国人在意大利抵御着英美联军。联军在向罗马挺进，对帕金中士这个班来说，这是一次长途行军。

他们在一座山顶上走出树林，卧倒在地，观察位在山脚下的村庄。帕金取出他的望远镜，说："我现在他妈的要是能喝上一杯茶该有多好。"他学会了喝酒、吸烟、睡女人，说的话和其他当兵的人没两样，也不再参加祈祷会了。

这些意大利的村庄有的有设防，有的没设防。既然不知道哪里有设防哪里没设防，在接近这些村庄时就一概得小心翼翼。这得消耗掉不少时间。

山的下坡上没有多少隐蔽之处——只有几片灌木丛。村子的外围有几栋白色的房舍，然后是一条河，河上有座木桥，然后是更多的房子，中间有个小广场，边上有镇公所和钟楼。从钟楼到木桥视野开阔：如果这里驻有敌人，一定在办公所里。周围的田地里有几个人影在干活。天晓得他们是谁：可能是地道的农民，也可能是法西斯党徒、黑手党分子、游击队员、共产党人……甚至可能是德国人。在没有开火之前，你根本无法知道他们会站在哪一边。

帕金说："上吧，下士。"

五分钟之后，瓦特金斯下士踏在通往村庄的土路上，头上戴了一顶便帽，军装外面裹了一条肮脏的旧毯子。他肩上扛着一个包袱，里面装的什么东西说不上，从一口袋洋葱到一只死兔子都可能。他跌跌撞撞地，不像是在走路。到了林边，消失在一座低矮的农舍黑乎乎的屋里。

过了一会儿，他出来了。贴墙站着，这样从村子方向便看不到他了。他向山顶上的士兵们望过去，挥起手：一次，两次，三次。

全班爬下山坡，进了村子。

瓦特金斯说："所有的房子都是空的，中士。"

帕金点点头。

他们从房子之间运动到河边。帕金说："该你了，哈德森。把这条小河当作密西西比河游过去吧。"

二等兵哈德森把他的装备整齐地堆放在一起，摘下钢盔，脱下皮靴和紧身军上衣，溜进窄窄的溪流。

他在对岸露出水面，爬上岸去，消失在房舍中间。这次等候的时间长些，因为要察看的范围更大。最后，哈德森走回木桥这边。"要是这儿有德国人，他们也都藏着呢。"他说。

他重新装备整齐，全班通过木桥，进入村子。他们靠着街道两侧，向广场前进。一只鸟从一间屋顶上飞起，惊动了帕金。他们经过一座座房舍时，有人踢开了一些房门。里面没有人。

他们站在广场边上。帕金向办公所点了下头。"你到那里边去过了吗，哈德森？"

"去了，长官。"

"这样看来，这村子是我们的了。"

"是的，长官。"

帕金向前走，准备通过广场，这时，猛烈射击爆发了。随着枪声大作，子弹冰雹般落在他的周围。有人尖叫了一声。帕金躲闪着，弯腰低头地奔跑着，在他前面的瓦特金斯用手掐着腿，痛得直叫；帕金把他抱了起来。一颗子弹“砰”的一响，掠过他的钢盔。他冲向最近的一间房舍，撞开门，摔进了屋里。

射击停止了。帕金冒险向门外窥视。有一个人受伤倒在广场上：是哈德森。真不公平。哈德森动了一下，跟着就响了一枪。随后他便不动了。帕金说：“这些该死的杂种。”

瓦特金斯叫着：“唔！”随后龇牙一笑，举起了什么东西，“不在里面了。”

帕金又向外面看去。“他们在钟楼里，”他说，“那儿没大空间，不会有很多人的。”

“不过他们可是会开枪的。”

“是啊，他们把我们困在这儿了。”帕金皱了皱眉，“有炸药吗？”

“嗯。”

“咱们看看。”帕金打开瓦特金斯的背囊，取出了炸药，“有了。给我装一支十秒钟的引信。”

其余的战士在街道对面的那栋房子里。帕金向他们叫着：“哎！”

那门口露出一张脸。“中士？”

“我打算扔个番茄。我一声令下，你们立刻开枪掩护我。”

“好的。”

帕金点燃一支香烟。瓦特金斯递给他一包炸药。帕金大叫：“开火！”他用香烟点着引信，跨到街上，抡开手臂，把炸药投向钟楼，然后立即转身，钻回屋里。自己人的火力在他耳中轰轰作响。一个子弹擦过门框，激起的木屑擦着了他的下巴。继而是炸药的爆炸声。

没等他看，街对面就有人喊：“炸个正着！”

帕金走出屋外。那座古老的钟楼坍塌了。就在烟尘落到废墟上时，听到了一声不合时宜的钟声。

瓦特金斯说：“你以前是打板球的吧？那一下掷得可真他妈的准。”

帕金走到广场的中央。看来，那些被炸得七零八碎的尸体拼凑起来刚好是三个德国人。他说：“这钟楼也实在太不结实了。就算我们一块朝它打喷嚏，大概也会震塌的。”他转过身去，说道，“多活一天，多赚一天的美金。”这是美国大兵的俚语。

“中士，您的电话。”通讯员说。

帕金走回来，从他手中接过话筒。“喂，我是帕金中士。”

“我是罗伯茨少校，中士。从现在起解除你的实际职务。”

“为什么？”帕金的第一个念头是他们发现了他的真实年龄。

“上面要你回伦敦。别问我为什么，因为我也不知道。把你的班交给你的下士负责，返回基地来。路上有车接你。”

“是的，长官。”

“命令还说，你绝对不准以任何理由拿你的生命冒险。懂了吗？”

帕金咧嘴一笑，想到了钟楼和炸药。“懂了。”

“好吧。上路吧。你这个走运的小子。”

布劳格斯想，别人之所以都叫帕金小子，是因为他们认识他，都是在他参军之前。毫无疑问，帕金如今已道道地地是个男人了。他迈着优雅和自信的步伐，用锐利的目光四下张望，与上级军官在一起不卑不亢。布劳格斯知道他在年龄上撒了谎。倒不是因为他的模样和举止，而是由于每当提及年龄时他流露出来的细小反应——那种小反应，像布劳格斯那样经验丰富的刑讯官，会出于职业习惯一下子注意到的。

他们刚告诉他要他看一些照片时，他还挺开心。现在，他到米德温特先生在肯辛顿布满灰尘的地下室里的第三天，那种开心已经消失，取而代之的是乏味。最让他烦恼的则是不准吸烟的规定。

其实，布劳格斯更烦，因为他不得不坐在旁边看着帕金。

有一天，帕金说："你们不会把我从意大利叫回来帮着破一宗四年前的谋杀案吧？那完全可以等到打完仗再说。还有，这些照片大多是德国军官。要是这宗案子需要我守口如瓶，你们最好告诉我。"

"你的确该守口如瓶。"布劳格斯说。

帕金又回去看照片了。

那些照片全是些旧照片，大多数都已发黄、褪色，许多还是从书籍、报刊上剪下来的。有时候，帕金还要使用米德温特先生周到地提供的放大镜，更仔细地辨认合影中的小面孔；每逢这种时候，布劳格斯的心就怦怦直跳，直到帕金把放大镜放在一旁，拿起另一幅照片时，他的心跳才缓和下来。

他们到附近的一家酒馆去吃午饭。和战时的大多数啤酒一样，这儿的啤酒很淡，但布劳格斯依然认为，应该明智点，只让年轻的帕金喝上两品脱——要是任他喝，他会一口气灌下个一加仑的。

"费伯先生是个不爱多说话的人。"帕金说，"你不会认为他有那种动机。跟你说，女房东长得不错，而且她还想干那种事。回想起来，要是我当时懂得怎么上手，搞不好我自己就会把她占有啦。嘿，我当年只有——十八岁。”

他们吃了面包和起司，帕金吞下了一打腌洋葱。他们回去时，在大门外停留了一阵子，以便帕金再抽一支香烟。

“他是个大个子，长相漂亮，谈吐优雅。但我们都没怎么重视他，主要是因为他的衣着很差，骑着一辆自行车，而且也没钱。我猜想这可能是一种巧妙的伪装。”他带着询问的意味，扬起了眉毛。

“可能吧。”布劳格斯说。

当天下午，帕金足足找出了三张费伯的照片。

其中一张是九年前才拍的。

米德温特先生把这几张照片翻拍了。

海因里希·鲁道夫·汉斯·冯·穆勒–古德（“咱们还是叫他费伯好了。”高德里曼说着，笑了一声）于一九〇〇年五月二十六日出生于西普鲁士一个叫作奥伦的村子里。他家世代都是当地殷实的领主，父亲是家中的次子，他本人也是次子。次子都是要做军官的。他母亲是第二帝国一位高级军官之女，生来就受到教育，要做贵族夫人，也果真如愿以偿。

他十三岁的时候，进入了巴登的卡尔斯鲁赫军校，两年后转入柏林附近更有名望的格罗斯–李奇特菲尔德军校。两所军校都以艰苦训练、纪律严明著称，学员的思想是靠藤条、冷水澡和粗劣的食物来磨炼的。海因里希在那里学会了讲英语和法语，还学习了历史，最后以本世纪以来的最高分通过了毕业考试。在他就学的经历里，只有另外三条记录：在一个严寒的冬天，他反抗当局，直至半夜溜出校门，步行一百五十英里到了他姑妈家；在一次训练中，折断了他的摔跤教官的手臂，还因为不服从上级挨过鞭子。

一九二〇年，他作为见习军官在韦塞尔附近的腓特烈菲尔德中立区短期服役，一九二一年在梅兹的军校接受军官训练，并于一九二二年被授予少尉军衔。

（“你那次用的什么字眼？”高德里曼问布劳格斯，“‘相当于伊顿和桑赫斯特的德国贵族学校’，对不对？”）

随后的几年里，他在五六处地方短期执勤。他也是个成绩出众的田径运动员，尤其是在长跑项目上。

他和人从不深交，从未结过婚，还拒不参加纳粹党。由于国防部一位中校军官的女儿怀孕这件事不明不白地牵连到他，他晋升为中尉一事被延迟了，但最终在一九二八年他还是当上了中尉。他和上级军官谈话时仿佛是同级，这一习惯之所以得到接受和原谅，是因为他是个步步高升的年轻军官，而且是普鲁士的贵族。

二十年代末，威廉·卡纳里斯海军上校成为海因里希的伯父奥托的挚友，并多次在他家的奥伦庄园中度假。一九三一年，还没上台当总理的阿道夫·希特勒曾是那里的座上客。

一九三一年，海因里希晋升为上尉，并到柏林执行秘密使命。这是他最后一张照片拍摄的时间。

大约从那时起，他似乎就不复存在了。

“剩下的我们可以推测，”珀西瓦尔·高德里曼说，“德国情报机构训练他掌握了无线电发报、使用密码、测绘地图、盗窃、讹诈、破坏和暗杀。他在一九三七年前后来到伦敦，有充分时间为自己弄到可靠的掩护身份——也许是两个。他的孤独习性是间谍生涯磨炼出来的。战争一爆发，他就认为已获准杀人了。”他看着他办公桌上的照片，“他是个挺帅的家伙。”

那是第十汉诺威狙击营长跑队的合影。费伯的位置居中，举着一只奖杯。他有着高高的额头和长长的下巴，蓄着短短的头发，一张小嘴上缀着窄窄的胡须。

高德里曼把照片递给比利·帕金。“他变化大吗？”

“他的样子要老多了，不过也可能是他……装的。”他沉思着端详着那照片，“他的头发现在长多了，胡须也不见了。”他隔着桌子把照片递过去，“不过这就是他，没错。”

“档案里还有两条，都是推断。”高德里曼说，“第一，他们说他可能在一九三三年进入了情报机构——一名军官的履历没有明显的原因而中断时，一般都会这么猜测。第二条是谣传，未经任何可靠来源证实，说他当过几年的斯大林亲信顾问，用的名字是瓦西里·赞可夫。”

“这难以置信。”布劳格斯说，“我不相信。”

高德里曼耸了耸肩。“在希特勒上台的那段时间，有人劝说斯大林处决了他的军官中的精英。”

布劳格斯摇了摇头，换了个话题：“我们下一步该往哪里走呢？”

高德里曼想了想。“咱们把帕金中士调过来。他是我们所知唯一一个亲眼见过‘针’的人，他了解的情况很多，我们不能让他在前线冒险了。另外，把这幅照片好好复制一下，由一位修版师把他的头发加厚，把胡须去掉。然后我们就把照片分发下去。”

“我们要大张旗鼓地通缉他吗？”布劳格斯疑惑地说。

“不，目前我们要悄悄地动手。如果我们一登报，他就会闻风而遁。当前只要把照片送到警察部队就可以了。”

“只做这些？”

“我想就这些。除非你另有主意。”

帕金清了清喉咙。“长官？”

“嗯。”

“我当真宁愿回部队去，我不适合做行政工作。希望你明白我的意思。”

“你没有选择的余地。中士。在这个斗争的舞台上，多一个少一个意大利村庄没有什么不同——但这个叫费伯的人却可能使我们输掉这场战争。用美国人的话说：‘我不是在开玩笑。’”

## 11

费伯钓鱼去了。

他平躺在一艘三十英尺长的小船甲板上，四肢伸展开，享受着春天的阳光。船以每小时三海里的速度沿运河漂流，他的一只手懒洋洋地握着舵杆，另一只手放在鱼竿上，鱼线拖在船后。

整整一天，他也没钓到一条鱼。

除了钓鱼之外，他还观鸟。这两件事都令他觉得乏味，不过却给了他携带望远镜的借口。这一天一早，他还看到了一只翠鸟的巢呢。

诺维奇船厂的人巴不得把船租给他半个月。如今生意萧条，他们只有两艘船，其中一艘从敦刻尔克撤退以来还没派过用场。费伯为了做样子，故意讨价还价了一番。最后他们把一箱罐头食品扔上船，这才成交。

他在附近一家商店买了鱼饵，渔具则是他从伦敦带来的。他们说了一些祝他满载而归之类的话，没有人要求看他的身份证。

到此为止，一切顺利。

困难的事就会到来了，因为估计一支军队的战斗力谈何容易。你首先要找到那支军队。

在和平时期，军队会挂起自己的路牌来帮助你。现在，路牌都摘掉了，不光是军队的，什么路标都不见了。

简单的解决方法是加上一辆汽车，尾随着你遇到的第一辆军车，直到军车停下为止。可惜，费伯没有汽车，一个平民百姓要租车也简直不可能；而且，就算你有辆车，也弄不到汽油。更何况，一个平民百姓跟在军车后面到处转，张望军营，肯定会被捕的。

于是他便选择船。

几年前，当出售地图还合法的时候，费伯就发现英国有上千英里的内河水路。原有的河网在十九世纪又被蛛网似的运河加长了。在某些地方，河道几乎和公路一样多。诺福克郡就是这样的一处地方。

驾船有许多优越性。在公路上，一个人总要有行驶的目标；而在河上，可以无目的地漂流。在停着的汽车中睡觉，会引人生疑；但在泊着的船上睡觉则很自然。水路上人迹稀少。再说，谁听说过河上有关卡的呢？

但也有不利之处。机场和营房都得靠近公路，选址时从不考虑靠近水边。因此，费伯只好在夜间上岸，去侦察田野。他离开停泊的小船，在月色下探勘山坡，一夜疲惫地往返四十英里。但由于天黑或根本来不及去察看每一平方英里，很容易就会错过他寻找的目标。

每当天亮后几小时回到船上时，他就一觉睡到正午，然后继续前行，偶尔停下来，爬上附近的一座小山，四下巡视一番。在船闸处、在孤独的农舍和河畔酒馆中，他总要和人们攀谈，巴望着能够探听出驻有军队的线索。到目前为止，仍然一无所获。

他开始怀疑，他是不是找错了地方。他曾经设身处地地想，如果自己就是巴顿将军，要在东英格兰找一处进攻法国的基地的话，会找哪里？显然要在诺福克郡——这里有广袤的僻静乡野、大面积的平地供飞机起降，而且面临大海，便于出发；沃什湾更是军舰集结的理想之地。不过，他的这番猜测可能——出于某种他所不知道的原因——是错误的。可能很快他就得考虑穿越田野到一个新地区去：也许就是芬斯。

他的前方出现了一道船闸，他调整船帆，减慢船速，缓缓地滑进闸区，轻轻撞到闸门上。闸门看守员的房舍就在岸上。费伯用双手拢着嘴呼喊了一声，然后便定下心来等候着。他已经听说，看闸门的人都是催不得的。更何况，现在是午茶时间，在这种时候，他们更是难得一动。

一个女人来到房子的门口，向他招手。费伯挥手作答，然后便跳到岸上，把船拴好，走进屋去。闸门看守员只穿着衬衫，坐在厨房的餐桌旁。他问："你不忙吧，嗯？"

费伯微微一笑："一点不忙。"

"给他倒杯茶，玛维斯。"

“不必了，真的。”费伯客气地说。

“没什么，我们刚刚沏了一壶。”

“谢谢。”费伯坐下去。小小的厨房通风又洁净，给他端来的茶盛在一只漂亮的瓷杯里。

“钓鱼度假吗？”看船闸的问。

“钓鱼和观鸟。”费伯回答，“我正打算收拾起来，在陆地上待上两天。”

“哦，这样。那你最好把船泊在对岸。河的这一边是禁区。”

“真的？我可不知道原来这一带驻有军队！”

“嗯，从这儿再过去半英里左右就进入禁区范围了。至于是不是军队，我不知道。他们也不会告诉我。”

“对，我们没必要知道。”费伯说。

“嗯。那就喝茶吧，待会儿我来送你过闸。谢谢你让我把茶喝完。”

他们离开了房子，费伯下到船里，解开缆绳。他后面的闸门慢慢关上了，随后，闸门看守员把泄水的闸门打开。小船随着闸内的水位逐渐下降，这时看闸门的人又打开了前面的闸门。

费伯扬帆驶出。看闸门的人向他挥手告别。

他在四英里左右之外的地方再次停了下来，把船缆系在岸上一株粗树上。他等着黑夜降临，吃了一罐罐头香肠和一些饼干，喝了一瓶瓶装自来水当晚餐。他穿起他的黑衣服，把他的望远镜、照相机和一本《东英格兰的稀有鸟类》装进一个肩袋，把指南针放进口袋，拿起了手电筒。一切都已准备就绪。

他关了防风灯，锁好舱门，跳上岸去。用手电筒光照了一下指南针，便钻进了沿运河的一带树林里。

他从船上向正南方走了大约半英里，碰上了一道铁丝网：有六英尺高，编成方格状，顶上绕着带刺勾的铁丝。他往回退进树林，爬上了一棵高树。

天空上飘着朵朵浮云，月亮时隐时现，铁丝网之外是一片缓缓升高的开阔地。费伯先前在奥德肖特的比金山及其他一大片南英格兰军事区做过这类事情。这种军事区一般有两种防范措施：沿铁丝网巡逻的哨兵和在军事设施旁的固定岗哨。

只要有耐心和警觉，这两种哨兵都是可以回避的。

费伯从树上下来，回到铁丝网前面。他在一片树丛后面伏下来，守候着。

他需要弄清楚流动哨经过这一地点的时间。如果到黎明还没有走过来，他只好第二天夜里再来了。如果他走运，哨兵会很快走过。从警戒区表面的面积来看，他估计他们每夜只能转上一圈。

他很走运。十点刚过，他就听到了脚步声，三个人在铁丝网的内侧迈步走了过去。

五分钟之后，费伯越过了铁丝网。

他向正南方走去——当各个方向都有同等价值时，直线便是最佳选择了。他没有用手电筒，尽可能靠近土岗和树林，而避免在高处行走，以防突然露面的月亮会照出他的身影。这一片荒野全是黑色、灰色和银色的交织。脚下的土地有些水汪汪的，就像附近有沼泽。他面前有一只狐狸穿越而过，像灰色猎犬一样迅疾，像猫儿一样优雅。

夜里十一点半的时候，他遇到了第一处军事设施的迹象——但那些迹象看起来有些古怪。

月亮出来了，他看到在他前方大约四分之一英里的地方有好几排平房，排列之整齐，一眼就可断定是军队营房。他立刻卧倒，但随即怀疑这眼前景象的真实性，因为那里既无灯光也没声响。

他一动也不动地趴了十分钟，想看看出现什么情况可以解释他的怀疑，但什么事情也没发生，只有一只獾笨拙地爬进他的视野，看了看他，就又溜掉了。

费伯匍匐向前。

他凑得更近时才看明白，那些营房不仅没有主人，而且根本还没有盖好。大多数建筑只是几根角柱撑起一个屋顶，有些有一面墙。

一个突然的响声惊动了他，他卧倒不动：原来是一个人在笑。他静卧着观察。一根火柴划着了，又熄灭了，余下了两个红光点——在一座未完成的房子里有两名哨兵在吸烟。

费伯触了触袖中的锥形匕首，然后又继续向前，向远离哨兵的营地另一侧爬去。

那些建了一半的营房既没铺地板，也没打地基。附近没有建筑车辆，没有手推车，没有水泥搅拌机，没有铁铲，也没有砖堆。从营房有一条泥路穿越田野，但从车辙里长满的野草表明，这条路已好久没车经过了。

似乎有人曾一度决定在这里驻扎上万的军队，但在动工兴建营房几个星期之后又改变了主意。

不过这地方有些情况无法这样解释。

费伯蹑手蹑脚地四下走动，以免惊动哨兵。在营地中央有一批军车。辆辆破旧生锈，而且全是空壳，没有一辆引擎或任何机件。如果有人想拆卖车辆零件，为什么不把外壳也一起当废铁呢?

那些有一面墙的房子，全都位于最外圈，而且一律面朝外。看起来倒更像是电影布景，而不像是建筑工地。

费伯觉得他已经把这地方侦察得一清二楚了，他向营地的东端走去，然后再卧倒爬行，直至来到一道土坡背后不被人看见。他往前又走了一英里，来到一个土岗的顶部，再回头望去。现在，刚才他到过的那地方看上去又活脱脱像一座兵营了。

一个念头在他头脑里闪过，不过他还需要时间去消化。

地面依然比较平展，只是略有起伏。这里有一片片的林地和沼泽灌木丛，费伯可以充分利用。有一处地方，他还不得不绕过一座湖，在月光下，湖面有如一面银镜。他听到一只猫头鹰在哀鸣，便朝那个方向望去，看到远处有一座颓败的仓房。

再向前五英里，他看到了机场。

停放在这里的飞机比他原先估计皇家空军所拥有的全部飞机加起来还要多。这里有投掷照明弹的“开拓者”，还有进攻前轰炸用的“兰斯洛特”和美国的“B-17”，有用于侦察投射的“旋风式”“喷火式”和“蚊子”。这些飞机足够供应一次登陆作战所需。

这些飞机的起落架毫无例外地都陷入了软土之中，肚皮贴着泥地。

这里也是既无灯光又无响声。

费伯仍采用先前的步骤：向机群匍匐前进，直到看见哨兵。在机场的中央有一顶小帐篷。微弱的灯光从帆布中透出。那儿有两个人，也许是三个。

费伯向机群靠过去，那些飞机似乎变得扁平了，仿佛都给压过似的。

他接近最近的一架飞机，伸手一摸，吃了一惊。原来那只是一块半英寸厚的三夹板——它被切割成“喷火式”战斗机的外形，涂上了伪装，用绳子系在地面上。

别的飞机也都一样。

足足有一千多架。费伯站起身，用眼角的余光瞥着那顶帐篷，只要稍有动静，就卧倒在地。他绕着伪装的机场走了一圈，看着那些伪造的战斗机和轰炸机，思索着他所发现的这一切的含意。

他明白，如果他继续侦察，他就会发现更多这样的机场，更多建了一半的营房。如果他到沃什湾去，他会看到一支由三夹板的驱逐舰和运输舰组成的舰队。

这是一场精心策划而又耗资巨大的骗局。

这些伪装不大可能长时间地欺骗一个旁观者，但设计的目的不是为了蒙蔽地面观察者的眼睛。

它是做给空中侦察看的。

即使一架装有最新型摄影机和高速底片的低空侦察机，拍到的也只是足以表明确有集结的照片。

难怪总参谋部会认定登陆行为将出现在塞纳河以东了。

他推测，还有其他手段来加强这种欺骗行为。英国人会使用明知要被破译的密码和美国第一集团军进行通讯联络。这种手法不一而足。

英国人花费了四年时间武装自己，准备这次反攻欧洲大陆的行动。大部分德国军队这时正在和俄国人作战。盟军一旦在法国的土地上得到一个立足点，将势不可挡。德国人的唯一机会就是在海滩逮住他们，趁他们从运输舰上下来时一举予以歼灭。

如果德国人守候在错误的地点，他们就会失去这唯一的机会。

整个战略一下子清晰了。简单，但具有极大的破坏力。

费伯必须通知汉堡。

他不清楚，他们会不会相信他。

战争的部署很少会因一个人的一句话而改变。他的话相当有分量，但有分量到那个程度了吗？

他需要取得证据，然后带到柏林。

他需要照片。

他要把这支庞大的假军队给拍照下来，然后到苏格兰去与潜艇会合。他要把照片亲手交给元首。

拍照需要光源，他只好等待天亮。刚才来的路上不远处有一座破仓房，他可以在那里度过下半夜。

他看了看指南针，便出发了。仓房比他想象的要远，他足足走了一个小时。它是座旧木板建筑，顶棚上有些洞。由于没有粮食，连老鼠也早就离开了这里，但在储草料的顶棚上还有蝙蝠栖息。

费伯躺倒在一些模板上，却无法入睡，因为他想到，如今凭他一人之力，就能改变历史上这场最伟大的战争的结果。

黎明应在五点二十分到来。四点二十分，费伯离开了仓房。

虽然他没有睡觉，但两个小时躺着不动，使他的身体得到休息，头脑也冷静了，现在他的精神又饱满了。西风扫清了残云，尽管月亮已经落下，但星光灿然。

他的时间把握得很准。在“机场”进入他的视野时，天空已经亮得可以让人看清事物了。

哨兵还在他们的帐篷里。要是走运，他们大概在睡觉——费伯从自己的经验中体会到，执勤的时候，最后这几小时最难坚持。

万一他们出来，他就只好杀掉他们了。

他选好位置，在照相机里装上三十六张一卷的三十五毫米底片。他希望底片的感光药剂没有失效，因为那已经是从战前就一直保存在他箱子里的了。如今，在英国是买不到底片的。他一直把它们保存在防光袋内，不让它受热，应该是还能用的才对。

当太阳的红边露出地平线时，他开始拍照。他从各种有利角度和不同距离拍了一连串的照片，最后拍了一张假飞机的近景：这些照片会把假象和实情都表现出来。

他在拍摄最后一张照片时，从眼角瞥到一点动静。他卧倒在地，爬到一架“蚊子”式飞机下面。一个士兵从帐篷中出来，走了几步，在地上小便。那人伸了个懒腰，打了个哈欠，然后点燃了一支香烟，向机场周围看了一圈，打了个冷战，回到了帐篷里。

费伯站起身，跑了起来。

跑出了四分之一英里之后，他回头看了看。机场已经出了视线。他朝西向军营走去。

这可远远不是一般的间谍活动。希特勒一向独断专行。如果有人能带来证据，再次说明元首正确而所有的专家都错了，那他所能够得到的褒奖绝不仅仅只是在后背轻拍一下而已。费伯深知，希特勒早已把他列为德国情报机构最出色的特工：这次成功很可能会让他得到卡纳里斯的职务。

他加快了步伐，慢跑了二十码，走上二十码，又慢跑了二十码，这样他在六点三十分到达了“军营”。这时天已大亮，他无法过于靠近，因为那些哨兵不再待在帐篷里，而是进了一处没墙的营房中，对四周看得一清二楚。他卧倒在一道土坎旁边，从远处拍照。普通照片只能看出营房，但放大之后，就可揭示骗局的细部。

他返回去，朝小船走，这时他已拍好了三十张照片。他又匆忙走起来，因为此时的他十分令人生疑——一个身着黑衣的人背着一袋设备，在禁区的荒野中慢跑。

一个小时后他来到铁丝网前面，他四下张望，除了大雁之外，不见别物。他攀过铁丝网，一颗提着的心才放下来。出了铁丝网，他便处于有利的地位了——他可以恢复他那观鸟、钓鱼、划船的角色了。最危险的时刻已经过去了。

他溜达着穿过那一带林地，然后站定，顺一下呼吸，让整夜里都绷得紧紧的精神松弛下来。他决定把船先向前开几英里，再停下来睡上几小时。

到达运河边的时候，他心想：好啦，一切都过去啦。小船在晨曦中看着那么漂亮。他打定主意，一上路就要沏上一杯茶，然后——

一个穿军服的人从船舱走出来，说："嗯？喂，你是什么人？"

费伯站着一动也不动，让他的冷静和本能发挥出来。闯到他船上的人穿的是国民军的上尉军装。他有一支手枪，插在皮带上的枪套里。他高大瘦削，不过看样子快六十岁了，帽子下露出白发。他没做拔枪的动作。费伯把这一切都看在眼里，便说："你在我的船上，所以依我看，该由我来问你是什么人。"

"国民军上尉斯蒂芬·兰厄姆。"

"我是詹姆士·贝克。"费伯站在岸上不动。他知道，一名上尉是不会独自巡逻的。

"你在做什么？"

"在休假。"

"你到哪儿去了？"

"在观鸟。"

"在天亮以前吗？把枪对准他，沃森。"

一个身穿粗斜纹棉布军装的年轻人，手持滑膛枪从费伯的左边靠上来。费伯四下扫了一眼。还有一个人在他右边，他身后还有第四个人。

上尉叫道："他从哪个方向来，下士？"

回答来自一颗橡树的顶部。"从禁区来，长官。"

费伯在心里快速算了一下双方的人数对比：四比一。还不算要从树上下来的下士。他们只有两支枪：指着他的那支滑膛枪和上尉的手枪。而且他们都不是正规军人。小船也有帮助。

他说："禁区？我只看到了一段铁丝网。喂，请把那支大口径老枪对准别处好吗？它会走火的。"

上尉说："没人在夜间观鸟的。"

"如果在黑暗的掩护下找好藏身之地，鸟醒来时就看不见你。这是公认的好办法。喂，我说，国民军精忠爱国、精明干练是没错，但做事也不要做得太过火，好吗？检查检查我的证件，再打个报告，不就行了吗？"

上尉脸上掠过一层疑云："你那帆布袋里有什么？"

"望远镜、照相机，还有一本参考书。"费伯的手伸向袋子。

"你不要动。"上尉说，"沃森，看看那里面。"

这就是外行的过失了。

沃森说："举起手来。"

费伯把双手举过头顶，右手贴近左衣袖。费伯盘算着接下来几秒钟的行动：千万不能有枪响。

沃森端着枪对准他，从费伯的左边靠上来，打开了费伯的帆布袋的盖子。费伯从衣袖中抽出锥形匕首，越过沃森的防卫线，把匕首从上向下捅进了他的脖子，直至没柄。费伯的另一只手从年轻人的手中把滑膛枪扭了过来。

岸上的另外两名士兵向他奔来，那名下士开始噼噼啪啪地从橡树枝上下来。

费伯从沃森的脖子上拔出匕首，那人随即瘫倒在地。上尉慌乱地掀着枪套的盖。费伯跳到船上。船摇晃起来，上尉立脚不稳。费伯用匕首向他刺去，但上尉离他太远。刀尖顺着上尉军上衣的翻领上向上一滑，扎到他的下巴上。他那只拔枪的手离开枪套，去捂住伤口。

费伯转过身来，面对河岸。一个士兵跳了过来。费伯向前进了一步，右臂直挺挺地伸出。跳过来的士兵撞到了八英寸长的锥刀上。

这一撞使费伯站不住脚，手也松开了锥形匕首。那士兵倒在了匕首上。费伯跪起身——上尉已经打开枪套，他来不及去拔匕首了。费伯向上尉跃过去，一只手直奔军官的面部。手枪抽出来了。费伯的两个拇指抠向上尉的一只眼睛，他痛得大叫，用力推开费伯的手臂。

第四名士兵这时“砰”的一声跳到了船上。费伯即时转过身去——上尉这时即使能打开手枪保险栓，也因看不见而无法开火了。第四个人握着一根警棍，用力朝下打来。费伯向右一闪。警棍没打到他的头，却击中他的左肩，让他的左肩登时麻木了。他用右手的掌侧向那个人的脖子劈下去，那是有力而准确的一击。

奇怪，那人居然挺住了，又举起警棍砸下来。费伯靠上去。他的左臂恢复了知觉，疼得钻心。他的双手掐住了那士兵的脸，连推带扭。那人的脖子随着咔啪一响断了。警棍也同时落了下来，这次砸到了费伯的头上。他头昏眼花地转过身。

上尉跌跌撞撞地朝他扑了上来，费伯把他一推。他往后一绊，帽子飞出，随后他翻过船帮，落入运河，溅起大片水花。

下士从橡树六英尺高的地方跳到了地上。费伯从先前撞上来的卫兵身上抽出了锥形匕首，跃上岸去。沃森还活着，但拖不了多久了——血从他头部的伤口上喷涌而出。

费伯和下士面对着面。下士握着一支枪。

他给吓坏了。就在他爬下树的短短瞬间，这个陌生人已经杀掉他的三个伙伴，还把上尉扔进了运河。他的眼睛中闪着恐惧的亮光。

费伯看了一眼那支枪。枪很旧——样子像是博物馆中的展品。那个下士要是对那支枪还有信心，早就开火了。

下士向前迈了一步，费伯注意到他特别在意他的大腿——大概是在从树上跳下来时受了伤。费伯在左侧移动，迫使下士在转身瞄枪时，把身体的重心放在伤腿上。费伯用靴尖挑起一颗石子。趁下士的眼睛向石子一转的瞬间，费伯扑了上去。

下士扣了扳机，没有打响。那支老枪卡住了。即使枪响了，也不会射中费伯——下士的眼睛正看着石子，伤腿让他站不稳，而且费伯也已经移开了。

费伯刺中他的脖子，杀死了他。

只剩上尉了。

费伯一看，瞧见上尉正在河对岸露出水面。他找到一块石头，抛了过去。石头击中了上尉的头，但他上了岸，跑了起来。

费伯跑到河岸，跃入水中，划了几下水，便到了对岸。上尉已经在百码之外，还在跑着，但他毕竟上了年纪。费伯追了上去。他一步步逼近。终于，上尉放慢了速度，随后瘫倒在一棵灌木上。费伯来到他面前，把他翻转过来。

上尉说："你是个……恶魔。"

"谁叫你看到了我的脸。"费伯这样说着，随之把他杀死。

## 12

一架机翼上涂着卐字徽记的Ju-52型三引擎运输机，在东普鲁士森林中的拉斯登堡被雨淋湿的跑道上跳了一下，停住了。一个身材矮小而五官硕大的人走下飞机，快步穿过柏油跑道，来到一辆等候着的奔驰轿车前面。

汽车在阴暗潮湿的森林中行驶着。德军元帅欧文·隆美尔摘下帽子，用一只神经质的手沿着退去的发线揩抹着。他知道，几周之后，将有另一个人走这条路，那人的皮包里装着一枚炸弹——炸弹要对付元首本人。于是德国的新领袖——最可能就是隆美尔自己——就可以强硬的立场同盟国谈判。

汽车行驶十英里之后，到达了"狼穴"：希特勒和他周围那伙越来越紧张的将军们现在的大本营。

毛毛细雨不停地下着，雨珠从院中高大的针叶树上滴下。在希特勒私人宅邸的门前，隆美尔戴上帽子，下了汽车。党卫军元首卫队队长拉登休伯默默地伸出手，接过隆美尔的手枪。

会议将在地下室举行，那是个阴冷潮湿而不透气的水泥遮蔽所。隆美尔走下台阶，进入了屋内。里面已经坐定了十多个人，等候着中午的会议：希姆莱、戈林、冯·里宾特洛甫、凯特尔都在座。隆美尔向他们点头致意，坐到一把硬椅上等候着。

希特勒进来时，大家都站起身。希特勒穿一件灰色上衣和一条黑色裤子，隆美尔观察到，他益发弓腰驼背了。他径直走到地下室的尽头，那儿的水泥墙上，钉着一张西北欧的大地图。他面露倦容，显得烦躁不安，开门见山地讲起了正题。

“盟军将入侵欧洲大陆，就在今年。英美联军准备从英国出发，在法国登陆。我们将在高潮线上把他们一举消灭，这一点没有商量的余地。”

他的目光巡视了一周，似乎在揣摩有哪个部下敢提出异议。一阵沉默。隆美尔打了个冷战：这间地下室冷得像地狱。

“问题在于：他们要在哪里登陆？冯·罗恩尼——你报告一下。”

成功取代了卡纳里斯的阿列克谢·冯·罗恩尼上校站起身。战争开始时，他仅仅是个上尉，由于一篇有关法军弱点的出色报告而一举成名——那篇报告被认为是德国打败法国的一个决定性因素。一九四二年他成为军事情报局的头目，而在卡纳里斯下台后，军事情报局又合并了德国情报机构。隆美尔曾听说，这人狂妄好吹牛，但是确有本领。

罗恩尼说：“我们的情报很广，但还不是很全。盟军这次入侵行动的代号是'霸王'。在英国集结的部队如下。"他拿起一根皮鞭，来到墙上的地图前面。"第一，沿南海岸；第二，在东英吉利亚一带；第三，在苏格兰。到目前为止，在东英吉利亚集结的军队规模最大。我们得出结论，认为入侵将分三路。

"第一路，在诺曼底作牵制性进攻；第二路，越过多佛尔海峡在加来海岸主攻；第三路，从苏格兰渡北海到挪威，构成侧翼。所有的情报来源都支持这一判断。"他坐了下去。

希特勒问："你们说呢？"

隆美尔作为控制法国北部海岸的B集团军司令发言说："我可以报告一个确定无疑的迹象：加来港迄今遭受的轰炸是吨位最大的。"

戈林问："是什么情报来源支持你的判断，冯·罗恩尼？"

罗恩尼再次起立。"来源有三：空中侦察、监听敌台无线电讯号和特工人员的情报。"他坐下了。

希特勒把双手保护似的交叉在小腹前面，这种神经质的习惯是他就要发表演说的迹象。"我现在告诉你们，"他开始说，"假如我是温斯顿·丘吉尔，我会怎样思考。我面临着两种选择：塞纳河以东或者塞纳河以西。东边有一个优越性：距离较近。然后在现代战争中只有两种距离——战斗机航程以内和战斗机航程以外。上述的两种选择都在战斗机航程以内，因此，距离不在考虑之内。

"西边有一个大港口瑟堡，但东边却没有。而更重要的，东边比西边有更多重兵把守，敌人也有空中侦察。

"因此，我要是丘吉尔，我会选择西边，那我该怎么做呢？我要竭力把德国人引向相反方向去想！我每派一架轰炸机去诺曼底，就派两架轰炸机去加来港。我要设法炸掉塞纳河上的每一座桥。我要发出错误的无线电讯号，送出假情报，在部署军队时制造假象。我要让隆美尔和冯·罗恩尼那样的傻瓜上当。我还指望能欺骗元首本人！”

一阵长时间的沉默后，戈林首先发言：“我的元首，您把丘吉尔说得和您一样英明，是抬举他了。”

在令人不舒服的地下室里，紧张的空气明显地松弛了。戈林说得恰到好处，他用吹捧的方式表达了异议。别人纷纷附和他，一个比一个说得更有力：盟军会选择较短的海路，以求速度；较近的海岸会掩护作战的飞机在较短的时间内加油和返航；东南部多海湾和港口，是发动进攻的更好的阵地；若说所有的情报都是错的，似乎不大可能。

希特勒聆听了半个小时，然后举起一只手表示肃静。他从桌上拿起一叠发黄的文件，在手中挥着，说：“一九四一年，我就发布了《构筑海岸防线》的指示，我在其中预测到，盟军关键的登陆将在诺曼底和布列塔尼的突出部分，那里良好的港湾将是理想的滩头阵地。这是我当时的直觉告诉我的，也是我现在的直觉告诉我的！”几片白沫出现在元首的下唇上。

冯·罗恩尼说话了（隆美尔心想，他比我有勇气）：“我的元首，我们的调查还在继续——这是很自然的。还有一条特别的管道，你大概是知道的。几周前，我派了一名密使到英国去，和叫作‘针’的特工取得了联系。”

希特勒的眼睛亮了：“啊！我知道那个人。说下去。”

“给‘针’的指令是要他弄清驻扎在东英吉利亚的巴顿将军麾下的美国第一集团军的实力。如果他发现情报被夸大，那我们就一定要重新考虑我的判断了。如果他的报告证实那支军队和我们目前相信的实力相同，那么，对于目标是加来这一点，就没什么怀疑了。”

戈林盯着冯·罗恩尼：“这个‘针’是谁？”

希特勒回答了这个问题：“是卡纳里斯招到的唯一一个像样的特工——因为是我指示他招募的。”他说，“我了解他的家庭——帝国的支柱。坚强、忠诚、正直的德国人。‘针’是个卓越的人才，十分卓越！我看过他所有的报告。在英国人发动这场战争之前，他就在伦敦了。再早，他在俄国——”

冯·罗恩尼打断说：“我的元首——”

“嗯？”希特勒瞪了他一眼，但似乎明白了这位间谍头目制止他是对的。

冯·罗恩尼试探着说：“那么说，您会接受‘针’的报告了？”

希特勒点点头：“那个人会找出事情的真相。”

# 第三章

## 13

费伯靠在一棵树上，颤抖着，并且呕吐起来。

随后他开始思索：要不要埋掉这五具尸体。

他估计，这件事要花半小时到一小时，时间长短取决于把尸体掩埋到什么程度。在这段时间里，他可能被捕。

他掂量着为埋尸而被发现的风险，与延迟发现尸体所赢得的宝贵时间之间的利弊得失。人们很快就会发现这五个人失踪了，大约在九点左右他们就会进行搜索。假定这五个国民军是按规定的线路巡逻，那他们走的路线别人就会知道。搜索队的第一步行动是派个人沿路迅速寻找一遍。如果这些尸体停在原处，那搜索就会很快发现并发出警报。如果把尸体掩埋了，搜索队就得回去报告，然后开始全面搜索，出动警犬和警察搜遍各个角落。他们可能要花费上一整天，才能发现尸体。到那时候，费伯可能已经在伦敦了。对他来说，最重要的是，这样可以在他们知道要寻找一个杀人犯之前就离开这一带。他决定为争取这额外的时间冒一番险。

他游到运河对岸，扛着那个上岁数的上尉的尸体又游回来。他把尸体往一棵灌木丛后面随便一扔，从船舱里拉出那两具尸体，往上尉的尸体上抛去，随后又把沃森和下士的尸体堆到上面。

他在树丛中几码远的地方找到一片松土。那地方稍稍向下洼，给了他一点方便。他没有铁铲。他从船的小厨房里拿了一只长柄的深平底锅，动手挖了起来。

最上面两三英尺是断枝腐叶，挖着很容易。再往下就是泥土了，挖起来十分吃力。花了半个小时，他才又挖深了十八英尺。只能凑合了。

他把尸体一具一具地拖过来，抛进坑里，然后脱下浑身污泥、沾满血迹的衣服，盖在尸堆的上面。他用松土埋上，又盖了一层从附近的树木和灌木丛折来的枝叶。这样足以蒙混过第一次的草草搜索了。

他把土踢在沃森躺过的地方，把血迹掩盖起来。船上也有血，是那个扑上来的士兵流的。费伯找了块抹布，把甲板洗刷干净。

随后他穿上一身干净衣服，扬起帆，把船开走。

他扬足了帆，全速前进，尽量拉大他和坟墓间的距离。他一边航行，一边琢磨乘火车和偷一辆汽车各有什么利弊。要是能找到一辆可偷的汽车，速度要快得多，但检查偷车贼的行动很快就会展开，不管人们有没有把失车和国民军巡逻队失踪两件事联系起来。寻找一个火车站可能要花很长的时间，但看来更安全——只要他多加小心，就能在差不多一天的时间里不受怀疑。

他不知道该拿这艘船怎么办。理想的办法是把它击沉，但在凿的时候可能会被人发现。如果他把船停在某处港口，或者干脆泊在这河边上，警察就会很快把船和谋杀联系起来，这就会透露了自己的去向。他一时拿不定主意。

糟糕的是，他不清楚自己身在何方。他那张英国水路地图上绘出了每一座桥梁、每一个港口和每一道船闸，但是没有标出铁路线。他估计，每走上一两个小时，他可以经过六七个村庄，问题是有村庄的地方不一定就有火车站。

最后，运气一下子解决了两个问题——这河从一座铁路桥下穿过了。

他带好他的指南针、从相机中取出的底片、皮夹和锥形匕首，其余物品则和小船一起沉掉。

河两边岸上的小路都有树木遮蔽，附近又没有公路。他卷起船帆，拆到桅杆基座，把桅杆放倒在甲板上。然后他把龙骨上的鱼舱塞拔掉，拽着缆绳，跳到岸上。

小船渐渐灌满了水，在桥下漂着。费伯拉着缆绳，控制着船，让它在下沉的时候正好在桥拱的下方。后甲板先沉下去，随后是船头，最后，河水把船舱顶淹没了。水面上冒出几个气泡，之后就什么都没有了。桥的阴影遮住了船的轮廓，随便看上一眼是发现不了的。费伯把缆绳抛进水里。

铁路线由东北伸向西南。费伯爬到路基上，向西南方向走去，那是伦敦所在的位置。铁路是单轨的，大概是乡间支线。列车班次不会很多，但每站必停。

他沿线走着，太阳光越来越强了，他走得很快，感到燥热。他卖掉那身沾血的黑衣裤时，换上了双挂扣的运动上衣和厚厚的法兰绒裤子。现在他把外衣脱下，搭在肩上。

走了四十分钟以后，他听到远处的火车声，便躲到了铁路边上的树丛里。一列运煤车向东北驶去，是一辆慢吞吞的老式蒸汽机车，头上喷着大团大团的白气。如果有相反方向的火车，他就可以跳上去。要跳吗？跳上车可以不必长途跋涉。但另一方面，他会弄得全身污黑，惹人生疑，下车时要想不让人发现也很麻烦。算啦，还是走路保险。

铁路笔直地穿越平坦的原野。费伯经过一片农田，一个农民正在用拖拉机耕地，要想不让人看见是不行的。那农民只向他挥了挥手，并没有停下手中的工作。他们相距很远，他看不清费伯的脸。

他大约走了十英里之后，看到前方有个车站，他能看清的只是隆起的月台和一组信号标志。他离开了铁路，穿越野地，尽量靠着树林的边缘走着，直到遇上一条公路。

没走几步他就进了村子。那儿没有任何标志告诉他村名。由于德国人入侵英伦三岛的威胁已经解除，以前被拆掉的路牌和地标如今又一一被重新竖立了起来，但这个村子还没心思去办这个。

村里有一所邮局、一座谷仓和一家叫公牛的酒馆，他经过战争纪念碑时，一个推婴儿车的妇女友好地向他打招呼："早安！"小车站懒洋洋地晒着春天的太阳。费伯走了进去。

布告栏上贴着一张列车时刻表。费伯走上前去察看。他身后的售票小窗口传出一个声音说："我要是你，就不去理会那玩意儿了。那可是《浮华世家》[1]以来最大的杜撰之作。"

费伯其实早就知道那张时刻表是过时的了，但他需要确定火车是通往伦敦的。的确是。他说："下一班到利物浦街车站的列车

---

① 英国作家约翰·高尔斯华绥的长篇小说。

是什么时间？”

铁路职员讽刺地哈哈大笑：“你要是运气好，说不定今天什么时候会碰上一班。”

“我反正得买一张票。请给一张单程票。”

“五先令四便士。听说，在意大利，火车倒还是准时的。”那职员说。

“现在也不行啦。”费伯发表着言论，“不过，不管怎么说，我都宁可选咱们糟糕的列车和政治制度。”

那人神经质地盯了他一眼：“当然，你说得对。你愿意在‘公牛’酒馆等车吗？车来了你听得见——万一听不见，我会打发人去叫你。”

费伯不想让更多的人看见他的脸。“不必啦，谢谢，我不想多花钱。”他接过车票，向月台走去。

那职员过了一会儿跟了上来，和他并肩坐在长凳上晒太阳。他问：“你在赶时间吗？”

费伯摇摇头：“我已经把今天报销了。我起床就晚了，又和老板吵了一架，开的那辆卡车又抛了锚。”

“不顺心的日子总有的。”那职员看了看他的表，“列车今天早上准时从这开走。人们都说，准时开走就会准点开回来。你可能运气不坏。”他回办公室了。

费伯果然运气不坏。列车在二十分钟后就到了。车上挤满了农民、携家带眷的人、商人和士兵。费伯找到了一处靠近窗口的地面坐着。列车摇摇晃晃地开出去以后，他捡起了一张别人扔下的两天前的报纸，借了一支铅笔，开始做填字游戏。他很为他用英语填字的能力而得意：这是对外语流利程度的严格测试。过了不久，在列车的摇晃中，他打起瞌睡、做起了梦来。

那是一个熟悉的梦，梦中他到达了伦敦。

他携带着一本比利时护照，从法国越海进入英国。护照上用的名字是让·范·格尔德，飞利浦公司的代表（万一海关打开了他的手提箱，看见里面的无线电电台，这个身份可以解释）。他的英语很流利，只是不够口语化，但海关的人没有找他麻烦，因为他是盟国的自己人。他乘上火车来到伦敦。那些日子车厢里空座很多，而且还可以吃上一顿饭。费伯吃了烤牛肉和约克郡布丁。食物很可口。他同一个来自加的夫的历史系学生议论欧洲的政治形势。整个梦境都和当年的实际情况一模一样。不过，当列车在滑铁卢车站停下来之后，噩梦就开始了。

事情是从验票口开始的。像一切梦一样，他的这个梦也有其莫名其妙、不合逻辑的地方。他们盘查的竟然不是他的伪造护照，而是他那张完全合法的火车票。验票员说："这是一张德国情报机构的车票。"

"不是的。"费伯说，突然变得一口浓重的德国腔。他的英语辅音出什么毛病了？就是发不出来，"我在多佛'买的'[①]。"妈的，怎么溜出德语来了。

这时那个验票员已经变成了头戴钢盔的伦敦警察，他似乎没注意到这句突然溜出口的德语。他客气地笑着，说："我最好还是查查你的'箱子'，先生。"

火车站上挤满了人。费伯心想，如果他能混进人群，说不定还能溜掉。他放下手提箱就跑，在人群中挤出一条路。他突然意

① "买的"和"箱子"两个词原文都是德语。

识到他把裤子忘在火车上了，而他的短袜上有卐字徽记。他得趁着人们还没注意到这个穿着卐字徽记的袜子但没穿裤子狂跑的人之前，在遇到的第一家商店里就买条裤子。这时人群里有人说：“我以前看见过你的脸。”接着他脚下一绊，“砰”的一声摔倒在地上——原来是他倒在了打瞌睡的车厢地板上。

他眨了眨眼，打了个哈欠，四面张望了一下。刚醒来的一刹那，他有一种松了一口气的感觉（因为他发现刚才的事情原来不过是场梦），但随后他又为出现在梦中的象征物觉得好笑——一只带卐字的袜子，老天爷！

他身边一个穿工作裤的人说：“你睡得真香。”

费伯警觉地看了对方一眼（他总害怕自己会说梦话暴露了身份），接着说：“我做了个不愉快的梦。”那人未加评论。

天黑下来了。他睡的时间可不短。车厢里的灯突然亮了，那是一只蓝色的灯泡，有人把百叶窗拉上。人们的面孔都变成了苍白、不见五官的椭圆形。那个工人又饶舌了。“你错过了刚才那激动人心的一幕。”他对费伯说。

费伯皱起了眉头：“发生了什么了？”他不可能睡得连有警察检查之类的情况都没有醒。

“有一列美国军车开过了我们。车速大概每小时十英里，一个黑鬼开车，不停地响着铃，车头前面还装了一个大型的排障器！”

费伯微微一笑，又去回想他刚抵达英国时的情形。事实上，当日他并没有在滑铁卢车站遇上盘问，而是一路平安无事地抵达伦敦。他住进事先订好的一家旅馆，用的还是那本比利时护照，他曾花了一星期的时间走访了好几处乡村墓地，从墓碑上记下和他年龄相仿的男人的姓名，申请了三个出生证的副本。随后他利用并不存在的一家曼彻斯特公司的伪造证明文件，找到了住所，并取得了一份卑微的工作。他甚至在战前海格特的选民登记册上注册并投了保守党的票。按照定量配给制度，配给证是透过房东发给在某一晚上在该处过夜的每个人的。费伯当晚设法在三处住所都各待了一段时间，所以就以三种身份弄到了三份配给证。他把那本比利时护照烧掉了——假如他需要护照的话，他可以弄得到三本英国护照。

火车停了下来，从外面的嘈杂声中，旅客们猜到他们已经到站了。费伯下了车，才意识到他有多饿。他的上一顿饭还是前一天吃的香肠和饼干。他穿过收票口，看到了车站的快餐店。里面挤满了人，大多数是大兵，他们在餐桌旁，不是睡着，就是想打个瞌睡。费伯要了一份起司三明治和一杯红茶。

“这儿的食品是为军人准备的。”柜台后面的女人说。

“那就只要红茶好了。”

“有杯子吗？”

费伯有点出乎意料：“我没有。”

“我们也没有，朋友。”

费伯满心厌恶地走开了。他想去东方大旅馆吃饭，但那样太浪费时间。他找到一家小酒店，喝了两杯淡啤酒，又到一家“炸鱼加马铃薯条”店买了一袋马铃薯条，站到行人道上，吃了起来。这些东西居然让他出乎意料之外地饱。

现在他要找一家药店，然后破门而入。

他想把他的底片拿去冲，看看照片能不能洗出来。他不打算冒带上一卷报废的底片返回德国的风险。如果照片不好，他只好再偷些底片，回去重拍一次。想到这个就让他受不了。

这家药店必须是一家独立的小店，不能是那种专门冲洗底片的连锁店。它还要位于当地居民买得起相机（或战前买得起相机）的地区。利物浦街车站所在的伦敦东区不太理想。他决定到布卢姆伯里去。

月光下的街道十分恬静。这天夜里到目前为止一直没有警报。在法官街，两名宪兵拦住了他，要求看看他的身份证。费伯装出带几分醉意，那两名宪兵也没有问他在街上做什么。

他在南安普敦街的北端找到了他要找的药店。橱窗里有柯达的招牌。没想到，店还开着。他走了进去。

柜台后面站着一个弓腰驼背的人，已经开始秃顶了，戴着眼镜，穿着白外套，脾气不算好。他说："我们只接受医生的处方。"

"这没什么。我只想打听一下你们冲不冲洗底片。"

"冲，不过你得明天再来——"

"你们冲印照片有规定吗？"费伯问，"你知道，我很急。"

"你得明天再来——"

"我能当天取吗？我弟弟正在休假，他想带一些照片走——"

"我们最快也得二十四小时。明天再来吧。"

"谢谢，我明天再来。"费伯说了假话。他出门的时候，注意到药店再过十分钟就关门了。他横过马路，站在暗处等候着。

九点一到，那个药剂师走出店门，在身后锁上门，沿路走了。费伯向相反方向走去，过了两个街区之后，转了弯。

看来没有通向店后的路，这让他失望。费伯并没打算从前门破门而入，以防他在店内时万一有巡警注意到前门没锁上。他沿与药店平行的另一条街道边走边看，寻找一条通路。显然没有。不过，店后总该有个天井之类的地方，因为如果两条街的建筑背靠背紧挨着的话，两条街不应该隔这么远的。

最后他来到一所旧的大宅子前面，门前钉着一个牌子，说它是附近一座大学的宿舍。前门没有上锁。费伯走了进去，快步穿过一个食堂。一张餐桌旁坐着一个姑娘，边喝咖啡边看书。费伯咕哝了一句："我是学校派来查灯火管制的。"她点了点头，继续看她的书。费伯从后门走了出去。

他穿过一座院子，绊到了挡路的一堆垃圾桶上，找着了一扇通后巷的门。门一打开，迎面就是药店的后门。这个后门显然从来没用过。他踩过一座废弃的轮胎和一张旧弹簧床，用肩膀撞门。腐朽的木门很轻易就垮了，费伯到了店里。

他找到了暗房，把自己锁在里面。开关一打开，天花板上一盏昏暗的红灯就亮了起来。暗房设备齐全，贴了标签的冲洗液整齐地摆放着，还有一部放大机，甚至还有一架烘干机。

费伯迅速而仔细地工作起来，把温箱的温度调得准确无误，把冲洗液调匀，照墙上一座大电钟的指针掌握着进度。

底片完美无瑕。

他把底片烘干，然后放进放大机里，洗了一整套10×8英寸的照片。他看到冲洗盆中的照片逐渐显影，感到一阵欣喜——上帝，他干得多棒！

现在需要做出一项重大决定。

这个问题已经在他的头脑中纠缠了一天了，如今照片既已冲洗出来，他被迫要去面对它了——

万一他送不回去照片怎么办？

他前面的行程是未卜的。尽管有旅行限制和海岸安全规定，他自信还是有能力到达会合地点，但他没把握潜艇是否一定会等在那里，即使他登上船，能不能穿过北海返回德国也是未知数。

他发现了重大的战争秘密，但他有可能会活不成，届时秘密也会跟他一起完蛋——想到这种可能性，他就不寒而栗。

他得想一条后路。这意味着他得写一封给汉堡的信。

当然，在英国和德国之间没有通邮。邮件得通过一个中立国，所有这样的邮件肯定都会受到检查。他可以用密码书写，但这毫无意义：他必须附上照片，那才是能说明问题的证据。

有一条邮路，不过已经很陈旧了。伦敦的葡萄牙大使馆中有一位出于政治原因同情德国的官员，由于接受了大量的贿赂，他会把情报透过外交信袋送到里斯本的德国大使馆。这条邮路早在一九三九年就开辟了，不过费伯除了卡纳里斯所要求的常规通讯测试之外，从来没有用过。

这次是非用不可了。

费伯觉得十分气恼。他痛恨信任他人。这条邮路可能不通了，或许已经不安全了；如果是这样，英国人会发现他已知道了他们的机密。

间谍工作有一条基本规则，那就是不能让对方了解到你发现了什么秘密，否则，你的发现将是一场空。然后，目前的情况却不同，英国人即使知道了，又能如何？他们仍然非在法国登陆不可。费伯的头脑清晰了。权衡的结果无可置疑地倾向于把他的情报送交葡萄牙大使馆的管道。

尽管本能反对，他还是坐下来写了一封信。

## 14

弗雷德里克·布劳格斯在乡间度过了一个不愉快的下午。

当五位忧心忡忡的太太向当地警察局报告，她们的丈夫没有回家时，一名乡村警察绞尽他那有限的推理脑汁，得出了结论：这支国民军巡逻队已然全体失踪。他相当肯定地认为，他们只不过是迷了路：这些人非聋即蠢，要不就是年纪老迈，不然他们早就在军中服役了——不过，那位乡村警察还是照样上报给总局，只是为了开脱自己。收到消息的值班室中士马上意识到，这伙失踪的人是在一个非常敏感的军事区巡逻的。

他向他的警长报告，警长上报到苏格兰场，苏格兰场一面派出一名特警队员到现场，一面通报给军情五处，军情五处立即派出布劳格斯。

特警队派的那名队员正是哈里斯，他曾经办过斯托克威尔的谋杀案。他和布劳格斯在火车上会了面。哈里斯再一次邀请布劳格斯星期天到他家用餐，而布劳格斯也再一次告诉他：自己大多数星期天都要照常工作。

他俩下了火车之后，借了两辆自行车，沿运河的纤路骑行。

哈里斯比布劳格斯年长十岁，体重也多了五十六磅，对这一路奔波倍感疲累。

他们在一座铁路桥下遇到了搜索队的一支小分队。哈里斯巴不得有这样一个机会下自行车喘口气。“你们发现什么了？”他说，“尸体吗？”

“不是，是一艘小船。”一个警察回答，“你们是什么人？”

他俩作了自我介绍。一个脱得只剩内衣裤的警察正钻下水去检查那艘船。他露出水面时，手里拿着一个塞子。

布劳格斯看着哈里斯：“是有意弄沉的船？”

“像是这么回事。”哈里斯转向那个下水的人，“还注意到别的情况没有？”

“船沉的时间不长，而且完好无损，船桅是卸下来的，不是折断的。”

哈里斯说：“你在水下只待了一分钟，发现的情况倒不少。”

“我周末会做做水手。”那个下水的人说。

哈里斯和布劳格斯跨上自行车，继续骑行。

他们遇到搜索队的大队时，那些尸体已经找到了。

“五个人全是被杀死的。”带队的警长说，“兰厄姆上尉、李下士和士兵沃森、戴顿和福布斯。戴顿的脖子被扭断了，其余的都是用一种刀子杀的。兰厄姆的尸体曾经落在河里。全是在一座浅坟里找到的。血腥的谋杀。”他显得深受震惊。

哈里斯靠拢去仔细看那摆成一排的五具尸体。“我以前见过这样的刀伤。”他说。

布劳格斯凑过去观察：“天啊，是他。”

哈里斯点点头："锥形匕首。"

那位警长惊讶地说："你们知道谁干的？"

"我们能猜到。"哈里斯说，"我们认为他以前曾两次杀人。果真是同一个人的话，我们知道他是谁，可是不清楚他在哪儿。"

警长眯起眼睛："这地方离禁地这么近，你们特警队和军情五处又这么快就来到现场，对这件案子我还需要了解些别的情况吗？"

哈里斯回答说："你只要合上嘴什么也别说就行，等你们的局长和我们的人谈就是了。"

"我不会再说什么了。"

布劳格斯问："还发现别的情况吗，警长？"

"我们还在这一地区搜索，圈子更扩大了，不过到目前为止还没发现什么。那座坟墓里有些衣服。"他指着说。

布劳格斯小心地翻了翻那堆衣服：黑裤子、黑毛衣、一件皇家空军式样的黑夹克。

哈里斯说："夜行服。"

"适合一个大个子穿。"布劳格斯补充说。

"你们那个人有多高？"

"超过六英尺。"

警长说："你们来时遇上发现沉船的人了吗？"

"遇上了。"布劳格斯皱起眉，"最近的船闸在哪儿？"

"沿运河向上游四英里的地方。"

"如果我们说的那个人在船上，看闸的人一定见过他，对吧？"

“对。”警长附和着。

布劳格斯说：“我们最好和他谈谈。”

他返身回到他的自行车前面。

“又是四英里，我骑不动啦。”哈里斯抱怨说。

布劳格斯说：“借这个机会把那些星期日的美食消化消化吧。”

四英里的路程，他们骑了快一小时，因为线路是为马蹄而不是为车轮修的，崎岖不平，泥泞不堪，暗布着松动的石头和四下伸张的树根。他们抵达闸门时，哈里斯已经气喘如牛、汗流浃背了。

看闸的人坐在他的小屋外面，吸着烟斗，享受午后的户外空气。他是个中年人，说话慢条斯理，动作更是慢吞吞的。他略显开心地打量着这两个骑车人。

布劳格斯开口了，因为哈里斯还喘不过气来。

“我们是警察。”他说。

“是吗？”看闸的问，“有什么激动人心的事情吗？”他兴奋的样子如同炉火前面的猫。

布劳格斯从皮夹里取出“针”的相片，递给了他：“你见过这个人吗？”

看闸人把相片放到大腿上，划着一根火柴点烟斗。随后端详了一会儿相片，又递了回来。

“怎样？”哈里斯说。

“嗯。”看闸人慢悠悠地点了点头，“昨天差不多这个时候，他来到这儿，进屋要杯茶喝。蛮不错的家伙。他犯什么事了，在灯火管制之后点灯吗？”

布劳格斯沉重地坐下。“差不多。”他说。

哈里斯自言自语："他从这里顺流而下，天黑以后进入了禁区。"他说得很轻，不让看闸人听见，"他回来之后，遇上了监视他的船的国民军。他料理了他们，向铁路方向又航行了一段路，沉掉他的船然后……跳上一列火车？"

布劳格斯对看闸人说："下游几英里处有一条铁路线与运河相交——铁路通哪儿？"

"伦敦。"

布劳格斯："哦，该死。"

布劳格斯于午夜时分返回白厅内的陆军部，高德里曼和帕金正在那等候他。布劳格斯说："是他，没错。"接着把情况讲给他们听。

帕金十分激动，高德里曼神情紧张。布劳格斯讲完之后，高德里曼说："这样看来，他如今已返回伦敦，我们又要在大海里捞针了。"他摆弄着火柴，在办公桌上组成了一个图案，"你知道吗，每当我看着那张相片时，总有一种感觉：我遇见过那个狗娘养的。"

"是吗，想想看，"布劳格斯说，"在哪儿？"

高德里曼沮丧地摇了摇头："应该只有一次，是在什么不寻常的地方。像是我在一次讲座的听众中见过的面孔，要不就是在一次鸡尾酒会的人堆里。一闪而过，一次偶然的相遇——等我想起来，可能已对我们没什么帮助了。"

帕金说："在那片禁区里有什么？"

"我不清楚，就是说，大概十分重要吧。"高德里曼说。

一阵沉默。帕金用高德里曼的火柴点燃一支香烟。布劳格斯抬起眼睛："我们可以把他的相片印上百万张——让每个警察、空袭民防队员、国民军成员、现役军人、火车搬运工人手一张；再贴在布告栏上，刊登在报纸上……"

高德里曼摇摇头："太冒险了。要是他已经向汉堡报告了他所看见的情况该怎么办？如果我们大张旗鼓地通缉这个人，他们就会知道他的情报是有价值的。我们只会为他提供凭证。"

"我们得采取点行动。"

"当然。我们要把他的相片分发给警官们。我们要向报界披露，只说他是杀人犯。我们可以提供海格特和斯托克威尔谋杀案的详情，但不涉及安全问题。"

帕金说："照你这样说，我们得把一只手绑在背后来作战了。"

"目前只能如此。"

"我就让苏格兰场开球吧。"布劳格斯说着，拿起了电话。

高德里曼看了看他的手表："今天夜里我们无法再采取进一步的行动了，不过我不想回家。我睡不着觉。"

帕金站起身："既然这样，我就去找个茶壶来沏点茶。"

他走了出去。

高德里曼用火柴在桌子上摆了一幅马和车的图案。他取下一根充当马腿的火柴，点燃了烟斗："你有女朋友了吗？弗雷德？"他用聊天的口气问。

"没有。"

"自从——"

"没有。"

高德里曼吸了一口烟斗："哀伤总该有个结束，你知道吗？"

布劳格斯没有作答。

高德里曼说："唉，也许我不该像个爱唠叨的荷兰大叔似的和你谈话。不过我了解你的心情——我自己是过来人。唯一的区别是我没别人可怨。"

"你没有再婚。"布劳格斯眼睛不看高德里曼，这么说了一句。

"是没有再婚。所以我不愿意你犯同样的错误。等你到了中年，独自过活会很郁闷的。"

"我跟你说过吧，人们都叫她无所畏惧的克里斯琴。"

"不错，你跟我说过。"

布劳格斯终于眼睛看着高德里曼了："告诉我，在这个世界上我到哪里去找一个她那样的女孩？"

"一定非是个女英雄不可吗？"

"经过克里斯琴之后——是的。"

"英格兰遍地都是英雄呢，弗雷德。"

这时候特里上校走了进来。

高德里曼说："啊，安德鲁舅舅——"

特里打断他："不必起立。这很重要。好好听着，因为我要很快地给你们讲清楚。布劳格斯，你也需要了解这些。不管杀死五个国民军的人是谁，他已经了解到我们最重大的机密。

"第一，我们进入欧洲大陆的部队将在诺曼底登陆；第二，德国人相信登陆将在加来；第三，这次欺敌最关键的一招是一支被称作美国第一集团军、非常庞大的伪装军队，所在的位置就在那些人巡逻的禁区，那里有伪装的营房、三夹板飞机、橡皮坦克——一支巨型玩具军队，但在我们放进来的侦察机看来都是逼真无疑的。”

布劳格斯说：“你怎么这么肯定间谍已经发现了实情呢？”

特里走到门口：“进来，罗德里格兹。”

一个头发漆黑、鼻子长长的高个子走进房间，彬彬有礼地向高德里曼和布劳格斯点头致意。特里说：“罗德里格兹先生是我们在葡萄牙大使馆里的人。告诉他们发生了什么事情吧，罗德里格兹。”

来人站在门边，手里拿着帽子：“大约十一点的时候，来了一辆计程车。乘客并没有下车，而是由司机拿着一封写明给弗朗西斯科的信来到门口。看门人按照他事先得到的指示，把我叫去，我就接过了信封。我刚好来得及记下计程车的车牌号码。”

“我已经派人去追踪那辆车了。”特里说，“好吧，罗格里格兹，你赶紧回去吧。谢谢你。”

高个子的葡萄牙人离开了房间。

特里递给高德里曼一个黄色大信封，收信人是曼纽尔·弗朗西斯科。高德里曼打开信封（实际上已经拆开了），抽出了另一个信封，上面有一串没有意思的字母：可能是个密码。

里面那层信封装的是写满字迹的好几张纸和一套10×8英寸的照片。高德里曼检查了那封信。“看来像是很基本的密码。”他说。

“用不着看信了，”特里不耐烦地说，“看看照片吧。”

高德里曼看起照片。总共有三十张左右，他默不作声地一张张看着。他把照片递给布劳格斯，说：“这是一场大灾难。”

布劳格斯把照片翻看了一遍，放到桌上。

高德里曼说：“这只是他的备用招数。他还拿着底片，而且他要带着底片到某个地方去。”

三个人在小小的办公室里愣愣地坐着。屋里唯一的光源来自高德里曼办公桌上的一盏带罩台灯。那奶白色的四壁，遮黑了的窗户，少得可怜的家具和磨光了的地毯，全都毫无特色，和世界上任何一处地方没什么两样。

特里说：“我不得不报告丘吉尔了。”

电话铃响了，上校拿起听筒：“是我。好的。请把他径直带到这里来——但先问问他乘客在哪儿下的车。什么？真的？谢谢，赶快来吧。”他挂断了电话，“我们要找的那家伙是在大学医院下的车。”

布劳格斯说：“也许他在和国民军的格斗中受了伤。”

特里说：“那家医院在哪儿？”

“从尤斯顿车站大概要走五分钟。”高德里曼说，“从尤斯顿发出的列车去往霍利黑德、利物浦、格拉斯哥……所有那些地方你都可以搭乘渡轮到爱尔兰。”

“先从利物浦到贝尔法斯特，”布劳格斯说，“然后驾车到达边境，越境进入中立国爱尔兰，在大西洋沿岸会有一艘U型潜艇等着。他不会冒险走霍利黑德至都柏林那条线，因为护照检查很严，而越过利物浦到格拉斯哥没有意义。”

高德里曼说：“弗雷德，你最好到车站去，把费伯的照片出示给那里的人，看看有没有人注意到他上了火车。我来给车站打电话，告诉他们你要去，同时弄清楚十点半以后都有哪些车次。”

布劳格斯拿起他的帽子和外衣：“我这就走。”

高德里曼拿起电话。“好，我们也开始行动。”

尤斯顿车站仍然有不少人。尽管平日里车站在午夜时分就关闭了，战时的误点常使最后一班列车直到最早的运奶车进站还没发出。车站大厅里乱糟糟地挤满了军用背包和睡觉的人。

布劳格斯给三名铁路警察看了相片，没有一个人认得出那张面孔。他又问了十位女搬运工，依然一无所获。他到每个验票口去询问。一个验票员说："我们只看票，不看脸。"他还问了六七个旅客，仍是毫无结果。最后他走进售票处，向每个售票员出示了相片。

一个秃头的胖售票员认出了那张脸。"我爱做一个游戏，"他告诉布劳格斯，"我会设法抓住一个旅客身上的某种特征，用来猜测他为什么要赶火车。比方说，一个人打着黑领带，就表示他去参加葬礼；满靴污泥就说明他是农民，要回家；也许佩戴一条大学围巾，或者一位妇女摘下了结婚戒指，在手指上留下了白印……明白我的意思了吧？售票员的差事很枯燥——我可不是在抱怨……"

"你在这家伙身上注意到什么了？"布劳格斯打断他的话。

"什么也没有。我根本什么都看不出来。就像是他故意不引人注目，你明白我的意思吧？"

"明白。"布劳格斯停顿了一下，"现在我要你好好想一想。他到哪儿去——你还想得起来吗？"

"我记得，"胖售票员说，"因弗内斯。"

"这并不表示他真的要去因弗内斯，"高德里曼说，"他是个职业间谍——他深知我们会在火车站打听他的下落。我猜想他是有意买一张并非他的目的地的票。"他看了看表，"他准是上了十一点四十五分那班车。现在正驶往斯塔福德。我向车站查验过，他们又向信号员查证过，“他又补充了一句作为解释。”火车会经过克鲁站。我已经准备下一架飞机，把你们俩送到特伦特河上的斯托克。

“帕金，我要你在列车暂停在克鲁站外时上车。你装扮成查票员，你要查看列车上的每一张票——和每一张面孔。一发现费伯，就待在他近旁。

“布劳格斯，你先守在克鲁站的验票口，以防费伯从那儿开溜。不过我猜他不会的。等火车要开的时候，你再上车，到达利物浦之后抢先下去，到验票口等帕金和费伯下来。当地的警察会有一半在那儿做你的后援。”

“如果他认出我来怎么办？”帕金说。

高德里曼拉开办公桌的一个抽屉，取出一支手枪，递给了帕金。“那你就把那恶棍给毙了。”

帕金一语不发便把枪塞进衣袋。

高德里曼说：“我要你们俩搞清楚这次行动的意义。如果我们抓不到这个人，登陆欧洲的行动就可能不得不延迟——可能要延迟一年。一年的拖延将会使战争的情势转为对我方不利。机会是不会永远等人的。”

布劳格斯说：“我们可不可以知道离进攻之日还有多久？”

“我只知道就在几周之内。”

帕金若有所思地说：“那就是在六月份了。”

布劳格斯说：“该死。”

高德里曼说：“不予置评。”

电话铃响了，高德里曼拿起听筒。过了一会儿他抬起眼睛：

“你们的车到了。”

布劳格斯和帕金站起身。

高德里曼说：“等一等。”

他俩站在门旁，看着教授。他说着：“是的，先生。当然。我一定办到。再见，先生。”

布劳格斯看不出有什么人能让高德里曼尊敬地称呼先生。他问：“电话是谁打来的？”

高德里曼说：“丘吉尔。”

“他说了些什么？”帕金敬畏地问。

高德里曼说：“他祝你们俩好运和平安。”

## 15

车厢里一片漆黑。费伯想起了人们开的那个玩笑：“把你的手从我膝头拿开。不，不是叫你，是叫他。”英国人随便什么事都能开玩笑。他们的铁路如今比以往更糟，但没有人再抱怨，因为现在有充分的理由。费伯喜欢这么黑，因为这样谁也不晓得谁是谁。

早已开始的歌唱声，一直不断。最初是由通道里的三名水手唱起来的，随后整个车厢的人都加入了。

出现过一个空袭警报，列车速度放慢到一小时三十英里。按理说他们都应该卧倒在地板上，但车厢里当然没那么多地方。一个女人喊道：“哦，老天爷，吓死我啦！”还有一个男人的声音，带着伦敦土腔说：“你那地方最保险了，妞儿——他们够不着活动的目标。”随后一阵哄堂大笑，谁也不那么害怕了。有个人打开了手提箱，拿出一包鸡蛋三明治，递给大家吃。

有一个水手想玩牌。

“这儿黑洞洞的，我们怎么玩牌呢？”

“摸牌边。哈里把所有的牌都做了记号。”

下午四点左右，列车无缘无故地停了下来。一个声音说：“我猜我们是在克鲁的郊外。”费伯揣测就是给大家鸡蛋三明治吃的那个人。

“这条铁路线我清楚，我们可能是在波尔顿到伯恩茅斯之间的地方。”那个操伦敦土话的人说。

列车抖动了一下，又行进了，大家欢呼起来。费伯纳闷，漫画中那种冷漠无言、上唇僵硬的英国人都到哪儿去了？

几分钟之后，通道里响起一个声音：“请把车票拿出来。”费伯听出那是约克郡口音——他们现在到了北方。他在衣袋里摸索着他的车票。

他坐的是角落的位子，靠近隔间的门，能够看到通道。查票员手电筒照着车票。费伯在反光中看到了那人的侧影，模糊地似曾相识。

他靠到座位上等候着。他记起了那个噩梦：“这是一张德国情报机构的票。”不禁在黑暗中露出了微笑。

随后他皱起了眉头。列车停得莫名其妙，不久又开始查票，而且查票员又有点面熟……这可能没什么，但费伯之所以活到今天，靠的就是对可能没什么的事情百倍警惕。

费伯又看了一下查票员的面孔，这下他记起来了。海格特的出租公寓！是那个约克郡来的、一心想参军的小伙子！

费伯仔细地盯视着他。那个小伙子的手电筒扫过每个乘客的脸：他不仅是查票。

费伯叮嘱自己：不要着急得出结论。他们怎么可能盯上他呢？他们不可能在这么短的时间里就弄清他乘的是哪一列车，找到一个在这世界上为数不多的认识他模样的人，还让他扮成查票员派到车上来。这太不可思议了。

帕金，这是他的姓氏。比利·帕金。现在他显得成熟多了。他正在走近。

帕金进了费伯隔壁的那个隔间。没时间可耽搁了。

费伯做了最坏的打算，准备应付。

他站起身，离开隔间，沿着通道，跨过手提箱、背囊和人体，来到洗手间。里面没人占用。他进去，锁上门。

他只是拖延时间——查票员是不会放过上厕所的人的。他坐到马桶上，琢磨着怎么脱逃。火车已经加速，快得他无法跳车。再说，会有人看到他离开的。假如他们当真是在搜捕他，就会把车停下来。

“请把票都拿出来。”

帕金又接近了。

费伯有了主意。两节车厢的联结处有个风箱似的小地方，前后都有门，为车厢隔绝着噪音和气流，他出了洗手间，挤到车厢尽头，打开门，坐到两节车厢的联结处，然后把门关好。

这地方冰冷、吵闹。费伯坐到地板上，蜷起身子，假装睡觉。只有死人才会在这种地方睡觉，但是这年头在火车上，人们什么怪事都做得出来。他尽量不让身体打颤。

他身后的门打开了："请拿出票来。"

他不理睬。他听到门关上了。

"醒醒，睡美人。"是他的声音，没错。

费伯装作惊动了一下，然后背对着帕金站了起来。他转过身来时，那把匕首已经握在手里了。他一把把帕金顶到门上，用匕首抵住他喉咙，说："别动，动一下就干掉你。"

他用左手拿过帕金的电筒，照着小伙子的脸。帕金并没有像预料中那样害怕。

费伯说："啊，好极了。比利·帕金，一心想参军，反倒跑到火车上来当查票员了。不过反正都是穿上制服的差事嘛，对不对？"

帕金说："是你！"

"你他妈的明知道是我，小比利·帕金。你在找我。为什么？"他竭力用最恶毒的口气说着。

"我不明白，我何必要找你呢——我又不是警察。"

费伯夸张地一抖匕首："少跟我装蒜了。"

"我说的是实话，费伯先生。放我走吧——我保证不告诉任何人我看到你了。"

费伯开始怀疑了。要么帕金讲的是真话，要么他和费伯本人一样在装模作样。

帕金的身体颤抖起来，他的右手在暗中移动。费伯铁钳似的攥紧了他的右手腕。帕金挣扎了一下，但费伯把刀尖向他的喉咙处逼近了一分，他就不动了。费伯找到了他正在去摸的衣袋，抽出了一支手枪。

“查票员是不随身携带武器的。”他说，“谁派你来的，帕金？”

“如今我们查票员都带枪了——因为车上黑，有不少犯罪活动呢。”

费伯看出来，他的威胁手段还不足以让帕金吐实。

他的动作突猛、迅疾并且准确。锥形匕首在他手中一抖，刀尖便一丝不差地插进帕金的左眼，然后又拔了出来。

费伯的一只手捂住帕金的嘴。帕金用双手去捂他的左眼。

费伯进一步施加压力：“保住你的另一只眼吧，帕金。谁派你来的？”

“军事情报局，哦，上帝，请你别再伤害我了。”

“谁？蒙基斯？马斯特曼？[1]”

“是高德里曼，珀西瓦尔·高德里曼。”

“高德里曼！”费伯听过这个姓名，但现在不是搜寻记忆去回想细节的时候，“他们掌握了什么？”

“一张相片——是我从档案中把你挑出来的。”

“什么相片？什么相片？”

“一个赛跑队——长跑——有一只奖杯——军队——”

费伯记起来了。天啊，他们从哪儿弄到的那个？这是他的梦魇：他们掌握了一张相片。人们晓得他的长相了。他的面孔。

他把刀移近帕金的右眼：“你怎么知道我在哪儿的？”

“别扎瞎我，求你了——葡萄牙大使馆的特工截获了你的信件——记下了计程车的号码——在尤斯顿车站询问——请你留下

① 斯图尔特·蒙基斯（Stewart Menzies）是二战期间英国秘密情报局的局长，约翰·马斯特曼（John Masterman）则是英国情报局“双十委员会”的负责人。

我一只眼——”他用双手蒙住了他的两只眼。

“计划是什么？陷阱设在哪里？”

“格拉斯哥。他们在格拉斯哥等着你。列车到那儿之后所有人都要下去。”

费伯手上的匕首此时垂在帕金腹部上下的位置。为了分散对方的注意力，他问：“一共多少人？”话没说完，匕首便向上一捅，扎进了帕金的心脏。

帕金那只好眼瞪得大大的。他没有立刻断气。费伯最中意的杀人方法也有小缺点。通常用匕首捅上这一刀就能让心脏停止跳动。但如果心脏很强，就不能一下奏效了。如果心脏继续跳动，这一捅会在锋刃周围形成个洞，血会从那里溢出。这当然也会致命，但是要慢一些。

帕金的身体终于瘫了下去。费伯扶住他顶在壁上待了一会儿，心中转着念头。在小伙子死前表现出一些什么——闪现一些勇气，露出一种狞笑。这有某种含义。这种情况是经常有的。

他让尸体落到地板上，然后把尸体摆成睡觉的姿势，让人一眼看不到伤口。他把铁路制帽踢到一个角落里。他在帕金的裤子上抹净匕首，擦掉手上的眼泪。这是件肮脏事。

他坐下去，那个伦敦佬问道：“你去的时间不短——厕所是不是排长队？”

费伯说：“大概是我吃的什么东西作怪。”

“大概是一份鸡蛋三明治。”伦敦佬笑了。

费伯在想着高德里曼。他知道这姓名——他甚至还能模模糊糊地记起那人的模样：中等年纪，戴副眼镜，叼着烟斗，一副心不在焉的学者风度。对——他是个教授。

想起来了。费伯刚到伦敦的那两年里，无所事事。当时战争还没爆发，而且大多数人都相信打不起来（费伯可不在那帮乐观主义者之列）。他只能做一点有用的工作，主要是修订德国情报机构那些过时的地图，再加上在他自己观察和读报的基础上打些报告；但不算很多。为了消磨时光，为了改进他的英语，也为了伪装得像样，他就去旅游观光了。

他去参观坎特伯雷大教堂的确纯粹是为了观光，尽管他也买了这市镇和大教堂的鸟瞰图，并且寄回去给德国空军（不过没起什么作用：他们在一九四二年多次轰炸那里，都没有命中）。费伯那天花了一整天看那座建筑，辨读墙上刻的只用姓名首字母的古人签字，区分不同的建筑风格，一边闲逛，一边逐行阅读着导游手册。

他在唱诗班的南回廊看晦暗的连拱时，留意到身边还有一位聚精会神的中年人。“真奇怪，对不对？”那人问。费伯问他是什么意思。

“在一道圆形拱构成的回廊中竟出现一个尖形拱，真是令人百思不得其解。那个尖形拱显然不是后来才加上去的。一定是出于某种原因，人们才会在这里弄个尖形拱。是什么原因？我感到纳闷。”

费伯看出了他所指的地方。唱诗班的回廊是罗马式的，中殿是哥特式的；而这段罗马式的回廊中，却偏偏有独一无二的哥特式尖形拱。“或许是因为修道士想看看尖形拱会是什么样子，于是建筑师就建了这个给他们看。”费伯说道。

那位中年人诧异地瞪着他：“多么精彩的推断啊！你是位历史学家吗？”

费伯哈哈大笑："不是，我是个职员，只不过偶尔读读历史书。"

"能做出这种有启发性的猜测的人可以得到博士学位呢！"

"你是吗？我是说，是不是历史学家？"

"是的，这是自讨苦吃。"他伸出一只手，"我叫珀西瓦尔·高德里曼。"

这可能吗？列车隆隆驶进兰开夏郡，费伯自忖着，那个身穿花格呢西装的不起眼的人会是发现他身份的人吗？特工通常会告诉别人自己是职员或其他类似的含糊其词的职业，但从未有间谍会说自己是历史学家——那样的谎言太容易被戳穿了。不过有谣传说，英国的军事情报局得力于一批学者的支撑。费伯曾经设想他们都是年轻力壮、逞强斗胜的聪明人。高德里曼当然是聪明人，但其他方面就谈不上了。除非他已经变了个人。

费伯后来又碰见过他一次，不过那次没有和他搭话。在大教堂的简短邂逅后，费伯看到了一则通告，宣布高德里曼教授将在他的大学就亨利二世的评价作学术报告。他出于好奇而前往。那次报告显示了教授渊博的学识，生动又富说服力。高德里曼仍然稍显滑稽，在讲台上十分投入，激动得手舞足蹈；不过，显然他的头脑是极其犀利的。

正是他发现了"针"的外貌。

老天，一个外行。

也好，外行有外行会犯的错误，派出比利·帕金就是一个例子。高德里曼应该派一个费伯不认识的人的。帕金固然便于识别费伯，却很难指望在碰头时不会遭到毒手。一个专业特工就会了解到这一点。

列车震动了一下便停住了，外面一个闷声闷气的声音宣布，利物浦到了。费伯心里咒骂着自己：他应该用这段时间想出下一步的行动，而不该去回想珀西瓦尔·高德里曼。

他们在格拉斯哥守候他，这是帕金死前说的。为什么在格拉斯哥呢？他们在尤斯顿车站一定打听出来，他要去因弗内斯。而如果他们怀疑因弗内斯是胡扯的话，应该就会想到他要到利物浦来，因为利物浦是到一个爱尔兰码头最近的连接站。

费伯极不喜欢仓促作出决定。

不管怎么说，他得下车。

他站起身，打开门，朝验票口走去。

他想到了另外一件事。比利·帕金的眼睛在死前那一闪是什么意思呢？不是憎恨，不是恐惧，不是疼痛——尽管这些都有。那更像是……胜利。

费伯抬起眼，穿过验票口，恍然大悟。

在外面守候着的，是一个金发碧眼、戴着帽子穿着风衣的年轻人，正是那天他在莱斯特广场要跟德国派来的密使碰面时所发现的“尾巴”。

帕金临死之前，尽管感到极度痛苦和屈辱，但终于骗了费伯。陷阱其实就设在利物浦。

那个穿风衣的人一时还没认出人群中的费伯。费伯转身又返回车厢。坐定之后，立即拉开窗帘向外张望。

“尾巴”在人群中搜索着一张张面孔，没注意到返回车厢的人。

费伯盯视着乘客涌过验票口，月台上不再有人了。那个金发人向验票员急切地说着什么，验票员摇头否定。那人似乎还在坚持，过了一会儿才向视线外的什么人挥了下手。一名警官从暗处出来，和验票员说话。

月台上的警卫也凑了上去，后面还跟着一个穿西装的人，大概是个高级铁路职员。

火车司机和司炉离开了车头，向验票口走去。又是一番挥手摇头。

最后，所有火车上的人员都耸耸肩转开身，或向上翻翻眼珠，全是无能为力的表示。那个金发人和警官召集起警察们，坚定地跨上了月台。

他们要搜查车厢。

所有火车上的人员，包括机组人员，全都消失在相反的方向，显然是趁这群疯子搜查挤得水泄不通的列车时去吃茶点了。这倒让费伯想出了一个主意。

他打开车门，向月台的相反方向跳出车。他依靠车厢挡住警察的视线，沿着铁轨，在枕木上磕磕绊绊，朝火车头跑去。

这当然不是好消息。从弗雷德里克·布劳格斯意识到比利·帕金没有悠然下车那一刻起，就已经明白“针”又一次从他们指缝中漏掉了。布劳格斯想了好几种帕金没有露面的解释，但他知道没有一条能成立。

他竖起衣领，在寒气袭人的月台上踱着步。他想抓住“针”都快想得抓狂了：不光是为了登陆欧洲，也是为珀西瓦尔·高德里曼，为了那五位惨死的国民军，为了克里斯琴。

他看了一眼手表：四点。天就快亮了。布劳格斯一夜没有合眼，从昨晚吃罢早点还一直没吃过东西，但他始终靠精神力量支撑着。这个陷阱又失败了——他相当肯定已经失败了。这一局面耗掉他的精力，饥饿和疲惫攫住了他。

“长官！”一名警察探出一节车厢，向他挥手，“长官！”

布劳格斯朝他走去，跟着就跑了起来：“你发现什么了？”

“可能是你们的人——帕金。”

布劳格斯爬进车厢：“可能？你这话是什么意思？”

“你最好看一看。”那名警察打开两节车厢之间的门，用手电筒往里面照。

是帕金。布劳格斯可以从他那身查票员的制服上看出来。他在地板上蜷作一团。布劳格斯拿过那警察的电筒，在帕金的身旁跪下来，把他翻了个身。

他看到了帕金的面孔，立即转过脸去，说：“哦，老天爷。”

“我看这就是帕金吧？”警察说。

布劳格斯点点头。他十分缓慢地站起身，没有再看那尸体。“我们要盘问这两节车厢里的每位乘客，”他说，“把看到的听到任何不寻常动静的人扣下来进一步询问。这样做不一定对我们有多大帮助——凶手肯定在列车进站前就跳车了。”

布劳格斯又回到了月台上。全体搜索人员都已完成任务，聚在一起。他留下了六个人协助他盘问。

那位警官说：“这么说，你们的猎物已经跳车了。”

“几乎可以肯定，”布劳格斯表示同意，“你们已经查过了所有的厕所和空车了？”

“是的，而且连车顶上和车底下也没放过，还有车头和煤厢也查过了。”

一名乘客下了车，向布劳格斯和警长走来。他个头矮小，患有肺病，上气不接下气地喘得厉害。他说：“对不起。”

“怎么样，先生？”警长说。

那位乘客说：“我不清楚，你们是不是在找什么人？”

“你问这个干吗？”

“唔，如果你们是在找人，我在想，他是不是个高个子？”

警官说：“你问这个干吗？”

布劳格斯不耐烦地打断他：“不错，是个高个子。来吧，请讲。”

“嗯，就是一个高个子从车的另一边下去了。”

“什么时候？”

“列车进站后的一两分钟。他上了车，就从另一边下去了。他跳到了铁轨上。但他没有行李，这又是一宗怪事，所以我想——”

警官说：“混球。”

“他准是看出了有陷阱。”布劳格斯说，“可是怎么会呢？他并不认得我，而且你们的人也躲在视线之外。”

“有些情况让他起疑了。”

“于是他就跨过铁轨到了临近的月台，从那儿出去了。没人会看到他吗？”

警官耸了耸肩：“这么晚，周围没多少人走动。就算有人看到他，他可以说他不耐烦在验票口排长队。”

“你们没把其余的验票口监视起来？”

“我没想到这一点。”

“我也没想到。”

“好吧，我们可以把周围搜索一下，之后我们再检查城里的各处地方，当然，我们要监视码头——”

“好吧，请照办吧。”布劳格斯说。

不过不知道为什么，他总觉得这样找不着费伯。

又过了一个多小时，列车才启动。费伯左小腿痉挛，鼻孔里满是煤灰。他听到司机和司炉爬回驾驶室，听到他们片言只语的谈话，提到列车上发现了一具尸体。司炉铲煤时有一阵金属的咔嗒声，然后便是蒸汽的嘶嘶声，活塞一响，随着列车一抖和一股清烟，车便启动了。费伯换了个姿势，打了个憋了半天的喷嚏，感到好多了。

他在煤厢的后部，深深地埋在煤里，一个人要连续十分钟不停地用力铲煤，才会露出他。正如他预期的，警察对煤厢的搜索，不过是瞪眼看了好一会儿而已。

他不知道这会儿他能不能冒险钻出来。天该亮了，从铁路上方的桥上，会不会看到他呢？他想不会。现在他的皮肤已经相当黑了，加上身处黎明的昏光中，车速又快，他不过是昏暗的背景里的一抹黑影罢了。是的，他得抓住这个机会冒险一试。他缓慢而小心地从他的煤坟里一路爬出来。

他深深地吸了一口冷冷的空气。煤是从煤厢前部的一个小洞铲出去的，之后，等煤堆的高度降至一定程度，司炉才会进到煤厢里来铲煤。费伯目前是安全的。

天光渐亮，他把自己上下打量了一番。他从头到脚都沾满了煤末，就像一个矿工刚从煤井下出来。他得想法洗洗，换换衣服。

他探头从煤厢侧面望出去。列车还行驶在郊区，工厂、仓库和一排排又脏又小的房子从车站闪过。他得想好下一步的行动。

他原先计划在格拉斯哥下车，从那儿换乘另一列车到丹迪，再向东海岸，直抵阿伯丁。他现在依旧可以在格拉斯哥下车。当然，他不能在车站下车，但他可以在站前或站后跳车。不过，那样做存在着危险。列车肯定会在利物浦和格拉斯哥之间的小站停车，而费伯便可能在那些地方被发现。不成，他得尽快下车，另寻交通工具。

理想的地点该是在某个村镇之外的一段僻静的支路上。那地方必须僻静，因为他不能让人看见从煤厢上跳下；但又必须离住宅区不远，这样他才能偷到衣服和汽车。而且还应该在上坡地段，列车在这种情况下会放慢速度，便于他跳车。

目前车速大约是一小时四十英里。费伯仰卧在煤上等候着。他由于怕被发现，不能时时看着经过的乡野。他决定每当列车减速时向外窥视一下，其余时间就躺着不动。

过了一会儿，他发现自己躺着并不舒服，还是昏昏欲睡。他改换了一下姿势，用双肘撑着头部，这样，万一真的睡着，双肘就会撑不住，让他一下惊醒。

列车加快了速度。在伦敦和利物浦之间，列车好像停得多，走得少。此时，列车喷着蒸汽，在田野上驰骋。天开始下雨，让他益发难受，冰冷的连绵细雨淋透他的衣服，似乎要在他的肌肤上结冰。他更有理由赶紧下车了，不然的话，没等到达格拉斯哥，他就会死于非命。

列车高速行驶了半小时之后，他禁不住想杀掉机组人员，让车停下来了。这时一个发自铁路讯号所的停车讯号救了他们的命。列车一刹车，猛地慢了下来，逐渐减速。费伯猜想，铁轨上大概有减速限制。他向外看去，四周都是田野。他看出了减速的原因——他们正接近一个岔道，信号要他们停驶。

列车停下不动，费伯待在煤厢里。五分钟之后，列车重新启动。费伯爬上车帮，在边上趴了一会儿，便跳了下去。

他落到路基上，面朝下伏在蔓生的苇草上。当不再听到列车的响动时，他便站起身来。附近唯一的文明标志是那个铁路讯号箱和一座负责操控铁路讯号的两层木楼，楼上是装有大窗的控制室，底层有扇门，楼梯在屋外；另一侧是一条通向远方的煤渣路。

费伯兜了个大圈，从没有窗户的房屋后接近那栋木屋。他进入底层的门，找到了他所期望的一切：一间厕所，里面有脸盆，钩子上挂着一件外衣。

他脱下湿透的衣服，洗了手和脸，用一条湿毛巾使劲擦遍周身。装底片的小圆盒仍然牢牢系在胸前。他重新穿上衣服，但用讯号员的大衣换下了他那件湿透了的夹克。

现在他需要的只是交通工具了。讯号员总得有辆自行车，才能来这儿上班吧？费伯走出屋子，在小屋的另一侧找到一辆锁在篱笆上的自行车。他用锥形匕首猛撬开小小的车锁，推着车从房子后走到房子的视线之外，然后再推上煤渣路，跨上车，骑走了。

# 16

高德里曼从家里带来一张小行军床，放在他的办公室里。他穿着衬衫和裤子躺在上面，想睡又睡不着。自从大学毕业考以来，他已经四十年没失眠过了。

他深知当年的他完全是另一个人：不仅年轻，而且没那么多……那么多分心的事。他曾经开朗、进取、雄心勃勃，一心想进入政界。他当时并不勤奋，所以会为考试而紧张是不奇怪的。

那时候他热衷于迥然不同的两件事情，那就是辩论和舞会。他在牛津大学俱乐部以能言善辩著称，而《闲谈者》杂志则刊登过他和初入社交界的少女跳华尔兹的照片。他不是个爱寻芳猎艳的人，只与自己钟情的女子柔情缱绻，这倒不是因为他笃信什么高尚的准则，而是由于他本性如此。

因此，他在结识埃莉诺之前始终保持童身。埃莉诺不是社交界的名媛，而是一位温文尔雅、才华横溢的数学系毕业生。她父亲在做了四十年煤矿工人之后死于肺病。年轻的高德里曼带她回家与家人见面。他父亲是郡代表，他家的房子在埃莉诺眼中不啻是座大宅邸，然而她举止自然，落落大方。高德里曼的母亲对她表现出失态的倨傲，但她不卑不亢地应付自如，这使高德里曼对她更加钟爱有加。

他取得了硕士学位，第一次世界大战后在一所公学中任教，并三次参加补缺选举。他们夫妻在发现不能生育子女时都很失望，但他们倾心相爱，仍然感到生活幸福。她的早亡让他经历了前所未有的震撼。从那时起，高德里曼便终止了对现实世界的兴趣，退隐到中世纪去了。

丧妻的共同遭遇把他和布格劳斯拉到一起。战争把高德里曼带回到生活之中，当年推动他成为演说家、教师和自由党候选人的活力、进取心和热情，现在又在他身上复苏了。高德里曼希望，在布劳格斯的生活中也能有种东西，把他从苦楚和沉溺中解救出来。

当高德里曼正想着他的时候，布劳格斯从利物浦打来了电话，说："针"漏网了，帕金死了。

高德里曼坐在行军床边接电话，绝望地闭上了眼睛。"我要是派你上火车去就好了。"他咕哝着说。

"谢谢你啊！"布劳格斯说。

"只因为他不认识你的长相。"

"我想他可能认识，"布劳格斯争辩说，"我们怀疑他识破了陷阱——而在他下车时能够看见的唯一面孔便是我的。"

"可是他在哪儿见过你呢？哦！不！……不会是在莱斯特广场吧？"

"我想不透，不过嘛……我们总好像低估了他。"

"他要是我们这边的人就好了。"高德里曼咕哝着，"你把码头都监视起来了吗？"

"监视了。"

"他不会用那个码头的，当然——那样太明显了。他更可能的做法是偷一艘船。另外，他可能还要去因弗内斯。”

“我已经提醒那里的警察了。”

“好极了。不过，依我看，我们最好还是别对他的目的地作什么估计。我们应该思路再开阔一些。”

“同意。”高德里曼拿着电话站起身，开始在地毯上踱步，“还有，别假定从火车另一侧下车的那人一定就是他。搜捕他的时候，不要排除他在利物浦车站站前或站后下车的可能。”高德里曼的头脑又开动起来，理出各种假定和可能，“我要和警察局长讲话。”

“他就在这儿。”

一阵静默之后，传来另一个声音：“我是警察局长安东尼。”

高德里曼说：“我们那个目标已经在你们地区的某处地方下了火车，你同意我这看法吗？”

“看来是这样，同意。”

“好的。现在，他第一需要的是交通工具——因此，我需要你把利物浦周围一百英里以内在接下来二十四小时中所有被盗的汽车、船只、自行车或驴子的详情弄清，随时向我报告。不过，我也要你把有关这方面的消息知会布劳格斯，并和他密切配合，追踪线索。”

“是的，长官。”

“对其他各种亡命之徒可能会犯下的违法勾当也要保持警惕——像偷窃食品或衣服、无缘无故的人身袭击、伪造证件等等。”

“明白。”

“现在，安东尼先生，这个人绝不仅仅是个普通的杀人犯，你明白了吧？”

“你们一介入，长官，我想我就明白了。不过，我不了解详情。”

“那倒不必。我所能告诉你的只是：本案的案情关乎国家安全，而且严重到首相每小时都要和我这间办公室联系一次的程度。”

“我懂了。呃，等一等，布劳格斯先生还有话说，长官。”

布劳格斯的声音又回到电话里：“你想起来你是怎么认识那张脸的了吗？”

“哦，想起来了——不过依我看，没什么价值。我是在坎伯雷大教堂和他偶然相遇的，我们还谈论过建筑上的事。我记得，他发表了一番颇有见地的观点。他给我的印象是，他十分聪明。”

“我们早就知道他十分聪明。”

“可惜太聪明了。”

安东尼局长是中产阶级的中坚，说话带有一种小心翼翼的利物浦口音。他不清楚：是该对军情五处对他的颐指气使恼火呢，还是要为有机会在他的责任区内挽救英格兰而激动。

布劳格斯深知这人的内心斗争——他和地方警察合作时这是常有的事——而且他也熟谙如何利用这种心理完成自己的任务。他说：“我对你的协助感激不尽，局长。你们的成绩，白厅是不会轻描淡写的。”

“我们只是尽责罢了。”安东尼说。他拿不定主意，该不该称呼布劳格斯“长官”。

“不过，在虚应故事和积极帮忙之间还是大有区别的。”

“是啊。看来，在我们重新嗅到那人的气味之前，还有几个小时的空当。你想打个盹吗？”

“想啊。”布劳格斯感激不尽地说，“如果你们的哪个屋角里有把椅子的话……”

“就躺在这儿吧，”安东尼指着他的办公桌说，“我到下面的行动指挥室去。一有情况我就叫醒你。舒舒服服地睡一觉吧。”

安东尼出去了，布劳格斯走到一把扶手椅那儿，往后一坐，便闭上了眼睛。他立刻看到了高德里曼的面孔，如同投到他眼皮内侧的电影似的，高德里曼说：“哀伤总该有个结束……我不希望你犯同样的错误。”布劳格斯突然意识到，自己不希望这场战争结束，因为那样一来，他就得面对高德里曼提出的问题了。战争使得生活简单化，战争使他知道为什么要恨敌人，也知道该做些什么来复仇。以后呢……关于另一个女人的想法似乎不忠，不仅对克里斯琴不忠，而且以一种说不清道不明的方式，对英格兰不忠。

他打了个呵欠，往座位上又靠了靠，他的思路由于睡意袭来而模糊起来。假如克里斯琴死于战前，他会对再婚抱完全不同的看法。他一向敬爱她，这是不消说的，但自从她驾驶救护车以来，他对她的尊敬就成了近乎敬畏的钦佩，而喜爱也成了爱恋，于是他俩之间就有了别的恋人所没有的感情。如今，时隔一年多，布劳格斯已经不难找到另一位他敬爱和喜欢的女性了，不过他知道这样的恋情已经满足不了他。一桩普通的婚姻、一个平常的女人，会始终提醒着他：他拥有过最好的。

他在椅子里动弹了一下，想摆脱这些思绪，以便入睡。高德里曼说过，英格兰遍地都是英雄。但如果“针”跑掉了，英格兰可就到处是奴隶了。当务之急是……

有人摇动他。他睡得很深沉，梦见他和“针”同处一室，但又看不见对方，因为“针”用锥形匕首捅瞎了他的眼睛。他醒来之后，依然觉得眼睛瞎了，因为他还看不见谁摇他，后来他才明白自己还闭着眼呢。他睁开眼，看到安东尼局长那穿着警服的高大身躯正俯身对着他。

布劳格斯直起上身，揉了揉眼睛。“发现什么了吗？”他问。

“多着呢。”安东尼说，“问题是，不知哪个有用。这是你的早点。”他把一杯茶和一块饼放在办公桌上，绕过去坐到桌对面。

布劳格斯离开那把扶手椅，拉过一把硬椅，放在桌旁。他啜饮着茶。茶很淡，饼香甜可口。“让咱们来研究一下。”他说。

安东尼递给他一叠有五六页的纸。

布劳格斯说：“你不会说，在你的辖区只有这么些犯罪事件吧——”

“当然不止，”安东尼说，“我们没把那些酗酒闹事、家庭纠纷、违反灯火管制、违规开车或者那些已经逮住罪犯的案件摆进来。”

“对不起。”布劳格斯说，“我还没有完全醒过来。给我点时间先读读这些纪录。”

有三宗入屋行窃案。其中有两宗损失了值钱的东西——一宗是珠宝，另一宗是毛皮。

布劳格斯说：“他要是偷值钱的东西，也只是为了转移我们的视线。请你把作案地点标在地图上好吗？也许能显出点什么。”他把那两页报告还给安东尼。第三宗是才报上来的，没写出详情。

曼彻斯特的一处食品办公室被偷走几百册配给证。布劳格斯说："他不需要配给证——他需要的是食物。"他把那份纪录放到一边。在普雷斯顿郊外有一件自行车盗窃案，还有一件是伯克里德的强奸案。"我认为他不会是一名强奸犯。不过还是把案发地点标一标吧。"布劳格斯告诉安东尼。

自行车盗窃案和第三件入屋行窃案的作案地点相距很近。布劳格斯说："自行车失窃的讯号所——是在铁路干线上吗？"

"是的，我想是的。"安东尼说。

"假如费伯躲在那辆列车上，而我们没有找到他。那个信号所是不是列车离开利物浦之后所停的第一个地方呢？"

"可能是。"

布劳格斯看着那张纸页。"一件大衣失窃，留下了一件湿夹克。"

安东尼耸耸肩："这可能表示些什么。"

"没有汽车失窃吗？"布劳格斯怀疑地问。

"也没有丢船，没有丢驴。"安东尼回答说，"这年头，我们没有多少汽车盗窃案。汽车容易到手——人们要偷的是汽油。"

"我敢肯定，他会在利物浦偷汽车的，"布劳格斯说，他沮丧地用拳头捶了一下膝盖，"不消说，自行车对他没多大用处。"

"反正，我认为我们得跟踪这条线索，"安东尼迫切地说，"这是最好的办法了。"

"好吧。不过同时，再查证一下那些失窃案，看看有没有丢失食品和衣服——失主可能起初没注意到。把费伯的相片也给那个遭强奸的受害者看一看。继续察看所有的犯罪活动。你能给我安排交通工具去普雷斯顿吗？”

“我给你弄辆汽车吧。”安东尼说。

“第三件窃案的详情什么时候可以了解到？”

“这会儿他们可能正询问着呢。”安东尼说，“你抵达讯号箱的时候，我就会了解到全貌了。”

“别让他们拖拖拉拉的。”布劳格斯去拿他的外衣，“我一到普雷斯顿就和你联络，看看他们进行得怎样。”

“安东尼吗？我是布劳格斯。我在信号所。”

“别在那儿耽搁时间。第三件窃案就是你们找的那个人干的。”

“真的？”

“除非有两个家伙拿着同样的锥形匕首跑来跑去吓唬人。”

“失主是什么人？”

“孤零零地住在一座小房子里的两位老太太。”

“哦，天啊！死了吗？”

“除非因为激动过度而死。”

“什么意思？”

“赶快到那儿去吧。你就会明白我的意思了。”

“我立刻上路。”

那种小房子通常都是两位老太太单独居住的。房子是小型的方块建筑，年代已经很久了。门边长着野玫瑰丛，是由上千壶喝过的茶叶灌溉出来的。小小的前院花园中，一排排蔬菜嫩苗被畦分开来种得整整齐齐。铅框窗户里挂着粉白色相间的窗帘，门吱嘎作响。前门油漆得很认真，但出自业余漆匠之手，门环是用一块马蹄铁做的。

布劳格斯敲响门，回答他的是一位手持滑膛枪的八十多岁老太太。

他说："早安，我是警察局来的。"

"不，你不是。"她说，"他们已经来过了。现在趁着我还没轰掉你的脑袋，赶快走开。"

布劳格斯打量着她。她不足五英尺高，一张满布皱纹的苍白面孔后面，浓密的白发梳成一个髻；手指像火柴一样纤细，但枪却握得坚定有力；围裙口袋里塞满晒衣夹子。布劳格斯低头看她的脚，她穿的是一双男人的工作靴。

他说："今天上午你见到的警察是本地的。我是苏格兰场的。"

"我怎么能知道呢？"她说。

布劳格斯转身叫他那位警察司机。那警察走下汽车，来到大门口。布劳格斯对那位老太太说："这身警服可以让你相信了吧？"

"好吧。"她说着，站到一边，让他进门。

他走下台阶，进入一间地面铺砖、顶棚低矮的房间。房里挤满了陈旧、笨重的家具，上面都摆着瓷器和玻璃饰物。壁炉烧着小煤火，空气中是薰衣草和猫腥味。

另一位老太太从椅子上站起来，两只猫从她膝头上跳下。她说："喂，我是埃玛·巴顿，我妹妹叫杰西。别去理睬那支滑膛枪——里面没有装子弹。杰西喜欢演戏。你请坐好吧？你年纪轻轻，不像个警察。我没想到苏格兰场会对我们这次小小的遭抢感兴趣。你是今天一早从伦敦来的吗？杰西，给这孩子倒一杯茶。”

布劳格斯坐下。“如果我们对那抢劫犯的身份没弄错的话，他是个逃犯。”他说。

“我怎么跟你说的！”杰西说，“我们差点被宰了，血腥的屠杀！”

“别傻了。”埃玛说。她转向布劳格斯，“他是个多好的人啊。”

“把事情的经过告诉我吧。”布劳格斯说。

“哦，我刚好到后面去了，”埃玛开始讲，“我到鸡窝去，想拿几个鸡蛋。杰西在厨房——”

“他突然出现，让我吃了一惊。”杰西打断说，“我来不及去取枪了。”

“你看牛仔片看太多了。”埃玛责备说。

“总比你那些爱情片强——总是眼泪和轻吻——”

布劳格斯从他的皮夹中取出费伯的相片。“是这个人吗？”

杰西仔细看了看：“就是他。”

“你们可真机灵！”埃玛惊异了。

“我们要是机灵，早就抓住他了。”布劳格斯问，“他做了些什么？”杰西说：“他把刀子举到我的喉头，说：‘要是动一下，我就割开你的肚皮。’他会说到做到的。”

“哦，杰西，你告诉我他说的是：‘照我说的去做，就不伤害你。’”

“还不是一样意思，埃玛！”

布劳格斯说："他想要什么？"

"食物、洗澡、干衣服和一辆汽车。唉，当然啦，我们给了他鸡蛋。我们找到了几件杰西亡夫诺曼的衣服——"

"你能描述一下吗？"

"能。蓝色的旧外套、蓝色的工作裤、花格衬衫。他还开走了可怜的诺曼的汽车。我真不知道，没了汽车，我们怎么去看电影呢。你明白吗——看电影是我们唯一的嗜好。"

"什么样子的汽车？"

"一辆'莫里斯'。诺曼一九二四年买的。那辆小车对我们可有用呢。"

杰西说："不过，他可没洗成他的热水澡！"

"是啊，"埃玛说，"我不得不向他解释，两位独居的女士很难让一个男人在她们的厨房里洗澡……"她脸红了。

杰西说："你就宁愿让人割了喉咙，也不肯看一个男人只穿着连裤内衣，对吧，大傻瓜？"

布劳格斯说："你们不让他洗澡，他是怎么说的？"

"他哈哈大笑，"埃玛说，"不过我想他了解我们的处境。"

布劳格斯忍俊不禁，露出了微笑："我看，你们很勇敢。"

"我不知道什么叫勇敢。我说真的。"

"这么说，他穿着工作裤和蓝夹克，开着一辆一九二四年的莫里斯汽车走的。当时是几点？"

"大概是九点半吧。"

布劳格斯随手抚摸着那只红色花纹的猫，猫眨眨眼，咪地叫了一声。"车里的油多吗？"

“两加仑吧——不过他拿走了我的供油证。”

布劳格斯闪过一个念头：“你们两个独身女人怎么会有汽油配额呢？”

“是农用的。”埃玛分辩说，脸又红了。

杰西怒气冲冲：“何况我们孤苦无依，年纪又大。我们当然有资格。”

“我们总是在去看电影的同时去谷物店，”杰西补充说，“我们不浪费汽油。”

布劳格斯微笑着，举起一只手：“好吧，别担心——反正配额的事不归我管。那辆汽车能跑多快？”

埃玛说：“我们从没超过每小时三十英里。”

布劳格斯看了一眼手表：“即使照这个速度，现在他也驶出七十五英里之外了。”他站起身，“我得把详情打电话报告利物浦。你们没有电话吧，嗯？”

“没有。”

“那辆莫里斯什么样式？”

“是‘考莱’型。诺曼管它叫‘牛鼻子’。”

“颜色呢？”

“灰的。”

“牌照号码？”

“MLN29。”

布劳格斯一一写下。

埃玛说：“你看，我们还能找回我们的车吗？”

“我想能吧——不过可能不会完好无损的了。开偷来的车一般是不会太小心的。”他向门口走去。

“我希望你们能抓到他。”埃玛在后面叫道。

杰西送他出门。她手中仍然握着那支枪，在门口拉住布劳格斯的衣袖，用舞台上那种耳语的样子说：“告诉我——他是什么人？逃犯？杀人凶手？强奸犯？”

布劳格斯低头看着她。她那小小的绿眼睛激动得发亮。他无论说什么，她都会信的。他弯下腰，对着她耳朵轻声说：“别告诉别人，他是个德国间谍。”

## 17

费伯在刚过正午的时候驶过了萨尔克桥，进入了苏格兰境内。他走过萨尔克征税所，那座低矮的建筑门口有个牌子，说明它是苏格兰的第一座房屋，门上方还有一块匾额，记载了一些有关婚姻的传说，他读不懂。又向前走了四分之一英里，进入格里特纳村，他才明白，这里原来是私奔者结婚的地方。

路面由于清早的雨水还是湿漉漉的，但正在阳光下迅速蒸发。路牌和地名标志已重新竖了起来。费伯快速驶过一连串低地小村庄，开阔的村庄景色赏心悦目，绿色的沼泽在阳光下粼粼泛光。

他曾在卡莱尔停下来加过油。加油的是个中年妇女，身穿一件满是油污的围裙，她没问任何令人为难的问题。在把油箱灌满后，费伯又把可以固定在右方脚踏板上的后备油桶加满。

他很满意这辆双人座小车。尽管车子已老旧，仍能一小时跑上五十英里。他在苏格兰山地上坡下山，车子的四汽缸、1548CC侧阀引擎依旧能不倦地顺利运转。皮面厚垫的座位很舒服。他按响球形喇叭，驱赶前方一只走散的绵羊。

他穿过小镇洛克比，驶过跨越安南河的约翰斯通桥，开始向比托克峰爬行。他发现自己使用三挡的次数已愈来愈多。

他早已打定主意，不经爱丁堡的海滨公路——那是通往阿伯丁的最短线路。苏格兰大部分东海岸、沃什湾的两侧，以及沿岸十英里宽的一个狭长地带都是禁区，禁止游客入内。当然，当局无法严格警戒如此绵长的范围，不过，要是能不进入禁区，费伯就完全不用冒被人拦下来盘查的险。

但他终归是要进入那一地区的，于是，他开始动起脑筋，思考遇到盘查时该如何回答。由于汽车配给越来越严，这两年实际上已经没有私人驾车出游这回事了。而必须因公驾车外出的人，要是出于个人目的，超出必要地段哪怕只有几码，也极可能会受到起诉。费伯就曾读到这样一则报道：一位著名的乐队指挥，由于用了供农业用的汽油把几个演员从剧场送到萨伏伊旅馆而遭拘禁。政府用无止无休的宣传告诉人们：一架兰开斯特式轰炸机需要两千加仑汽油才能飞到鲁尔[①]。费伯平时倒巴不得浪费汽油，免得用来轰炸他的家乡；但此时他胸前系有情报，如果被拦住并因违反供油规定而坐牢的话，真是难以容忍的嘲讽。

不过想不被拦下谈何容易。路上跑的，大多是军事车辆，但他又没有军方的证明文件。他不能诈称自己是在运输必需的军用

① 鲁尔是位于德国西部的重工业区。

物资，因为车上没有装东西。他皱起了眉头思索：这年头谁有必要驾车外出呢？休假的海员、执行公务的官员、罕见的度假人、熟练的技师……有了，他要把自己说成是工程师，一位类似高温变速箱机油这种深奥领域的专家，正前往因弗内斯的一家工厂去解决一些技术上的问题。如果问他是哪家工厂，就说是保密的（他编造的目的地必须与他要去的真正地点相距甚远，这样，盘问他的人就绝不会知道有没有那样的工厂了）。他没把握一个顾问工程师会不会穿他从那两位老太太那儿偷来的这种工作裤——不过在战时，什么都是可能的。

在盘算好这一切之后，他感到成竹在胸。不过，那些专门搜捕间谍亨利·费伯的人可是另一回事。他们有他的照片——

他们已经知道了他的长相。他的长相！

而且不需多久，他们就会知道他驾驶的这辆车的样子。他们既不清楚他驶向何方，就不大会设置路障；但他敢说，这片土地上的每个警察此时都在搜寻这辆牌照号码为MLN29的灰色考莱型莫里斯牌汽车。

如果他在野外被发现，是不会立刻被抓到的，因为乡村警察只有自行车，没有汽车。但是警察会用电话报告警察局，几分钟之内就会有警车追捕他。他决定，如果遇上一个警察，他就把这辆车扔到沟里，另偷一辆，并离开原定的路线。不过，在人烟稀少的苏格兰低地，他很有希望在到达阿伯丁以前不会遇到半个乡村警察。但城镇就不同了——在那儿他极有可能会被警车盯上。他不大可能逃得掉——他的车子老旧，而警察一般又都是驾车能手。他唯一的机会只有跳车，指望消失在人群里或是后街中。他考虑自己是不是应该在进入一座大城镇之后，把现在这辆车扔掉，另偷一辆。这样做的问题是：他会在方圆一英里之内留下踪迹，使军情五处的人便于追查。也许最好的方法是采取折中之道：他要驶进城镇，但只走后街。他看了下手表。他可以在黄昏时分抵达格拉斯哥，之后便可借夜色做掩护了。

虽然，这也不令人完全满意，但想要绝对安全，唯一的方法只有不做间谍。

他爬上一千英尺高的比托克峰时，天开始下雨了。费伯停下车，出去把帆布车篷撑起。空气热得闷人。费伯抬头看天。天空很快布满了乌云，雷鸣电闪立刻就来。

他继续驾车前行，发现了这辆小车的一些毛病。风和雨从帆布车篷的好几处缝隙中漏进来，小小的雨刷只刮掉挡风玻璃上半部的雨水，只有一条隧道似的窄缝，露出前面的道路。随着山路益发崎岖，引擎开始发出微弱的吱嘎声。不过，就一辆被人拼命驱使了的二十年老车来说，这没什么好奇怪的。

阵雨停息了。威胁人的暴风雨还没有到来，但天空依旧昏黑，预示着风雨欲来。

费伯穿越了克劳福德、阿平顿和莱斯马哈哥。

半小时之后，他来到格拉斯哥郊外。他一进入市区，立即掉头向北，离开大街，希望能绕过城里。他沿着一系列的小路，穿过几条要道，进入城东郊，直抵刊播诺德路，从那里他再向东拐，加速驶出城市。

行程比他预期的要快。他的运气不错。

他驶上了A80号公路，越过工厂、矿山和农场。又有一些苏格兰的地名在他的意识中闪进闪出：米勒斯顿、斯特普斯、穆尔赫德、莫林斯本、坎道拉特。

他的好运气在坎伯诺德和斯特林之间用尽了。

他正在一条笔直的公路上加速行驶，那一段稍稍有点下坡，两侧是开阔的田野。在车速计指到时速四十五英里时，引擎突然发出一阵巨响，接着是如同一条大铁链拖过滚动的齿轮时发出沉重的杂音。他把车速减慢到二十英里，但那杂音并没有明显降低。显然，某个重要的大机件坏了。费伯侧耳倾听。不是变速器的滚珠轴承破裂，就是连杆顶端穿洞了。不会是化油器堵塞或是火星塞脏污之类的小毛病；不进厂修理是无能为力了。

他停下车，打开引擎盖，向下看。简直到处都是油，别的毛病倒看不出。他重新坐到方向盘后，又驾车前进了。动力大大不足，但汽车还能走。

又走了三英里，散热器开始冒出蒸汽。费伯意识到，用不了多久，这辆车就会彻底开不动了。他寻找着一处可以把汽车弃置的地方。

他发现了一条从主要公路上岔出去的泥泞小路，大概是通向一家农场的。离公路一百码的地方，小路在一丛黑刺莓的背后弯过去。费伯把车停在树丛旁，熄灭了引擎。冒出的嘶嘶蒸汽渐渐消失了。他走出来，锁上车门。他对埃玛和杰西感到一丝歉意，在战争结束前，她们恐怕难以修复这辆车了。

他走回到主要公路上。从路上看不到那辆汽车。那辆被抛弃的汽车可能要一天甚至两天才会引起怀疑。不过，费伯想，到那时他可能已经在柏林了。

他开始步行。他迟早会走进一座城镇，再偷上一辆车。他干得挺漂亮：他离开伦敦还不到二十四小时，到潜艇抵达接他的地方时间明天下午六点，还有整整一天。

太阳早已落下去了，这时，黑暗一下子降临，费伯几乎伸手不见五指。所幸，公路中间有条白漆线（这是灯火管制施行后的一项新发明），他勉强能够沿这条白线前进。由于黑夜中万籁寂静，他可以听见身后远远的地方正有一辆车向他驶来。

于是费伯就离开公路几码，卧倒下去，不让车上的人看见，直到车开过去。那是辆大汽车，费伯猜是沃克斯霍尔十型，车子开得很快。他等车开过去，爬起来，继续前进。二十分钟之后，他又看到了那辆车，在路边抛锚了。他要是来得及的话，在注意到那辆车时，就会绕道而行；但车灯灭了，引擎熄了，他在黑暗之中差一点撞到了车上。

还没等他想好该怎么办，一支手电筒从引擎盖下向他照来，一个声音说："有人吗？"

费伯走到光束之中，说："出麻烦了？"

"是啊。"

电筒光垂下了，费伯走近时，就从反光中看到了那是个中年人，脸上留着胡子。那人的另一只手握着一支大扳手，样子很犹豫，似乎没把握该怎么动手。

费伯看了看引擎："什么毛病？"

"没了动力。"那人说，口音很重，"一分钟前还跑得蛮顺的，后来就开始一喘一喘的了。我对机器不大在行。"他又把电筒照向费伯，"你呢？"他抱着希望地问。

"也不怎么行，"费伯说，"不过让我看看电路，要是什么电线松了，大概我还看得出来。"他接过手电筒，向下伸进引擎里，把脱落的电线又插到汽缸盖上，"现在试一下。"

那人坐进汽车，发动了引擎。"真棒！"他压倒机器声高叫着，“你简直是天才！上车吧。”

费伯脑子里闪过一个想法，这也许是军情五处精心设下的圈套。但他随即放弃了这种猜疑：就算他们知道了他在哪里，何必用这种软办法呢？他们完全可以派出二十名警察和两辆武装警车来抓他嘛。

他上了车。

那司机启动车辆，连续换挡，车子很快就加上速度，飞速行驶了。费伯让自己坐得舒服些。司机说：“我叫查理德·波特。”

费伯迅速想起自己皮夹里的身份证：“我是詹姆斯·贝克尔。”

“你好。在那边的路上，我准是驶过你身边了——没看见你。”

费伯明白这人是在道歉，没有让他搭便车。“没什么，”费伯说，“我当时大概离开了公路，走到树丛后面去方便了。我倒是听见有辆汽车开过去了。”

“从很远的地方来吗？”波特说着，递过来一支烟。

“谢谢你的好意，不过我不吸烟。”费伯说，“对，我从伦敦来。”

“一路都在搭便车吗？”

“不是，我的车在爱丁堡报销了。很明显需要换个零件，但店里没有，所以我只好把它留在修理站了。”

“倒霉。喂，我要去阿伯丁，我可以把你带到沿路的任何地方。”

费伯飞快地动着脑筋。这可真走运。他闭上眼睛，想着苏格兰的地图。“太棒了，”他说，“我要去班夫，能搭到阿伯丁已经蛮不错了。我本想走高速路，因为我没领通行证——阿伯丁是禁区吗？”

“只有港口是。”波特说，“反正，你坐在我车里是用不着担那份心的——我是管治安的，又是侦防委员会成员。怎么样？”

费伯在暗中笑了。今天一天算交了好运。“谢谢你。”他说。他决定改换一个话题，“是全职的吗？我指的是当地方治安官。”

波特用火柴点燃雪茄，喷了一口。“不全是。要知道，我已经半退休了。我原来是律师，不过后来因为心脏不好退了下来。”

“啊。”费伯竭力在口气里加进同情。

“希望你不介意我吸烟。”波特挥着粗大的雪茄。

“一点也不。”

“你到班夫去干吗？”

“我是工程师。一座工厂里出了点问题……实际上，那工作是保密的。”

波特举起一只手：“别再说了，我懂。”

两人一时都没开口。车子闪过好几个镇子。波特显然对这条路了若指掌，居然在灯火管制中还把车开得飞快。一英里又一英里的路程被这辆大汽车吞掉了。那平稳的行驶催人入眠，费伯咽下一个呵欠。

“你一定累了，”波特说，“别客气，打个盹吧。”

“谢谢，”费伯说，“我睡了。”他合上了眼睛。

汽车的行驶一如火车的晃动。费伯又做起他那到站的噩梦来。不过这次稍有不同，没有在餐车上吃饭和跟同车的乘客谈论政治的部分。他出于某种不明的理由，被迫乘煤厢旅行，坐在他的装无线电的皮箱上，背靠着硬硬的铁箱板。列车抵达滑铁卢车站时，每个人都手拿一张费伯在参加长跑比赛时的照片，大家都互相对看，对照着他们看见的面孔和手中的照片。在验票口，验票员扳住他的肩膀说："你就是照片上的人，是吧？"费伯目瞪口呆，死盯着验票员手中的照片，回想着当年自己在赛跑中奋力奔跑的情形。天啊，他当时是怎样个跑法啊——他过早加速，比预定的提前四分之一英里就开始全速冲刺，结果最后五百公尺简直都想死了——而现在他可能真的要死了，就因为验票员手里的那张照片……验票员正在说："醒来！醒来！"突然费伯又回到了理查德·波特的大汽车里来了，原来是波特在叫醒他。

他的右手正在伸向装着锥形匕首的左衣袖的中途，刹那间他记起，对波特来说，詹姆斯·贝克尔只不过是个搭便车的人。于是他就垂下了手，放松了神经。

"你惊醒的样子像个士兵。"波特开心地说，"到阿伯丁了。"

费伯注意到他把"士兵"的音读得很怪，又想起波特是地方治安官，又是警察局的成员。他在晨曦的微光中看着那人：波特有一张红脸膛和灰白的胡子，他那件驼色大衣看来很昂贵。费伯猜想，他在这镇上有钱又有势。要是他失踪了，会立刻引起注意。费伯决定不杀他。

费伯说："早安。"

他从窗外看着阿伯丁这座花岗岩城。他们沿两边都是店铺的主要大街缓慢行驶。街上有些上早班的工人，都目的明确地向一个方向走去：费伯推测他们是渔民。这地方看来寒冷多风。

波特说："你想不想先刮刮脸，吃点早饭，然后再上路呢？欢迎你到我家来。"

"你真是个好人——"

"别客气。要不是你，我还得待在A80号公路的斯特林，等着修车站开门呢。"

"——不过，我不去了，谢谢你。我想继续赶路。"

波特没有坚持，费伯觉得对方好像因邀请受到谢绝，松了口气。波特说："既然这样，我就把你送到乔治街——那是A96号公路的起点，那是去班夫的直路。"不久他就把车停在一个街角。"到了。"

费伯打开车门："谢谢你让我搭车。"

"应该的。"波特伸出手来，"祝你顺利！"

费伯下了车，关上门，汽车开走了。他心想，他不必害怕波特，这人会回家去睡上一天，到他知道自己帮助的是一个逃犯时，已经为时太晚，无能为力了。

他目送汽车驶出视野，然后横穿街道，进入了市场街。很快他就来到码头上，并且用鼻子嗅着，抵达了鱼市。身处人人都和他一样穿着工装的喧闹充耳、鱼腥刺鼻的市场里，他感到一种不受人注目的安全感。

空气中飘散着鲜鱼气味和愉快的粗话。他在一个摊位上，买了一杯又热又浓的茶和一个夹着厚厚白起司的大面包。

他坐到一个木桶上又吃又喝，今天晚上该偷一艘船了。要等上一整天真让人心烦，但他现在已成功在望，不用冒在光天化日之下偷一艘船的险了。

他吃完早饭，站起身来，还要再过两小时，城市的其余部分才会活跃起来，他要利用这段时间找一个理想的藏身之地。

他在码头和港口兜了一圈。安全措施很马虎，他注意到有好几处地方可以溜过检查哨。他一直走到沙滩上，沿两英里长的沙地向前走去。在另一端的敦河河口，泊着两艘游艇。这很合费伯的需要，不过很可能没有汽油。

厚厚的云层遮住了旭日。空气变得闷热，雷声又响了起来。有几个兴致颇高的度假人从海滨旅馆里出来，呆呆地坐在海滩上，等候着阳光。费伯怀疑他们今天能不能晒得到太阳。

海滩倒是个藏身的好地方。警察会检查火车站和长途汽车站，但不会进行全市大搜捕。他们也许会查几处旅馆和客店，却不大可能盘查海滩上的每一个人。他决定在码头的一把椅子上度过这一天。

他从报摊上买了一份报纸，租了一把椅子。他脱下外套，又把衬衫拉出来，罩在工作裤外面。

他会在警察还没有到他坐的地方就发现。他有足够的时间离开沙滩，消失在街道中。

他读起报纸。报上得意地宣布，盟军在意大利发动了新攻势。费伯表示怀疑。安齐奥早已成为一片废墟。报纸印得很糟，也没有照片。他还读到，警察正在搜捕一个叫亨利·费伯的人，是在伦敦用一把锥形匕首杀过两个人的凶手……

一个穿泳装的女人走过，使劲盯着费伯。他的心跳停了一下。随后他明白过来，她在卖弄风情。他一时禁不住想和她搭讪。他已经很久很久没有……他咬了一咬牙，忍耐，再忍耐，明天他就到家了。

那是一艘小渔船，有五六十英尺长，横梁很宽，装有舱内发动机。一根粗大的天线表明有个大功率的无线电台。大部分甲板是由下面的小船舱的顶盖充当的。驾驶舱在船尾，只能容下两个人站在仪表板和控制设备前。船的油漆还很新。

港里另外两艘小船也可以用，费伯站在码头上看着那艘渔船上的水手把船拴好，加满油，然后回家去了。

他等了几分钟，看他们走远，然后走到港边，跳上船去。船名叫“玛丽Ⅱ号”。

他发现舵轮锁着链子。他坐到小驾驶舱的地板上，这样别人就看不见了，他花了十分钟撬锁。由于阴云密布，天早早就黑了。

他把舵轮松开，提起小铁锚，然后跳回到码头上，解开缆绳。他回到驾驶舱，启动柴油引擎，拉下发动杆。马达响了两声，又熄火了。他又发动了一下。这一次，马达吼叫着转动了。他把船驶出泊位。

他驾船离开码头一侧的其他船只，找到了港外由浮标标出的主航道。他猜，只有吃水深得多的船才真正要在主航道中行驶，但他想小心总没错。

他把船驶出港口，便感到劲风吹拂，他希望这不是变天的征兆。海面波涛翻腾，令人心惊，把这艘牢固的小船高高举到浪峰上。费伯开大节流阀，看了看仪表板上的罗盘，定好航线。他在舵轮下面的抽屉里找到了一些地图。费伯核对了那天夜里在斯托克威尔记住的参考坐标，定下更精确的航线，并把舵轮夹紧。

驾驶舱的舷窗被水遮住，模糊一片。费伯也分辨不出那是雨水还是浪花。狂风这时横扫浪峰。他把头伸出驾驶舱，一会儿便把脸淋得透湿。

他打开了无线电。它嗡嗡响了一会儿，便吱嘎吱嘎地传来电波的声音。他转动着调频旋钮，在空中电波中寻觅着，听到了一些杂乱的电文。这部无线电的性能良好。他转到U潜艇的频率，然后便关了机——现在联系为时尚早。

他向深海驶去，风浪更大了。小船犹如一匹暴跳的野马，随着每一个波浪蹿跳着，在浪峰上摇晃片刻，便又潜入峰底，令人头晕恶心。费伯茫然地盯着舷窗。夜幕已经降临，什么也看不见。他感到有点晕船。

每当他说服自己，风浪不会再大了，就有一个更大的浪头把小船举向天空，而且一浪紧似一浪，使得船尾不是朝向天空，就是对着海底。在一个特别深的浪谷里，小船突然被一个闪电照得如同白昼。费伯这时看到一座灰绿色的水山向船艏猛压下来，冲过甲板和他所在的驾驶舱。他无法弄清随之而来的可怕的破裂声是雷鸣还是船板断裂的响声。他发狂似的在小驾驶舱里寻找着救生衣，但根本没有。

闪电随后接二连三地亮起。费伯紧握锁住的舵轮，并用后背顶住舱壁才算勉强站住。在这种时刻，想操作控制装置是毫无意义的——只有任由小船随波逐流了。

他不断地告诉自己，这艘船在建造时已经考虑到目前的情况，绝对禁得起如此突然的夏日风暴。但他没有能说服自己，那些有经验的渔民准是看到了暴风雨的先兆，深知自己的小船挺不住，才拒不出海的。

现在他不知自己身在何处，也许已经几乎回到了阿伯丁，也许到了他和潜水艇的会合点。他坐到舱室的地板上，打开无线电。剧烈的颠簸摇晃使他不好操作无线电。他试着调解旋钮，但什么也收不到。他把音量调到最大，仍然听不到信号。

舱顶上的天线大概折断了。

他调到发射部位，反复了多次“请回复”的简单信号；然后又调到接收部位。看来信号发放出去的希望渺茫。

他关掉引擎以节省汽油。他打算挺过这场暴风雨之后——如果能够的话——再设法修理或更换天线。他可能还需要汽油。

又一个大浪打来，他的船可怕地歪向一边，他意识到需要引擎的动力来应付下面的风浪。他拉动发动杆，但毫无作用。他试了好几次，只好放弃。他咒骂自己不该愚蠢地关掉引擎。

小船被掀到一侧，歪得把费伯摔倒，头部撞到了舵轮上。他头晕目眩地躺在地板上，无能为力地等待随时都可能的翻船。又一股大浪撞到驾驶舱，把窗玻璃拍了个粉碎。费伯突然间泡到水里了。船一定在下沉，他挣扎着站起身，把头露出水面。所有的玻璃全都掉了，但船还在漂浮。他一脚踢开舱门，水涌了出去。他抓牢舵轮，防止自己被冲进大海。

暴风雨愈演愈烈，大得让人难以置信。费伯最后一个清醒的念头是：这样的暴风雨在这片海域中大概百年不遇。随后他便把全部精力和意志集中到如何握紧舵轮上，他要是能把自己拴牢在舵轮上就好了，但此时他已不敢松开手去找绳子了。随着小船在陡崖似的浪涛中升降，他已经全然感觉不出上下了。凶暴的狂风和成千加仑的水拼命要把他拉走。他的双脚在湿漉漉的地板和舱壁上滑动，两臂的肌肉酸痛发热。他的头一露出水面，就赶紧吸一口空气，其余的时间只有屏住呼吸。他多次几乎失去知觉，只是模模糊糊地意识到平平的舱顶已经不见了。

每次闪电，他都有机会瞥上一眼梦魇般的大海。他总是惊诧地看到波涛的所在——在前面，在下方，在身旁，或完全在视线之外。他惊骇地发现，他感觉不到自己双手的存在，低头看去，原来还紧紧扣住舵轮，冻僵在上面，如同镶死的榫子。吼声不绝于耳，不知是风号、雷鸣，还是海啸。

意志力慢慢从他身上溜走。在一阵与其说是幻象不如说是白日梦之中，他看到了那个在阿伯丁海滩上盯视他的女人。她那身泳衣紧贴在身上，踩着渔船颠簸的甲板，向他走来，眼看着越走越近，但始终到不了他身前。他知道，当她走到他伸手可及的地方时，他就会松开舵轮上那双僵手去抓她，但在她笑容可掬地扭着屁股走来时，他一直在说“别忙，别忙”。他禁不住想松开舵轮，自己迎上前去，但他内心深处告诉他，要是他一动，他就休想抓住她，于是他就等着，看着。她一次次地向他回报以微笑，即使他闭上眼睛，仍能看见她。

此时，他时而清醒，时而昏迷。他的神志渐渐不清，先是大海与小船消失了，随后那女的也模糊了，直到他猛地惊醒，发现自己仍然难以置信地站立着，还紧握着舵轮，并没有死。随后的一段时间，他强制自己保持清醒，但疲惫终又攫住了他。

在他最后一刻的清醒之中，他注意到浪涛载着小船，向一个方向移去。闪电又亮了，他看到一侧有一个黑压压的庞然大物，可能是不可思议的大浪——不，不是浪头，而是峭壁……他刚意识到自己接近了陆地，马上就担心会被冲到峭壁上，撞个粉碎。他糊里糊涂地去拉发动杆，随后便连忙把手移回到舵轮上，但抓不住了。又是一个浪头把船举起，随后像是丢弃玩具似的把船向下抛去。费伯在空中落下时，一只手仍紧握舵轮，他看到一块尖石如同刀尖钻出浪涛，看来肯定会把小船刺穿。但小船的龙骨擦过小石边，被海水载着向前冲去。

一轮山峰般的波涛散落了下去，但下一个大浪使小船的木结构再也吃不消了。小船结结实实地撞到大浪上，龙骨断裂的声响在夜里听来如同爆炸一般。费伯知道船是完了。

海水退去后，费伯意识到，龙骨是由于撞到陆地上才断的。他在又一次闪电中目瞪口呆地发现小船躺在一段海滩上。海水又一次冲过甲板，且托起残船离开了沙滩，并把费伯撞倒在地板上，但他趁着那一刹那，把一切都看得一清二楚。海滩很窄，浪涛一直拍到峭壁之上。就在他的右侧，有一个小码头，有一座桥似的什么建筑从码头通向崖顶。他明白，如果他离船踏上海滩，下一排浪会带来几吨的水，把他淹死，要不然就是把他推到峭壁上，把他的头撞个粉碎。但如果他能在两排浪中间的空当登上码头，他就可能爬上那座桥，让海水冲不到他。

他有望死里逃生了。

下一个巨浪把甲板击裂了。船在费伯身下散了架，他被返冲的浪头往回拽。他竭力站了起来，在浅水里溅着水花，朝小码头跑去。跑的那几码是他有生以来最痛苦的经历。他真想瘫倒下去，就此在海水里休息一下，然后死去；但他仍然坚持着往前跑，犹如那次他赢得五千公尺赛跑一样坚持到底，最后，他撞上小码头的一根柱子。他伸出双手，抓住木板，一心希望冻僵的手会在片刻之间恢复知觉。他终于能够把身体往上提了；他摆动双腿，翻了上去。膝盖才刚顶到码头的平台上，浪就到了。他向前扑去。海浪托起他向前冲了几码远，然后把他狠狠地甩到木台上。他咽下一口海水，眼前金星直冒。当他背上的重量移开时，他呼唤自己的意志想移动身体，但却呼唤不来。他感到自己正被无情地向后拖。一股突如其来的怒气攫住了他。他不能被击垮，现在不行，他高叫着他对风暴、对大海、对英国人和对珀西瓦尔·高德里曼的愤恨。猛然之间，他站起身来，跑啊，跑啊，跑离大海，跑向斜坡。他闭着眼，张着嘴，发狂似的往前跑。他模模糊糊地记得，他以前有过一次类似的发狂状态，还差点死掉。他跑啊跑啊，不知目的地何在，但他清楚，只要意识尚在，他就会不止步地奔跑。

那个斜坡又长又滑。一个强壮的人，如果训练有素而且休息充分，可以一口气跑到顶；一位奥运田径选手，如果处于疲劳状态，可能可以跑到一半路程；一个四十岁的人，则只可能跑上一两码。

费伯跑上了坡顶。

离坡顶还有一码的地方，他心力交瘁，但在他昏倒在湿漉漉的草地上之前，还勉强又跑了两步。

他不知道他在那里躺了多久。

当他睁开双眼时，暴风雨还在肆虐，但天已经亮了，他看到离他几码远的地方，有一栋小房子，像是住着人。

他抬起上身，开始了向前门漫长的爬行。

## 18

U-505号潜艇兜了一会儿沉闷的圈子。它那强大的柴油发动机，随着灰色无齿鲨似的艇体在深水中探索前进，发出缓慢的嘎嘎响声。艇长维尔纳·黑尔海军少校正在啜饮着代用咖啡，并努力试着不再吸烟。这是漫长的一昼夜。他不喜欢这项任务，因为他是一名战士，而这里却无仗可打；他也不喜欢那个长着狡猾蓝眼睛的沉默寡言的情报官，他是潜艇的不速之客。

情报机构派来的沃尔少校，坐在船长的对面。这家伙一直面无倦容，妈的。那双蓝眼睛四下张望，把一切都看在眼里，眼中的神色却始终不变。尽管水底下的生活很局促，他的军装仍然笔挺。他每隔二十分钟，准时点燃一支新香烟，而且每支烟都抽到只剩下烟蒂为止。黑尔本想引用条例来阻止沃尔津津有味地吸烟，问题是他本人也是个老烟枪。

黑尔不喜欢情报人员，因为他总有一种感觉：他们在搜集有关他的资料。他也不喜欢和情报机构合作。他的舰艇是为作战而造，并非为了围着英国海岸转，等着接特工。在他看来，为了一个甚至可能不会出现的人，让一艘造价昂贵的战斗舰冒险，置舰上熟练的水手的性命于不顾，无异于发疯。

他喝光咖啡，做了个厌恶的表情。“蓝咖啡，”他说，“什么鸟味道。”

沃尔那木然的目光在他身上盯视了一会儿，然后移开，一语未发。

黑尔不安地在座位里动来动去。他在舰桥上会来回踱步，但在潜艇上，人们学会了避免不必要的活动。他说：“你们的人在这种天气里不会来的。”

沃尔看看手表，平静地说：“我们要等到傍晚六点。”

这不是命令，因为沃尔不能给黑尔下命令；但这种赤裸裸的直言，对一位高级军官仍是一种侮辱。黑尔说：“你妈的，我才是这艘舰艇的指挥！”

“我们俩都得服从命令。”沃尔说，“命令来自高层，这你是知道的。”

黑尔抑制着他的怒火：这个狂妄的年轻人当然是对的。黑尔会服从他的这道命令。但等他们回到港口，他要报告沃尔不服从指挥。倒不是说这样会有什么好处：黑尔在海军待了十五年，深知总部的那些人本身就是法律。

他说：“如果你们那个人傻到会在今晚冒险出航，那他就肯定不会是个可以在大海中活命的水手。”

沃尔的唯一回答仍是茫然的盯视。

黑尔叫着无线电报务员：“魏斯曼。”

“没有讯号，长官。”

沃尔说：“我有一种不妙的感觉：几个小时之前我们听到的那阵嗡嗡声是他发的。”

“果真如此的话，他离会面点还远得很呢，长官。”报务员主动说，“我听起来更像是闪电的声响。”

黑尔补充说："如果那不是他发的，那就不是他。如果是他发的，现在他也淹死了。"他的腔调很是得意。

"你不了解他。"沃尔说，这次他的声音动了些感情。

黑尔沉默不语。引擎的声响有点变化，他认为他能分辨出些许杂音。如果返航途中这种杂音加大的话，他就要在港口检查一下。他无论如何都要这么做，就是为了回避和这个说不上话的沃尔少校再次一起出航。

一个水兵探头进来："还要咖啡吗，长官？"

黑尔摇了摇头："再喝我就会尿咖啡了。"

沃尔说："给我一杯，谢谢。"他取出一支烟。

这使黑尔看了下手表。六点十分。诡计多端的沃尔少校为了让U型潜艇多待上几分钟，把六点整要吸的烟延了。黑尔说："准备返航。"

"等一等。"沃尔说，"我认为我们在离开之前应该先观察一下水面。"

"别傻了。"黑尔说，他明知自己已经占了上风，"你明白上面有什么样的风暴吗？我们根本打不开舱盖，潜望镜看不见几码之外的地方。"

"你怎么能从这一深度知道暴风雨的情况呢？"

"凭经验。"黑尔告诉他。

"那就至少发个讯号给基地，报告他们我们还没有取得联系。他们可能会命令我们待在这里。"

黑尔绝望地叹息了一声："在这样的深海里不可能进行无线电联系，和基地也联络不上。"

沃尔的平静终于动摇了："黑尔艇长，我强烈建议你，在离开这一接头点之前，浮上水面，与国内进行无线电联络。我们要接的人掌握着关系到德国命运的情报。元首本人在等候他的报告！”

黑尔看着他：“感谢你让我了解了你的意见，少校。”接着转过身去，吼道，“双机开动，全速前进！”

两部柴油机怒吼起来，U型潜艇开始加速返航。

# 第四章

## 19

露西醒来时，昨天晚上刮起的风暴还在狂吼。为了不惊动大卫，她蹑手蹑脚地俯身到床边，从地板上捡起她的手表。才刚过六点。狂风还在屋顶周围咆哮。大卫可以继续睡下去：今天只有一点工作要做。

她不知道一夜的暴风雨是否刮走了屋顶上的板瓦。她得检查一下阁楼。但这些工作要等到大卫出去以后再做，否则他会因为没让他做而生气的。

她悄悄溜下床。

天气很冷。前几天的温暖天气是个假象，是这场暴风雨的前奏。现在已经像十一月一样冷了。她把法兰绒睡衣从头上脱下，迅速穿上内衣，套上裤子和毛衣。大卫动了动，翻了个身，但是没醒。

她穿过小小的楼道，往乔的房间里看了看。这个三岁的孩子已经从摇篮结业，睡进了小床，夜里时常掉到地上都没醒。今天早晨他倒是睡在了床上，仰面躺着，大张着嘴。露西微笑了。他睡觉的样子实在可爱极了。

她蹑手蹑脚地走下楼梯，一时想不出自己为什么会起这么早。也许乔弄出了什么响声，也许是外面的暴风雨。

她跪到壁炉前面，卷起毛衣袖子，开始生火。她一边清理炉栅，一边吹着口哨。她扒出冷灰，用最大块的木柴架在底部，然后放上干的羊齿蕨做引火，上面再加上柴和煤。有时她只烧木柴，但这样的天气烧煤更好。她将报纸举在壁炉上，过了一会儿，好把火拨到烟囱里。她拿开报纸时，木柴已经燃着，煤也烧红了。她叠起报纸，放到煤桶下，准备明天再用。

炉火会很快地烤热这栋小房子，同时喝上杯热茶，就能暖暖身子。露西走进厨房，把水壶放到电炉上。她把两个杯子放到托盘上，这时看到了大卫的香烟盒和烟灰缸。她沏上茶，倒满两只杯子，端着托盘，穿过厅堂，来到楼梯前面。

她刚踏上了楼梯一步，就听到了叩击声。她停住脚步，皱起眉头，觉得是风刮响了什么东西。叩击声又响了起来，像是有人在敲前门。

这实在可笑。没有人会去敲前门的——岛上只有汤姆在，而且他都是走厨房的门，何况他也从来不敲门。

叩击声又响了起来。

她出于好奇退下了楼梯，用一只手托稳茶盘，用另一手打开前门。

她吓了一跳，茶盘失手落地。一个男人摔进了厅堂，把她撞倒了。露西惊叫了起来。

但她立刻就镇定了。那个陌生人趴在她身边的地板上，显然无力攻击任何人。他全身衣服湿透，面部和双手冻得苍白。

露西站起身来。大卫坐着滑下楼梯，问：“怎么回事？怎么回事？”

“有人。”露西指着说。

大卫到了楼梯底部，他身上还穿着睡衣，他撑起身子，坐进轮椅：“我看不出这有什么值得大惊小叫的。”他说。他滚动轮椅，凑到前面，注视着地板上趴着的人。

“对不起。他吓了我一跳。”她弯下腰去，拽住那人的两只手臂，把他拖进客厅。大卫跟随在后面。露西把那人放到壁炉前面。

大卫沉思着盯着那失去知觉的躯体，纳闷地说：“见鬼，他是从哪儿来的呢？”

“他大概是一艘沉船上的水手。”

“当然。”

可是露西注意到，他穿的是工匠的衣服，而不是水手装。她端详着他。他块头很大，身高超出炉前六英尺长的地毯，而且肩头浑圆厚实。他的面孔坚毅，轮廓清晰，额头高起，下巴很长。她心想，要不是他脸上那种惨白的颜色，应该是蛮英俊的。

陌生人动弹了一下，睁开了眼睛。起初他吓得要死，仿佛一个小孩在陌生的环境中醒来似的；但他的表情很快就放松了，目光犀利地打量着四周，短暂地停留在露西、大卫、门窗和炉火上。

露西说：“我们得给他脱下这身湿衣服。大卫，拿一套睡衣来。”

大卫滚动轮椅出去了，露西跪到那陌生人的身旁。她先脱掉他的鞋袜。他看着她，眼里似乎闪过愉快的神色。但当她伸手去脱他的外套时，他把双臂交叠在胸前，自我保护着。

“你要是继续穿着这身湿衣服，肯定会死于肺炎。”她用护士的口吻和蔼地说，“让我来脱掉吧。”

陌生人说：“我确实认为我们彼此还没有了解到这种程度——至少，我们还没有互报过姓名呢。”

这是他第一次开口讲话。他的腔调很自信，字眼很正式，和他那可怕的外表极不相称，惹得露西笑出了声：“你不好意思吗？”

“我只是认为，一个男人应该保持一点神秘感。”他张嘴而笑，但迅又收敛了笑容，痛苦地闭上了眼睛。

大卫臂上搭着一套干净的睡衣回来了。“你们俩好像已经混得很熟了。”他说。

“你来给他脱衣服吧。”露西说，“他不让我脱。”

大卫的表情莫测高深。

陌生人说：“我自己能脱——但愿这不至于太失礼。”

“请便吧。”大卫说。他把那套衣服扔到一把椅子上，就滚着轮椅出去了。

“我再去沏点茶。”露西一边跟在他身后往外走，一边说。她随手关上了客厅的门。

大卫已经在厨房里给水壶灌水了，他嘴上叼着一支点燃的香烟。露西利落地收拾好厅堂里碎了的茶杯，来到他身边。

大卫说：“五分钟之前，我还不敢肯定这小子是活人——但这会儿他竟然已经能自己穿衣服了。”

露西忙着弄茶壶。“也许他是因为害羞吧。”

“他是因为知道你要给他脱衣服，所以一下子恢复了精神。”

“我无法相信有谁会害羞到这种地步。”

“你自己不知脸红，也就低估了别人害羞的能力。”

露西把茶杯弄得噼啪直响。“你通常都是吃完早饭才开始找别扭挖苦人的。再说，这方面的能力有这么大吗？”

“你总是以咬文嚼字当作最后一道防线。”大卫把他的烟头扔到水槽的一洼水中。

露西把开水沏进茶壶：“今天咱们别吵了——我们还有更有意思的事情可做呢，换换口味吧。”她端起托盘，走进了客厅。

陌生人正在扣他睡衣上的扣子。她走进去，他转过身背对着她。她放下托盘，倒出茶水。等她回过头来时，他已经穿好大卫的睡袍了。

“你真是好人。”他说话的时候，眼睛直勾勾地盯着她。

他确实不像那种害羞的人，露西心想。不过，他比她年龄要大——大概四十岁吧，她猜测。这也许是他不害羞的原因所在。他的样子越来越不像一个遇难的人了。

“坐到壁炉前面去吧。”露西说着递给了他一杯茶。

“我没把握能拿得住杯子。”他说，“我的手指还不听使唤。”他用僵硬的双手捧着茶杯，小心地凑到嘴唇上。

大卫进来，送给他一支烟。他婉谢了。

陌生人喝光了茶，问道：“这是什么地方？”

大卫说：“这地方叫作风暴岛。”

那人露出一丝放心的表情：“我还以为自己被吹回陆上了呢。”

大卫伸出双手，在火上捂着指头：“你可能被吹进了海湾，”他说，“这不稀奇，海滩就是这样形成的。”

乔进来了，眼睛上还糊着眼屎，拖着一只和他一样大的独臂熊猫。他看到陌生人后，就跑到露西那儿，把脸藏在她怀中。

“我把你们的小姑娘吓坏了。”那人微笑着说。

“他是个男孩。我该给他剪头发了。”露西抱起乔，放到双膝上。

“对不起。”陌生人又闭上了眼睛，并且在座位里摇晃起来。

露西站起身，把乔放到沙发里：“大卫，我们得把这可怜的人放到床上。”

“再等一分钟。”大卫摇着轮椅，凑近那个人问，“会不会还有其他生还的人呢？”他问。

那人抬起头来，喃喃说道：“我只有一个人。”

他已经疲乏到极点了。

“大卫——”露西刚开口。

“还有一个问题：你把你的航行通知海岸警备队了吗？”

“这有什么关系？”露西说。

“有关系，因为如果他通知了，就可能有人冒着生命危险正在寻找他，我们得让他们知道他平安无事了。”

那人慢吞吞地说：“我……没……有。”

“这就够了。”露西告诉大卫。她跪到那人前面问，“你能自己上楼吗？”

他点点头，慢慢站了起来。

露西把他的一只手绕到她肩头，搀扶着他朝外走。“我把他放到乔的床上。”她说。

他们一步一级、一步一歇地走上楼梯。上到二楼时，刚才靠炉火在他脸上烘出来的红晕又消退了。露西引着他走进小卧室，而后他躺倒在了床上。

露西给他盖上毛毯，把他裹好，然后离开房间，轻轻关上门。

一阵轻松之感涌上了费伯的心头。求生的过程中，他以超出凡人的毅力挺过了最后几分钟，如今他感到周身无力，如同患了大病。

他好不容易爬到这栋小屋前面，前门一开，他就任凭自己瘫倒了片刻。那美貌女子动手给他脱衣服时，他记起了贴在胸前的底片。为应付这一局面，他全身的神经才又再动员起来。他还担心他们会叫救护车来，幸好没有，大概这个岛太小，没有医院。至少他没在陆上——不然的话，他们是不可能不报告沉船的事的。听那做丈夫的询问的口气，一时还不准备报告上去。

费伯没精力去计算接下来可能会遇到的风险了。他目前似乎是安全的，他也只能努力到这一步了。而且，他还活着，身上不再湿漉漉的，感到很暖和，床铺也很松软。

他转过身来，观察房间。墙壁漆成粉红色，似乎这小俩口当初期盼着生个女娃娃。地上有一列玩具火车和许多图画书。这是个充满家庭情趣的安全地方，一个家。他则是闯进羊群的狼，不过是只跛脚的狼。

他闭上眼睛。尽管他已疲惫不堪，还是强迫自己一点一点地放松。渐渐地，他不再去想任何事，沉入了睡梦中。

露西尝了尝麦片粥的味道之后，又加了一撮盐。他们都已爱上了按照汤姆的方法制作所谓的苏格兰口味麦片粥：里面不加糖。即使以后白糖供应充足，不再要用配给的，她也不会再做甜麦片粥了。说来有趣，人们出于被迫，却往往形成了习惯：黑面包、人造牛油和咸粥都是。

她把麦片粥盛出来，全家人坐下来吃早饭。乔的麦片粥里加了好多牛奶，这样就不烫了。大卫近来吃得很多，却不见发胖，这是因为活动量很大的缘故。她看着他放在桌上的那双手：粗糙红褐，是做粗活的人的手。她刚才注意过那陌生人的手：指头细长，皮肤白皙，只是上面带着瘀伤和血污。他不是那种做惯海上粗活的人。

露西说："你今天干不成什么了。暴风雨不像要停的样子。"

"无所谓，"大卫喃喃地说，"不论天气如何，羊群总是要照顾的。"

"你到哪儿去？"

"汤姆那边。我驾吉普车去。"

乔说："我能去吗？"

"今天不行，"露西告诉他，"外面下大雨，天太冷。"

"但我不喜欢那个人。"

露西笑了："别傻了。他对我们没什么害处。他病得快动不了了。"

"他是谁？"

"我们不知道他叫什么名字。他的船沉了，我们得照顾他，等他身体好了回陆上去。他是个挺好的人。"

"他是我叔叔吗？"

"只是个陌生人，乔。快吃吧。"

乔有点失望。他曾经见到过一个叔叔。在他的印象里，叔叔给他糖，他爱吃，叔叔还给他钱，他没处花。

大卫吃完了早饭，穿上雨衣。雨衣是帐篷式的袍子，几乎能够把他和轮椅整个罩住。他还戴了顶海员用的防水帽，在下颏处把帽带系紧。他吻了乔，和露西道了再见。

过了一两分钟，她听到了吉普车发动的声音。她走到窗前，看着大卫冒雨开车走远。汽车的后轮在泥地上打滑，他得多加小心了。

她转过身对着乔。他说：“这是一只狗。”

乔用牛奶粥在桌上画着，露西打了下他的手，说：“瞧你弄得乱七八糟的！”小东西满脸不服气，露西心想，他真像他爸爸。他们都有黝黑的皮肤、乌黑的头发，而且不高兴时都是一副生闷气的样子。只是乔爱笑——他从露西身上还是继承了母系家里的东西，谢天谢地。

乔把她凝神的盯视当成了生气，赶紧说：“对不起。”

她在水槽处给他洗了手和脸，然后清理掉早饭的餐具，心中想起楼上的陌生人。现在危险已经过去，她知道他不会死了，于是就对他产生了好奇心。他是谁？他从哪儿来？他在暴风雨中做什么？他有家吗？他为什么穿着工匠的衣服，长着职员般的双手，而且有伦敦一带的口音？这倒是蛮有意思的。

她想到，如果她是住在别的什么地方，就不会这么毫不犹豫地接待一位突然出现的不速之客了；她揣摩，他可能是个逃兵、罪犯，甚至是逃跑的战俘。但是住在这样一座孤岛上，谁都不会把其他人当成是威胁。在这儿看到一副新面孔是件多惊喜的事情啊，再心怀疑虑就太不近人情了。又或许——这是个令人不快的念头——她比别人更急于欢迎一位有魅力的男子？她立刻把这念头逐出脑海。

真是愚不可及：他衰弱到这种地步，根本威胁不了任何人；

即使在陆上，也没有人可能拒绝接待这样一个浑身湿透、神志不清的人。等他好些，他们可以再查问他的来历，如果他对来这里的原因不能言之成理，再往陆上发电报也不迟。

她洗净一切之后，便爬上楼去窥看他。他面对着门睡着，她向里望的时候，他的眼睛立刻睁开了，目光中又闪过瞬间的恐惧。

“没什么事，”露西悄声说，“只是想看看你是不是还好。”

他没有说话，又合上了眼睛。

她回到楼下，她给自己和乔穿上雨衣和靴子，就出门了。天还在下着倾盆大雨，狂风还在怒吼。她抬头看看屋顶：有些石板瓦刮掉了。她弯腰走进风雨中，向崖顶迈去。

她紧紧拉着乔的手——不然他很容易被吹跑的。刚走了两分钟，她就后悔不该出来了。雨从领口和靴口往里灌，她很快就湿透了。乔也是一样，不过既然已经淋湿了，索性这样淋湿着再待上几分钟也无妨。露西想到海滩上去。

然而，他们走到斜坡顶上时，她才明白已经去不成了。窄窄的木栈道十分湿滑，加上大风，人很容易失足，掉落到六十英尺下的海滩上。在这儿看看就行啦。

景色十分壮观。

一个个小屋那么大的巨浪成排地席卷进来，后浪紧接前浪。浪涛越过海滩，更高地激起，掀起的浪头弯成一个问号，然后狂怒地拍打着崖底。浪花溅过崖顶，逼得露西慌忙后退，乔却高兴得直叫。风吼和海啸已经压倒了一切声响。露西之所以还能听到儿子的笑声，是因为他刚才已经扑到她怀里。她抱着他，他的嘴正对着她的耳根。

站在紧贴崖壁的地方观看汹涌的浪涛、喷溅的水花，让人震动不已。她既感到恐惧，又觉得安全；既冷得发抖，又怕得冒汗。太激动了，而露西的生活中最缺乏的就是激动。

她担心乔会着凉，正要返回去时，却看到了那艘船。

当然，已经不再是船了——这才正是吓人之处。所剩的只有甲板和龙骨的大块木头了。它们散乱地摊在石崖下，如同被扔掉的一把火柴。露西看得出来，船本来不算小，虽说一个人可以驾驭，但绝非易事。大海把人工巧手制造的船体解体殆尽，景象十分可怕，已经没有两块木头还连在一起的了。

天啊，那个陌生人是怎么活着从船上下来的？

她想到浪石相撞可能会对一个人体产生什么样的后果，不禁打了个冷战。乔感到她情绪上的突然变化，便对着她耳朵说："回家去吧。"她立刻转过身，沿着泥泞的小径，匆匆返回小屋去。

进门之后，他们脱下湿透的衣帽和靴子，挂到厨房晾干。露西到楼上去，又看了看那陌生人。这次他没有睁开眼睛。他似乎睡得十分安详，不过她有一种感觉，她一上楼他就醒了，并且听出是她的脚步，只是在她开门时又闭上了眼睛。

她放满了一浴池的热水，脱光乔的衣服，把他放进了浴池里，然后——基于一时冲动——脱掉自己的衣服，也泡到了浴池里去。热得真舒服。她闭上眼睛，放松全身。这样真好：待在家里，暖暖和和的，任凭暴风雨在屋外无能为力地拍打着牢固的石墙。

生活在刹那间变得有意思了。一夜之间来了暴风雨、一艘沉船和一个神秘的男人，而在这之前是三年的冗长乏味。她巴望陌生人能尽快醒来，这样她就能了解到他的一切了。

她该为男士准备午饭了。她有羊胸肉可以炖一炖。她跨出浴缸，用毛巾轻擦着周身。乔在玩他的洗澡玩具，那是一只被咬得斑痕累累的橡皮猫。露西在镜中观察着自己，检视着由于怀孕在肚皮上留下的条纹：它们在慢慢消失，但永远不可能完全褪掉了。进行全身日光浴或许有些帮助。她对自己笑着，心想：这种机会怕是难得了！再说，除了她自己之外，谁又会对她的肚皮感兴趣呢?

乔说："我还能再待一会儿吗？"这是他惯用的字眼，"一会儿"可能会长达半天。

露西说："等我穿好衣服你就得起来。"她把毛巾挂到一个横杆上，向门口走去。

陌生人正站在门口，望着她。

他俩对视着。这场面很尴尬——这是露西在事后才想到的——但她一点没有觉得害怕。那是因为他看她的那副样子：他的眼神中没有威胁，没有淫猥，没有假笑，没有欲念。他没有看她的下体，甚至也没看她的乳房，而是看着她的脸——直视她的眼睛。她回视着他，有点惊讶，但没有发窘，脑子里只有一点点纳闷：自己为什么没有尖叫，没有用双手遮掩自己，没有把门在他面前砰一声甩上。

他的眼神中确实出现了什么，那是在最后——也许是她出于想象，但她看到了崇拜，一闪而过的淡淡诚恳的好意和一丝伤感——随后那瞬间便逝去了，他转过身，回到他的卧室，把门关上。过了一会儿，露西听到了他的体重压到床上时弹簧的吱嘎作响声。

不知道为什么，她感到了可怕的自责。

## 20

这时，高德里曼已经下令全线出击了。

全英国的警察——他们都人手一张费伯的照片——有半数正在全力搜索他。在城市里，他们检查旅馆和客栈、火车站和公车总站、咖啡馆和购物中心，以及乞丐游民出没的桥梁、拱门和遭受过轰炸的地区。在农村里，他们搜查谷仓和地窖、空着的农舍和废弃的城堡，以及丛林、空地和稻田。他们向售票员、加油站工作人员、渡船工和公路收费员出示费伯的照片。一切旅客通行的港口和机场都被监视了起来，每个护照检查柜台都钉有他的照片。

警察都以为他们正在寻找的是一个杀人犯。

巡警被告知，照片上那个人曾在伦敦持刀杀死了两个人。高级警察知道得要稍多一些：凶手所犯其中一次是奸杀，另一次动机不明，第三次（这是一般巡警所不知道的一次）则是在尤斯顿至利物浦的列车上对一名士兵的血腥杀害，理由不明。只有警察局长和苏格兰场的少数警官才知道，死在列车上的那个士兵接受了军情五处的临时指派，而且这一切谋杀都与国家安全有关。

报纸也以为这只是一件一般的缉凶行动。高德里曼向报界发表消息的第二天，大多数报纸都报道了。在斯托克威尔被害的死者被说成是个工人，并给编了个名字。高德里曼向报界透露说：

那次谋杀与一九四〇年尤娜·加顿太太之死有关，但对两案的实质关联高德里曼却语焉不详；杀人武器是一把锥形匕首。

利物浦有两家报纸很快就获悉了列车上发现尸体一事，他们向利物浦警察当局打听这和伦敦那个持刀杀人者有没有联系。但两报的总编辑后来接到了警察局长的电话，结果两报都没有刊登这则消息。

总共有一百五十七个高个子、深肤色的人被怀疑是费伯而遭到拘捕。除了二十九个人，其余的都能证明他们不可能作案。军情五处派员和那二十九个人谈了话。其中二十七个叫来了他们的父母、亲戚和邻居，证实他们出生在英国，而且从二十年代起即居住在英国（那个时候费伯人仍在德国）。

最后的两个被带到伦敦，由高德里曼亲自盘问。两个人都是独居的鳏夫，没有活着的亲属，而且居无定所。

第一个人衣着考究，很有自信。令人难以置信的是，他表示，他的生活方式是四处流浪，打些零工，做些粗活。高德里曼解释说，他在寻找一名德国间谍；他和警察不同，有权在战时不经审讯就拘禁一个人。他进一步声明，他对一般罪犯毫无兴趣，对方在陆军部里向他吐露的任何事情，他都将严于保密，而且不予追究。

那名罪犯立即承认自己是个职业骗子，并供出了十九个老太太的地址——在过去的三周里，他诈骗了她们的旧首饰。高德里曼把他转给了警察。高德里曼认为，对一个职业骗子没有什么信义好讲。

最后一个嫌疑犯也在高德里曼的手里垮了。他的秘密是，他根本不是鳏夫，有时独居也是暂时的。他在索利哈尔、伯明翰的奈利哈尔、科尔切斯特、纽伯里和埃克塞特都成了家。当天下午，五位妻子都拿出了结婚证书。这个重婚犯就被送进了监狱，听候审判。

在搜捕进行期间，高德里曼一直睡在办公室。

在布里斯托尔，米兹教堂火车站：

“早安，小姐。请你看看这个好吗？”

“嘿，你们看——这个警察给我看他的快照呢！”

“喂！别闹了，只要告诉我你们见过他没有。”

“哦，他多帅啊！我要是见过他就好了！”

“你要是知道他干过什么事，你就不愿意见他了。你们都看一看好吗？”

“从来没见过他。”

“我也没见过。”

“我没见过。”

“没见过。”

“你抓到他的时候，问问他想不想认识一位布里斯托尔的好姑娘。”

“你们这些女孩子啊——我真搞不过你们……你们以为发给了你们一条裤子和一份搬行李的工作，就可以像男人一样讲话了……”

伍尔维奇码头：

“早，警长，天气真糟啊。”

“早，船长。我想在公海上气候可能更糟。”

“有什么要我帮忙的吗？还是你只是想过河？”

“我想让你认一张脸，船长。”

“等等，先等我戴上眼镜。哦，别担心，我可以看清水面，给船导航，只是看近东西才需要用眼镜。好了，来吧……”

“想起点什么了吗？”

“对不起，警官。完全是生面孔。”

“好吧，要是见到他就通知我。”

“当然。”

“祝你航行顺利。”

伦敦东一区，里克街三十五号：

“莱里警官——见到你多么惊喜啊！”

“别耍嘴皮子了，玛希尔。你这里有什么人出入？”

“都是安分守己的客人，警官。你是了解我的。”

“不错，我了解你，所以我才来。你的那些安分守己的客人里有没有一些平常是在四处奔波的？”

“你从什么时候起为军队征兵了？”

“没那么回事，玛希尔，我在寻找一名大恶棍，如果他到过你这儿，他可能会告诉你他常常需要四处奔波。”

“杰克，要是我告诉你，来我这儿的人，没有我不了解底细的，你会走开，不再纠缠我吗？”

“我为什么要相信你呢？”

“因为一九三六年那件事。”

“那时候你比现在好看呢，玛希尔。”

“你也是的，杰克。”

“算你赢了……留心点这个屠夫。要是这家伙到这儿来，跟我说一声，好吗？”

“保证。”

“千万别耽搁时间。”

“好的。”

“玛希尔……他捅死过一个你这样年纪的女人。我这是为你好。”

“我懂。谢谢。”

“再见。”

“小心点，杰克。”

A30号公路靠近巴格肖特的比尔咖啡馆：

“来杯茶好吗，比尔？加两块方糖。”

“早安，皮尔森警官，天气真糟。”

“那盘子里是什么，比尔——朴茨茅斯来的卵石吗？”

“牛油圆面包，你知道的那种。”

“哦，那我就来两个吧。谢谢……喂，小伙子们！谁想我把他的卡车从上到下彻底检查一遍的话，现在可以马上走开……对了，这样更好。请看看这张照片。”

“你追查他干吗，警官——骑车没亮灯吗？”

“别开玩笑，哈里——把这张照片传着看一看。有谁让这家伙搭过车？”

“我没有。”

“没有。”

“对不起，警官。”

“从没见过他。”

“谢谢你们，小伙子们。要是看见他，赶紧报告。再见。”

“警官？”

“什么事，比尔？”

“你还没付面包钱呢。”

“我把它们作为证据征用了。再见。”

卡莱尔的斯麦思威克加油站：

“早安，太太。我可不可以花你一分钟……”

“马上就来，警官。让我先照顾一下这位先生……十二先令六便士，先生，谢谢。再见……”

“生意怎么样？”

“糟透了，和往常一样。我能为你做些什么？”

“我们到办公室去一下好吗？”

“唉，来吧……好啦。”

“看一眼这张照片，告诉我你最近给这个人加过油吗？”

“好的，这不难。我们这儿过往的客人并不怎么多……啊，我想我给他加过油！”

“什么时候？”

“前天，上午。”

“你有把握吗？”

“嗯……他比照片要老些，但我很有把握。”

“他开的什么车？”

“一辆灰色小车。我对牌子不怎么在行，这生意其实是我丈夫的，他现在在海军服役。”

“好吧，车子是什么样子的？跑车？还是轿车？”

“是一种老爷车，帆布顶篷开着。两个座位，兜风用的。踏脚板上挂着一个备用油箱，我把那个也灌满了油。”

“你记得他的穿戴吗？”

“记不太清楚。我想是工装吧。”

“一个高个子？”

“是的，比你高。”

“嘿，我看就是他！你这儿有电话吗？”

威廉·邓肯二十五岁，身高五英尺十英寸，体重刚好一百五十磅，算得上头等身材。这全是拜他户外生活充沛、又不沾烟酒、不过夜生活所赐。但他却用不着当兵。

小时候，他看上去和正常儿童没什么两样，只是有点迟钝，但到了八岁那一年，他的智力停止了发育。谁也不知道他受过什么心灵上的创伤，也没有任何身体上的损害可以说明这种突然的智力停顿。到十八岁那一年，人们都叫他傻子威廉。

他的父母都是一个鲜为人知的原教旨主义教团的信徒，该教团成员不准与教团之外的人通婚（这与威廉的呆傻可能有关，也可能无关）。夫妻俩带他到斯特林的一位专家处就诊，老医生做了好几种检验之后得出结论：威廉的智力只有八岁，而且永远也不会再发育了。威廉的父母不断为他祈祷，但内心怀疑这是上帝故意以此来考验他们，于是他们相信，威廉得到了拯救，期盼着他们与他在天国重遇的那一天，他就会痊愈了。

一个八岁的孩童可以放牛，于是傻子威廉就成了放牛人。就是在他放牛的时候，第一个看到了那辆汽车。

他猜里面坐着一对情侣。

威廉懂得情侣是怎么一回事。他懂得情侣们会在矮树丛、电影院或汽车里干些说不出口的事情，人们也从来不提这种事情。他赶着牛群匆匆走过停着那辆双座车的树丛，而且竭力不往车里看，以免瞧见罪孽的事情。

他赶着小小的牛群进了牛棚去挤奶，绕了个圈子回到家里，吃了晚饭，给他父亲——吃力而大声地——读了一章《旧约》中的《利未记》，然后就上床去做有关情侣的梦了。

第二天晚上那辆车还在。

尽管威廉蒙昧无知，但他还是知道，不管情侣在一起做的是什么事，都不会一做做二十四小时的。

这次他径直走到小汽车前面，向里面看了看。空无一人。引擎下面的地上又黑又黏，全是油。威廉又想出了一种新解释：车子坏了，开车的人把车扔了。他根本没去想，车子为什么会半掩在灌木丛中。

他回到牛棚时，把他看见的告诉了那农场主："公路边的小路上有一辆破汽车。"

农场主是个大块头，每逢动脑筋时，两条浓浓的亚麻色眉毛就挤到一起："旁边没人吗？"

"没人——从昨天起车子就在那儿了。"

"那你昨天为什么不告诉我呢？"

威廉脸红了："我还以为那可能是……情侣呢。"

"唔唷！"农场主意识到，威廉不是忸怩作态，而是真的难为情。他拍了拍孩子的肩膀："好啦，你回家去吧，这事交给我来办吧。"

农场主挤完牛奶之后，亲自去看了看。他确实想不通，那辆车为什么要半藏着。他听说过那个在伦敦用锥形匕首杀人的凶犯；尽管他没有立即得出结论，认为车就是那个杀人犯扔的，但他还是想到，在车与某种犯罪行为之间有关系。于是，晚饭后他就打发大儿子骑马赶到村里，给斯特林的警察打电话。

他儿子还没回家，警察就到了。他们足足有十二个人，个个喝起茶来都没完没了。农场主夫妇俩一直陪了他们半夜。

傻子威廉被叫来把事情的经过又讲了一遍，他说他是前一天晚上第一次看到那辆车的；谈到他猜里面有对情侣时，脸又红了。

总之，那是当地战时最令人兴奋的一夜。

那天晚上，高德里曼正准备接连第四夜睡在办公室里。他先回家去洗个澡，换换衣服，再装个衣箱。

他住在切尔西一幢提供打扫服务的公寓里。虽说小了些，但对一个单身汉来说，已经足敷使用了。房子收拾得很整洁，书房除外，因为他不准清洁工进书房，家具当然都是战前购置的，但都经过精心挑选，给人一种舒适的感觉。起居室摆着皮靠椅和一台留声机，厨房里满是节省人力的设备，但很少使用。

他给浴池加水的时候，吸了一支香烟——最近他嫌烟斗费事，改吸香烟了——端详起他的最值钱的家当：一副奇特的中世纪风景画，大约出自希尔罗尼莫斯·波西的手笔。那是一件传家宝，高德里曼十分珍爱，即使在缺钱时也没有变卖。

他躺在浴池里，想起了芭芭拉·狄更斯和她的儿子彼得。他从未向别人提起过她，连布劳格斯也不例外；那天他俩谈及再婚一事时，他本来就要说了，但被特里上校打断了。芭芭拉是个寡妇：战争才刚开始，她丈夫就在一次行动中阵亡了。高德里曼不晓得她的年龄，但她看上去大约四十岁，就作为一个二十四岁儿子的母亲来说，是年轻了点。她负责翻译截获的敌方电文，本人聪明伶俐，乐观开朗，而且颇具魅力，她也很富有。高德里曼约她吃过三次晚饭。他觉得她钟情于他。

她曾安排了一次高德里曼和她当了上尉的儿子彼得的会面。高德里曼喜欢那个小伙子。他还知道芭芭拉和她儿子都不晓得的一件事：彼得要出征诺曼底。

这就更增加了高德里曼非抓到“针”不可的理由。

他走出浴池，花了不短的时间仔细刮脸。他自忖：我是不是爱恋着她？他不清楚人到中年爱情该是什么感受。大概不是年轻人那种火辣辣的激情。爱恋、倾慕、柔情和一丝说不准的性欲？如果这一切可以称作爱情的话，他就是爱她的。

如今他需要和人共同生活。多年来他只想过单身生活，专心致力于他的研究工作。现在，军事情报局内的战友情谊把他深深吸引住了。各式各样的聚会，遇到紧急情况时的彻夜会谈，业余特工的奉献精神，那些时时面对死亡又无法预测命运的人们疯狂的寻欢作乐——这一切都深深感染了他。他知道，这种日子会随着战争结束而结束；然后，其他的都会保留下来：和亲人谈论他们成败的需要，夜间去触摸别人的需要，说一声“唉！瞧瞧那个！多棒啊！”的需要。

战争是折磨人、压抑人、令人沮丧和不安的，但战争也使人生活在友谊之中。如果和平带回来孤独，高德里曼觉得他不会感到幸福。

眼前，清洁的内衣和烫得笔挺的衬衫是最大的奢侈了。他又把几件干净衬衫放进一个箱子里，然后在回办公室前坐下来喝上一杯威士忌。门外那辆征用来的戴姆勒军用车司机可以再等上一会儿。

他正往烟斗里装烟丝，电话响了起来。他放下烟斗，还是点燃一支香烟。

他的电话与陆军部的总机是相连的。电话员告诉他，是达尔凯思警察局长从斯特林打来的。

他等候接线的咔哒声响过，便说："我是高德里曼。"

"我们已经找到你们说的那辆莫里斯牌小汽车了。"达尔凯思开门见山地说。

"在哪里？"

"斯特林南边的A80号公路上。"

"空的？"

"嗯，坏了。已经停在那儿至少二十四小时了。开出了公路几码，藏在灌木丛中。"

"现场附近可到的距离之内有汽车站或者火车站吗？"

"没有。"

高德里曼咕哝着说："照这么看来，我们那个目标扔下汽车之后大概是步行或搭车了？"

"嗯。"

"在这种情况下，请你询问——"

"我们正在设法弄清楚是否有本地人看到他或让他搭了车。"

"好极了。有消息尽快告诉我……同时，我要把这消息通知苏格兰场。谢谢你，达尔凯思。"

“我们会与您保持联系的。再见，长官。”

高德里曼放下电话，走进书房。他坐下，把一本地图翻到北不列颠的公路图那一页。伦敦、利物浦、卡莱尔、斯特林……费伯在一路往苏格兰东北部走。

高德里曼不知道是否该重新考虑费伯在设法出境的可能。最好的出境路线在西边，通过中立的爱尔兰，苏格兰的东海岸则是各种军事活动区。费伯明知军情五处在追踪他，还有胆量继续侦察吗？可能，高德里曼了解费伯是个勇气十足的人，所以才这样判断，但还是不像。那家伙在苏格兰能发现的任何情报，都远不及他已经拿到手的重要。

因此，费伯肯定是要通过东海岸出境。高德里曼把那间谍面前敞开的各种逃跑方法想了一遍：一架轻型飞机降落在一片人迹罕至的沼泽地上；驾偷来的船独自航过北海；跟一艘U型潜艇在海岸附近会合；以旅客身份搭乘商船通过中立国抵达波罗的海，在瑞典下船，然后越过边境进入沦陷的挪威……办法多得很。

苏格兰场应该已经得知最新的进展。他们会要求所有的苏格兰警方，设法找到在斯特林外搭车的人。高德里曼返回客厅去打电话，他还没走到，电话铃先响了。他拿起电话。

“我是高德里曼。”

“一位叫理查德·波特的先生从阿伯丁打来电话。”

“啊！”高德里曼本来满心期待着是布劳格斯从卡莱尔报来消息，“请接通他。喂，我是高德里曼。”

“呃，我是理查德·波特。我是本地侦防委员会的成员。”

“好，我能帮什么忙？”

“唉，说起来，实在难堪。”

高德里曼控制着自己的不耐烦：“讲吧。”

“你们正在找的那个人——持刀杀人犯什么的。唉，我敢说我用车搭载过这个坏蛋。”

高德里曼紧紧地握住听筒：“什么时候？”

“前天夜里。我的车在斯特林附近的A80号公路上抛了锚。就在该死的半夜。这家伙走了过来，修好了我的车，就这样。所以自然地——”

“他在哪儿下的车？”

“就在阿伯丁这儿。他说要去班夫。我昨天睡了大半天，所以直到今天下午——”

“别埋怨自己了，波特先生。感谢你打来电话。”

“好啦，再见。”

高德里曼摇了摇听筒，电话里又传来陆军部接线员的声音。

高德里曼说：“请你为我接通布格劳斯先生好吗？他在卡莱尔。”

“他一直等着和你通话呢，长官。”

“好极了！”

“喂！珀西。有什么消息吗？”

“我们又有他的线索了，弗雷德。他把莫里斯扔在斯特林外面，搭顺风车到了阿伯丁。”

“阿伯丁。”

“他大概想从东大门出去。”

“他什么时候到阿伯丁的？”

“大概是昨天一早。”

“这么说，他就来不及跑掉了，除非他动作特别快。这里正经历着人们记忆中最大的暴风雨。是昨天夜里开始的，还没停呢。没船出海，当然，飞机也无法着陆，太危险了。”

“好极了！你尽快赶到那里。我要通知当地警察立即行动起来。你到阿伯丁后就给我来电话。”

“我马上出发。”

“弗雷德？”

“怎样？”

“我们会抓到那浑球的。”

在高德里曼挂断电话时，布劳格斯还在哈哈大笑。

## 21

费伯醒来时，天已经快黑了。透过卧室的窗户，他可以看到最后一道暮霭正被逼近的夜色逐渐吞没。雨点敲打着屋顶，风还在不知疲倦地吼叫着。

他动手打开了床头的小灯。即使这么小的一个动作也让他觉得累，他往后一靠，躺回到枕头上。他竟会如此虚弱，简直把他吓坏了。那些相信强权就是公理的人应该永远保持强大。恐惧从来没有远离过他的情绪的表层：或许这就是他长期以来得免一死的原因。他始终感觉不到安全，他心里明白，正是这种不安全感使他选择了间谍这一行：只有这一行才能允许他将任何对他稍有威胁的人随时置于死地。唯恐自己虚弱，恰恰是他那种包含着魔似的自行其是、他的不安全感和对军内上司的轻蔑，综合在一起的一部分。

他躺在床上，把自己周身检查了一遍。他觉得好像浑身到处都是擦伤，但显然一点重伤也没有。他没有发烧：尽管在船上折腾了一夜，他的体质还是经受住了考验，没有患支气管炎，只是周身无力而已。

他也察看了自己的东西。底片盒依旧贴胸藏着，带鞘的锥形匕首仍然牢系在左臂上，证件和现金则放在他睡衣的口袋里。

他推开毯子，一摆身坐起来，将双腿放到地板上。他感到一阵晕眩，但很快就过去了。决不能允许自己有病弱的心态，这一点十分重要。他穿上晨衣，走进了浴室。

他回到卧室时，他自己原来的衣服，从内衣到衬衫到工作裤，都已一一洗净烫平，放在了床脚边。他猛然记起，早晨的什么时候起身时，曾看见那女子赤裸着身体站在浴室里；那场面很尴尬，他也不明白意味着什么。但他可以回忆起来，她非常美。

他慢慢穿起衣服，本想刮刮脸，但他决定先获得男主人的准许，再借用浴室架上的刮胡刀——有些男人视他们的剃刀如同自己的妻子，是不准别人碰一碰的。他用衣橱上层抽屉里找到的儿童塑胶梳子梳了梳头。

他照着镜子，对自己的长相毫无得意的感觉。他并不自负。他清楚有些女人认为他有魅力，但另外一些女人则不这么认为——他猜想大多数男人在女人心目中都是如此。当然，他比大多数男人有过更多的女人，但他把这一点归因于自己的欲望，而不在于自己的外表。他在镜中的映像还算中看，这一点对他来说就足够了。

他满意地离开卧室，慢慢走下楼梯，又感到一阵虚弱袭来，他再次以意志克服了这阵虚弱——他用手紧抓楼梯扶手，迈着小步，一级一级地走到楼下。

他在客厅外停住，听到里面没声音，就向厨房走去。他敲了敲门，走了进去。那一对年轻夫妇正坐在桌边，就要吃完晚饭了。

他进门时，那女人站起了身。“你起来啦！”她说，“你确定你可以起床了吗？”

费伯任凭对方把他引到一把椅前。“谢谢你，”他说，“你其实不该鼓励我装病的。”

“我看你没意识到自己经历了多可怕的灾难，”她说，“你想吃点东西吗？”

“我给你们添麻烦了——”

“一点也没有。别傻了。我为你热着汤呢。”

费伯说：“你们真是好人，我还不知道你们的名字呢。”

“大卫和露西·罗斯。”她把汤舀到一个碗里，放到桌上，摆在他面前，“大卫，可不可以麻烦你切几片面包？”

“我叫亨利·贝克尔。”费伯不知道自己为什么会这么说：他的证件上都没用这个名字。亨利·费伯是警察正在追捕的人，因此他该用他那个詹姆斯·贝克尔的身份。不过他想让这女人叫他亨利，因为这是最接近他真名的英国名字。

他啜了一小口汤，突然感到饥饿难当。他把汤一下子喝完，又吃掉了面包。他吃喝一毕，露西笑了起来。她笑的时候蛮可爱的：嘴巴张开，露出了整齐的白牙，眼角高兴地弯曲着。

“还要吗？”她主动问。

“谢谢。”

“我看得出吃东西对你身体大有好处。你的脸上开始有血色了。”

费伯意识到自己的体力确实是恢复了不少。他吃第二轮时慢多了，倒不是因为已经饱了，而是出于礼貌。

大卫说：“你怎么会在这种暴风雨天气里出海呢？”这还是他头一次开口讲话。

露西说：“别刨根问底的，大卫。”

“没什么，”费伯说，“我很蠢，就是这么回事。这是战争开始以来我得到的第一次钓鱼假，我一心不想让坏天气给耽搁了。你们是渔民吗？”

大卫摇摇头。“牧场主。”

“你们雇了很多人吗？”

“只有一个，老汤姆。”

“这岛上还有别的牧场吧？”

“没有。我们住在这一头，汤姆住在另一头，我们中间除了羊之外，什么都没有。”

费伯缓缓点了点头。这很好——好极了。一个女人、一个残废、一个小孩和一个老头，构不成障碍。他立即感到自己强壮多了。

费伯说：“你们怎么和陆上联系？”

“每两周有一艘船。这个星期一就该来了，不过要是暴风雨不停的话，船就不会来了。汤姆的小屋里有一台无线电发报机，我们只有在紧急情况下才会使用。如果我认为别人可能在找你，或者你需要紧急救治，我就用那发报机。不过从目前的情况来看，我看没必要用它了。用了也没意义——在暴风雨停止之前，谁也没法上岛来把你接走。再说，天气一好，船也就会来了。”

“当然，”费伯掩饰着内心的窃喜。如何跟U型潜艇取得联系一直是他心里烦恼的问题。他在露西的客厅里看到了一台普通的收音机，他曾打算过，迫不得已时就把它改装成一部发报机。但既然汤姆那儿有机器，这一切就迎刃而解了。

费伯说：“汤姆要发报机干吗？”

“他是皇家监视哨的一员。一九四〇年七月阿伯丁遭到轰炸，当时没有空袭警报，结果造成了五十人伤亡，于是他们就招募了汤姆。幸好他的听力比视力要强。”

“我猜轰炸机是从挪威起飞的。”

“我想也是。”

露西站起身：“咱们到客厅去吧。”

两个男人跟在她后面。费伯不再感到虚弱和晕眩了。他拉着客厅的门，让大卫通过。大卫摇着轮椅车到壁炉前面。露西请费伯喝些白兰地，他谢绝了。她给她丈夫和自己倒了些。

费伯向后靠坐着，打量着这对夫妇。露西的外貌确实动人：她有着一张鹅蛋脸，两只眼睛离得略远，一双眸子是不同寻常的猫一般的琥珀色，深红色的头发十分浓密；那身男式的渔民毛衣和宽大的裤子，遮不住她凹凸有致的身材；要是她把头发卷一卷，穿上晚礼服，一定会光艳照人。大卫也长得很好看——如果没有那暗黑的胡茬，简直可以称之为漂亮；他的头发几乎是乌黑的，肤色像是地中海沿岸的人；从他手臂的长度来判断，如果有腿，他应该是个挺高的人。费伯猜想，由于长年累月地摇着轮椅转来转去，大卫那双手臂一定锻炼得很有力。

确实，他们是动人的一对——但彼此之间却有着某种严重的失调。费伯对婚姻不内行，但他在探询技巧方面受到的训练使他学会了察言观色——透过一个人身体的某个小动作，他可以看出对方是惊慌失措，还是信心十足，是无所隐瞒，还是在撒谎欺骗。露西和大卫很少对视，从来没有肌肤接触。他俩和他说的话多于彼此的交谈。他们互相兜着圈子，如同两只火鸡各自在面前留出一些空地，充当中立地带。他们之间的紧张关系是很明显的，就像丘吉尔和斯大林，为了与共同的敌人作战，不得不把更深的敌意暂时强压下去。费伯不晓得他们相互痛恨的背后有着什么可怕的伤痕。

这栋小巧玲珑的房子，尽管铺着地毯，摆着雕花靠背椅，挂着镶框水彩画，燃烧着熊熊炉火，却不啻是个情感的高压锅。他们离群索居，只有一个老人和一个小孩作伴，中间又有隔阂……这使他想起了在伦敦看过的一出戏，是由一位叫作田纳西什么的美国人编的剧。

大卫一口把酒喝完，说："我得去睡了。我的背开始不舒服了。"

费伯站起身，说："对不起——我耽搁你睡觉了。"

大卫摇着轮椅走开："没关系。你整天都在睡，不会马上想再上床的。况且，我敢说，露西也会很乐意再和你聊聊。我让我的背太操劳了——你知道，背的本来任务只该是分担双腿的受力啊。"

露西说："那你今晚最好是吃上两颗药丸。"她从书柜上层取下一个瓶子，摇出两颗药丸，递给了她丈夫。

他把药干咽下去："我得说晚安了。"他摇着轮椅出去了。

"晚安，大卫。"

"晚安，罗斯先生。"

过了一会儿，费伯听到大卫拖着身子上楼去了，他真想不出他是怎么上去的。

露西说话了，仿佛要掩护大卫的响声："贝克尔先生，你住在哪儿？"

"请叫我亨利吧，我住在伦敦。"

"我有好多年没去伦敦了。大概样子都变了。"

"是有变化，但不像你想象的那么多。你最后一次是什么时候去的？"

"一九四〇年。"她给自己又倒了一杯白兰地，"自从我们来到这岛上，我只在生孩子时离开过一次。这年头，人们很少旅行了，是吧？"

"你们怎么会到这里来的？"

"嗯。"她坐下去，啜饮着酒，眼睛看着火。

"也许我不该——"

"没什么。我们结婚那天出了车祸。大卫就因为这个失去了双腿。本来他是受训要做飞行员的……事发之后，我们俩都想离开人群远一点。这在当时看来像是个好主意，但我现在相信这是错误的选择。"

"他变得更愤世嫉俗了。"

她敏锐地看了他一眼："你倒是蛮有观察力的。"

"这是件很明显的事情。"他平静地说，"你不值得受这份罪。"

她连着眨了好几次眼睛："你看到的太多了。"

“这并不难嘛。既然无法相处，又何必维持呢？”

“我不知道该对你说什么才好。你想听听陈词滥调吗？婚誓、孩子、战事……如果另有答案的话，我也不知该用什么字眼。”

“内疚，”费伯说，“但你正在想离开他，不是吗？”

她瞪了他一眼，难以置信地慢慢摇了摇头：“你怎么会知道这么多？”

“你在这岛上住了四年，已经失去了掩饰自己的能力。再说，这种事正是旁观者清。”

“你结过婚吗？”

“没有。这是实话。”

“为什么没结婚呢？我想你该成家的。”

这次轮到费伯看着炉火沉思了。真的，为什么没结婚呢？他要是自问自答，答案是现成的：他的职业不允许。但他不能这样告诉她，无论如何也不能说得太随便。他突然说：“我不相信自己对谁能爱得那么深。”这句话不假思索地脱口而出，连他自己也不知道是不是真的。他很惊讶：他原以为自己正在解除对方的武装，没想到她反倒穿过了他的防御。

有一阵两人都没有说话。壁炉里的火在暗下去。几点雨滴沿烟囱淌下来，在渐冷的煤上发出嘶嘶声。暴风雨毫无止息的迹象。费伯发现自己正在想着他有过的最后一个女人。她叫什么来着？格特露丹。那是七年前的事。此时，他能在蹿动的火焰中看到她：一张德国人的圆脸，金发碧眼，漂亮的乳房，过于肥大的臀部，腿很粗，脚也难看；说起话来像开快车；有着带野性、不知疲倦的性欲热情……她恭维他，崇拜他的头脑（这是她说的），爱他的躯体（这是她不用说的）。她为流行歌曲写歌词，在柏林的一处简陋地下公寓里读给他听，这不是什么赚大钱的职业。他看到她一丝不挂地躺在乱糟糟的卧室的床上，催促他和她做更稀奇古怪的性爱动作：要他把她弄疼，或要他自己抚摸自己，或要求他躺在下面，让她坐在上面……他轻轻摇头，把这回忆赶走。这么多年来的独身生活中，他从来没想过这些。这些景象扰乱着他。他看着露西。

“你在想着久远的事情。”她微笑着说。

“回忆。”他说，“这种有关爱情的谈话……”

“我不应该给你增加负担的。”

“你没有。”

“是美好的回忆吗？”

“很美好。你在想什么？美好吗？”

她又莞尔一笑：“我想的是未来，不是过去。”

“你看到什么了？”

她似乎就要作答，但立刻改变了主意。她有两次这样欲言又止，目光有紧张的迹象。

“我看出你找到了另一个男人。”费伯说。他边说边想：我为什么这样做？“他没有大卫强壮，也没有他英俊；不过正因为他弱，你才爱他。他聪明而不富有，情感丰富而又不滥情；温柔、体贴、可爱。他——”

白兰地杯子在她的紧握下破了。碎片落到了她的膝盖，落到了地毯上，但她却无动于衷，一动也不动。费伯走到她椅子那儿，跪到她面前。她的大拇指在流血。他拿起她的手。

“你把自己弄伤了。”

她看着他。她在哭。

“我很抱歉。”他说。

割破的是表皮。她从裤袋里取出一条手帕，扎住手止血。费伯松开她的手，开始捡玻璃杯的碎片，后悔刚才没抓住机会吻她。他把碎玻璃片放在壁炉架上。

“我没想让你难过。”他说。

她拿下手帕，看着拇指，血还在流。

“用绷带包一包吧。”他建议说。

“绷带在厨房里。”

他找到了一卷绷带、一把剪刀和一个别针。他盛了一小碗热水，回到客厅。

在他出去这一小会儿，她擦掉了脸上的泪痕，木然地坐着，任凭他把她的拇指浸在热水中，然后擦干，用一小块纱布裹住伤口。这一段时间她始终看着他的脸，而不是他的手，表情难以捉摸。

他给她包好伤，往后猛地一站。他太蠢了，走得太远了，该撤退了。他说：“我想我最好还是上床去吧。”

她点点头。

“我很抱歉——”

“别道歉了，”她对他说，“这不像是你该说的话。”

她的语气很生硬。他猜她也觉得场面有点不好收拾了。

“你还不睡吗？”他问。

她摇摇头。

“好吧……”他走到门口，为她打开门。

她走进他前面时，回避着他的眼睛。他跟在她后面穿过厅堂，走上楼梯。他看着她登着楼梯，禁不住想象着她穿别的衣服时的样子：想象她的臀部在丝绸布料下面轻柔地扭动，想象她修长的双腿穿着的是丝袜，而不是灰色毛呢裤子，脚下穿的是高跟鞋，而不是磨损的毡拖鞋。

在楼梯上端的狭窄楼道里，她转过身来，悄声说："晚安。"

他说："晚安，露西。"

她凝视了他一会儿。他伸手要去摸她的手，但她迅速转身，走进卧室，头也不回地把门关上了。他愣在那儿，手还伸着，嘴巴张开，不知道她心里在想些什么——更中肯地说——不知道自己在想些什么。

## 22

布劳格斯驾着那辆征用来的加大马力的山比姆·托伯特汽车，不顾危险地在夜间高速行驶。苏格兰的公路崎岖而多弯，由于下雨，路面变得十分湿滑；在一些低洼的地方，积水有两三英寸深。滂沱大雨淌过挡风玻璃。在一些没有遮蔽的山顶上，劲风大得仿佛要把汽车吹下公路。布劳格斯向前探着身子，透过由雨刷在挡风玻璃上刮出的一小块空间，紧盯着车头灯在如注的大雨中照出的一小段路面，就这样开了一英里又一英里。在爱丁堡的北边，他轧死了三只野兔；每当轮胎碾过那些小小的身体时，都会颠一下，让他感到恶心。他没有减速，只是纳闷，野兔是不是通常都在夜间出没。

过分紧张让他头痛，他的坐姿则让他背疼。他还感到饿。他打开车窗，让冷风吹进来，想以此保持头脑清醒，但扫进来的雨水太多，他被迫立即又把窗户关上。他想到了“针”：一个身穿运动服、手捧奖杯笑眯眯的年轻人。费伯正在赢得眼前这场比赛。他抢先了四十八小时，而且只有他自己才知道要走的线路。要不是赌注这么高，他妈的这么高，布劳格斯倒还蛮高兴和这家伙赛上这一场的。

他不知道，如果他和“针”面对面的话，他会怎么办。他想：我会在那坏蛋动手杀我之前先击毙他。

费伯是个行家，和那种人较量可不能手忙脚乱。大多数间谍都是业余的：他们要不是失望的左派或右派革命者，就是对间谍工作心存浪漫幻想的人；要不是贪婪的男子、痴情的女子，就是遭到威逼利诱的倒霉鬼。而专业的间谍虽然为数不多，却相当危险，因为他们知道，他们的对手也是冷酷无情的。

布劳格斯驶进阿伯丁时，还差一两个小时才天亮。他长这么大，还从来没有这样对路灯感激不尽，尽管遮着灯罩，灯光昏暗。他不知道警察局在哪里，街上也没人可以给他指路，于是他就绕着城找，终于看到了熟悉的蓝色电灯（也是昏暗的）。

他停下车，冒雨冲进大楼。大家正在等他。高德里曼已经打来电话，他现在可真成了上司了。布劳格斯被带到阿兰·金凯德探长的办公室。金凯德五十多岁，他的房间里还有另外三名警察。布劳格斯和他们一一握手，但随即忘记了他们的姓名。

金凯德说：“你从卡莱尔来得也真够快的了。”

“我差点没死在路上呢。”布劳格斯回答说。他坐下去：“要是你们能帮我弄来一份三明治……”

“当然。”金凯德把头探出门去，喊了句什么，“马上就来。”他告诉布劳格斯。

办公室的墙壁刷成了灰白色，地板是木头的，家具简陋：一张办公桌、几把椅子和一个档案柜。布置很单调：没有鱼，没有装饰品，没有个人色彩的任何东西。地板的一个托盘上有几个脏杯子。空气中烟味很浓，嗅起来像是人们工作了一整夜的地方。

金凯德有着稀疏的灰头发，留着小胡子，戴着一副眼镜。他个头很大，上身只穿衬衫，裤子用的是吊带，看上去很能干。布劳格斯认为，他就是构成英国警力骨干的那种警察。他说话带有地方口音，这说明他和布劳格斯一样是一步步升上来的——不过从他的年龄来看，显然他比布劳格斯晋升得慢。

布劳格斯说：“你们对这件案件的全部情况到底知道多少？”

“不多。”金凯德说，“不过，你们的头儿高德里曼说过，伦敦的谋杀只能算是这家伙犯过的罪行里的最小部分，而我们又知道你是哪个部门的，加一加，就可以推断出费伯是个非常危险的间谍。”

“就是这么回事。”布劳格斯说。

金凯德点了点头。

“你们到目前为止都采取了什么措施？”布劳格斯问。

金凯德把一双脚放到办公桌上：“他是两天前到达这里的吧，嗯？”

“对。”

“我们就是从那时起开始找他的。我们有他的照片——我敢说，全国每个警察都有他的照片。”

“是的。”

“我们查了旅馆和客栈、火车站和汽车站。查得相当彻底——尽管当时我们并不知道他已来到这里。不用说，我们没查出什么结果来。我们正在查第二次。不过，依我看，他有可能一到阿伯丁就立刻离开了。”

一位女警察拿着一杯茶和一块很厚的三明治走了进来。布劳格斯道谢之后，马上狼吞虎咽地吃了起来。

金凯德继续说：“我们派了人守在火车站，汽车站也派了人。所以，要是他果真离了城，那他要不是偷了辆车，就是搭了便车走的。但我们又没有得到汽车失窃的报告。”

“妈的。”布劳格斯满嘴面包，所以得先咽一口才能继续说下去，“这下追踪他就更难了。”

“他显然是因为这个理由才选择搭便车的。”

“但他也可能从海上跑了。”

“那天出港的船都很小，他没办法躲在上面。从那时起，由于这场暴风雨，没有船再出过海。”

“有船丢了吗？”

“没听说。”

布劳格斯耸耸肩：“既然不能出海，船主可能就没到码头上去察看。在这种情况下，有船被偷可能要在暴风雨结束之后才会被人发现。”

房间里的一名警察说：“我们漏掉这个了，探长。”

“对。”金凯德说。

布劳格斯说：“也许港务长能把固定停泊的船只查一查——”

“我同意。”金凯德说罢，已经拨起电话。过了一会儿，他便对着话筒讲了起来，“道格拉斯船长吗？我是金凯德。唉，我何尝不知道这会儿所有文明人都已经睡觉了。你还没听到更坏的——我想请你冒雨去走一趟呢。咳，你没听错……”

别的警察都笑了起来。

“察看一下所有固定停泊的船只，把没有在平时泊位的船都记下来——别管那些你明知道合法出港的船。把船的名字和船主的地址——如果有的话，把电话号码也告诉我。咳，咳，我知道……我会加倍补偿你的。没问题，一瓶酒。再见，老朋友。”他挂上了电话。

“他得查半个小时，然后我们需要两个小时查所有的地址。这样做值得，尽管我仍然认为他搭顺风车走了。”

“我也这么想。”布劳格斯说。

门开了，一个没穿制服的中年人走了进来。金凯德和别的警察都站了起来，布劳格斯也跟着站起身。

金凯德说：“早安，先生。这是布劳格斯先生。布劳格斯先生，这位是理查德·波特。”

他们握了手。波特脸膛红红的，胡子修剪得很认真。他穿着一件双排扣的驼黄色大衣。他说：“你好。我就是那个让大坏蛋搭便车到阿伯丁来的冒失鬼。实在难为情。”他讲话没有当地口音。

布劳格斯说：“你好。”波特一眼看上去就是那种会给间谍搭便车的蠢驴。他问，“你怎么会想到，你搭载的那个人就是……用锥形匕首杀人的凶犯呢？”

“我听到了那辆丢弃的莫里斯汽车的事。我就是在那儿让他搭车的。”

“你看到他的照片了？”

"看到了。当然，由于大部分路程是黑天，我没机会仔细看那家伙。但是在我们钻到引擎盖下面时，我用手电筒照过他的脸，还有后来进入阿伯丁时——那时天已亮了，我还是看清了他。要是光看到那张照片，我只敢说照片中的人有可能是他；但加上我让他搭车的地方离发现莫里斯的地点那么近，我就敢说那人百分百是他。"

"我同意。"布劳格斯说。他思索了一会儿，怀疑自己从这个人嘴里能得到什么有用的消息，"费伯给你的印象怎么样？"他最后这样问。

波特立刻说："他让我觉得他疲惫、紧张和坚定，应该是这个顺序。再有，他不是苏格兰人。"

"你觉得他口音怎么样？"

"他的口音嘛——是伦敦附近，属于小些的公学[①]，与他的服装不相称，我想你知道我的意思。他穿的是工装裤，这也是我后来才注意到的。"

金凯德打断了谈话，他拿来了茶。大家全都喝了。那警察向门口走去。

布劳格斯判断出来，波特不像他初看时那样没头脑："你们都谈了些什么？"

"哦，没谈很多。"

"可是你们在一起待了好几小时——"

"一路上他都在睡觉，他修好了车——据说只是导线连接不好，不过我对机器很外行——随后他告诉我，他自己的车在爱丁

① 英国的公学多为贵族子弟开设，公学培养的学生语音标准，语言合乎规范。

堡坏了，他要去的地方是班夫。他还说，他真想穿过阿伯丁，因为他没有军事禁区的通行证。我……我叫他不必为这件事担心。我说，如果我们被人拦下来，我可以为他作保——我这么说真他妈的够蠢的了。不过我觉得自己欠他的情，他帮我脱过困。”

金凯德说：“没人怪你，先生。”

布劳格斯其实是怪他的，只不过没说出来罢了。相反地，他问：“见过费伯并能告诉我们他样子的人没几个。你能不能好好想一想，并且告诉我，他看起来像个什么的人？”

“他惊醒的时候像是个军人。”波特说，“他彬彬有礼，而且似乎很聪明，握手很有力。我对握手很注意。”

“还有呢？仔细想一想。”

“他惊醒时还有点情况……”他那红润的面庞皱了起来，“他的右手伸向左袖口，就像这样。”他比划了一下。

“这很重要。”布劳格斯说，“他的匕首一定藏在那里。袖子里有带鞘的刀。”

“我想没别的了。”

“他说过他打算去班夫。那就意味着他并不想去。”

“真的？”

“间谍总要说假话，这是原则。我敢打赌，在他告诉你他去哪儿之前，你就先说了你要去哪儿了。”

“我相信是这么回事。”波特沉思着点点头，“唉，唉！”

“要么他的目的地就是阿伯丁，要么他在阿伯丁下车之后又往南边走了。既然他说他要往北走，就很可能不是往北。”

“你跟他讲过你是地方治安官吗？”

“讲了。”

“所以他才没杀你。”

“什么？我的天！你这是什么意思？”

“他知道你要是失踪了，人们会找你。”

“我的天！”波特又说了一遍，他的脸有点发白了。显然他没有想到自己差一点就没命。

门又开了。走进来的那人说：“我拿到了你们要知道的事情了，我希望他妈的有价值。”

布劳格斯咧嘴笑了。无疑，这就是港务长了：他个头不高，满头白发剪得短短的，叼着一只大烟斗，穿着一件钉着铜纽扣的运动夹克。

金凯德说：“进来吧，船长。你怎么会淋得这么湿？你不该冒雨出来的。”

“妈的，算啦。”港务长说。布劳格斯不知道他的气恼有几分是真的：从房间里别的人笑嘻嘻的表情判断，港务长不是真的生气。

波特说：“早安，船长。”

“早安，阁下。”港务长说。

金凯德说：“你有什么发现吗？”

港务长摘下他的帽子，把雨滴甩掉。“玛丽Ⅱ号不见了。”他说，“我在起风暴的那个下午看见它进港了。我没有看见它再出海过，不过现在却好像是不在了。”

“船主是谁？”

“塔姆·哈芬尼。我给他打了电话。那天他把船停在泊位后，就再没去看它。”

布劳格斯说：“是一艘什么样的船？”

“一艘小渔船，六十英尺长，横梁很宽，船体结实，装有舱内发动机。型号没什么特别的——这一带的渔民造船的时候并不遵照书本上的样式。”

“我来问你一个非常重要的问题。”布劳格斯说，“那艘船禁得起这场暴风雨吗？”

港务长先用一根火柴点燃他的烟斗，过了一会儿才说：“要是有个熟练的水手掌舵的话，不无可能。不过八成还是不行。”

“假如它是在暴风雨开始之前出海的话，现在能走多远？”

“不远——也就是几英里。玛丽Ⅱ号直到傍晚才进港系缆的。”

布劳格斯站起身，围着他的椅子转了一圈，然后又坐下：“这么说，他现在在哪儿呢？”

“极有可能已经葬身海底了，那该死的蠢货。”港务长的说法不无道理。

布劳格斯无法满足费伯已死的推测。这太难确定了。不满意的情绪传遍全身，他觉得坐立不安，心神不宁，还有点沮丧。他摸了摸下巴：该刮脸了。“我要亲眼看见才能相信。”他说。

“你不可能看得见的。”

“收起你的猜测吧。”布劳格斯厉声说，“我要的是情报，不是悲观主义。”房间里的其他人这才突然想起，虽说他年纪轻轻，却是在场的所有人当中官阶最高的一个。“咱们再分析一下几种可能性。一、他从陆上离开了阿伯丁，另有一个人偷了玛丽Ⅱ号。在这种情况下，他此刻大概已经到达他的目的地了，但由于暴风雨的缘故，他还没离开这个国家。我们已经出动了所有的警力搜捕他，对这第一种可能，我们就没别的什么可做的了。

“二、他还在阿伯丁。我们对这种可能性也已经做好了布置。

“三、他从海上离开了阿伯丁。我想，我们都同意这种可能性最大。我们来把这种可能细分一下。第一，他换乘了另一艘船——可能是一艘U型潜艇——赶在了暴风雨前面，我们认为他来不及，但他可能抢到了时间；第二，他在什么地方找到了暂时躲避风雨之处——在陆地上或是在某个岛上；第三，他死了。

“如果他上了一艘U型潜艇，那我们就输了，再也无计可施。但如果他找到了藏身所或是船只遇险，我们迟早会找到证据——或者是玛丽Ⅱ号，或者是它的残骸。只要天气一允许，我们马上就派一架飞机起飞，在海上搜索。如果他葬身海底，我们也还是能找到漂在海面的船身碎片。

“因此，我们要采取三项措施。一、我们要继续已经进行的搜查；二、我们要开始一次沿岸的新的搜索行动，从阿伯丁向南北两路前进；三、天气一好转，我们就从空中对海面侦察。”

布劳格斯边说边开始踱步，随走随想。这时他停下脚步，抬头看了一圈：“诸位还有何高见？”

通宵熬夜本来已经让他们都困了，但布劳格斯突如其来这有力的一问，又令大家一下子从睡意中清醒了过来。一个人俯身向前，搓搓双手；另一个系好鞋带；还有一个把外套穿上。他们都想要去工作，没有人提出异议。

“好吧。”布劳格斯说，“让我们好好来打胜这一仗。”

# 23

费伯醒来了。尽管他已在床上躺了一天，身体仍需要休息，但他的头脑却高度活跃——反复思考着多种可能，勾画着不同方案，想念着女人和家乡。

如今他已逃脱在望，有关家乡的种种回忆变得甜蜜得难受。他想念起一些相当愚蠢的事情：比如肥得要切成片吃的香肠；驾驶座在右侧的汽车[1]；名副其实的参天大树；还有自己的母语。

回忆到极致，又想起了格特露丹：她的脸在他的脸下方，化妆被他的轻吻所洗掉，眼睛兴奋地紧闭，然后又睁开，高兴地盯视着他的眼睛，大张着嘴不时喘着气，说着："对，使劲，对……"

真蠢。他过了七年修道士般的生活，她可没理由同样独守空闺。在费伯之后，她大概已经有了十几个男人了。她可能已经被英国皇家空军炸死，又或者在灯火管制中被汽车撞死。反正，她不大可能会记得他。他大概永远再也见不到她了，不过她是个象征。

他通常并不允许自己陷入感伤。他本性中有冷漠的成分（他还曾经刻意培养这种冷漠，因为这样可以保护他），然而，如今

① 英国的汽车驾驶座在左侧，德国则是右侧。

他距成功只有一寸之遥，他觉得可以稍微放纵一下自己的幻想。

暴风雨只要持续下去，他就可以平安无事。他只要在星期一用汤姆的无线电和U型潜艇联系上，天一晴，艇长就会派出救生艇来海湾。然而，如果暴风雨在星期一就止息，就会有点小麻烦了：那艘供应船。大卫和露西自然会让他乘供应船返回陆上。

露西栩栩如生的影像进入他的脑海，由不得他控制。他看到：在他为她拇指包扎时，她那炯炯有神的琥珀色眼睛凝视着他；她在他前面上楼时，裹在不成样子的男人服装里的身材；她在浴室里赤裸全身时，沉甸甸、圆鼓鼓的乳房。这些画面随之由记忆变成了幻想：她俯在绑带上轻吻他的嘴唇；在楼梯上转过身来，把他搂在怀里；从浴室出来，拉起他的手放到她的乳房上。

他在小床上辗转反侧，心中咒骂自己不该胡思乱想。打从中学以后，他就再也没有受过这种绮想的折磨了。当时他还未尝禁果，只是光凭想象虚构出鱼水之欢的种种细节场面，对象则是他每天都有接触的三个成年妇人：一个是古板的女舍监，一个是纳格尔教授那位黑瘦的太太，一个是村里那个抹着口红的女店主。他偶尔会把他们三个融成一体，作非分之想。十五岁那年，他在西普鲁士一座树林里，在月光下引诱了一个女佣的女儿；之后，他便放弃了性幻想，因为他发现，真实的性行为并不如想象的美好。当时他很纳闷：那种神魂颠倒的狂喜，那种鸟儿穿空的轻飘激动，那种将两个躯体融合为一的神秘感都在哪里呢？不过，后来的实际体验有所改进，亨利得出结论：那种狂喜并非来自一个男人在女人身上得到的快乐，而是来自男女双方从相互身上得到的快乐。

他终于成了一个成功的情人。他发现男女间的云雨不仅肉体上有快感，精神上也有情趣。他从不是汲汲于勾引女人的人，因为征服的激动并非他所追求的东西。不过他在提供和享受性满足上成了行家，但他并没有行家那种错觉，认为技巧就是一切。

他尝试设法算清楚他有过多少女人：安娜、格莉钦、英格瑞德、那个美国姑娘、斯图加特的那两个妓女……他无法一一记起，但总数大约不超过二十个。

他想到，他们当中没有一个像露西这么漂亮的。他气恼地叹了口气。这是违反行动规则的；在任务完成之前，不准放松，而目前的任务还没有结束，还没有。

他想到了那艘供应船。他脑子里盘算了几个对付的方案：最可行的办法是拦阻岛上的居民去接船，而由他本人出面，用几句骗人的话，把船打发走。他可以说，他是乘另一艘船来拜访他们的，他是他们的亲戚，或者说是观鸟人……随便什么吧。目前，这样的小问题用不着他花费全部注意力。到天气好转之后。他会想出办法来的。

他没什么严重的问题要面对。离海岸若干海里的一座孤岛，上面只有四个居民，这是个理想的藏身之地。从现在起，离开英国将是件轻而易举、不费吹灰之力的事。当他想到他已经历过的局面，想到他杀死过的人时，便感到目前的场面简直是小儿科。

一个老头、一个残废、一个女人和一个小孩……

杀死他们易如反掌。

露西也睁着眼睛躺在床上。她在聆听。可听的太多了。天气就是一个管弦乐队，雨滴击鼓般地敲打着屋顶，狂风吹笛般地刮过屋檐，海涛在沙滩上跳着横步舞。这种老宅子也在谈话，在暴风雨的冲击下，接榫处吱嘎作响。宅内也有声音——大卫服下两颗安眠药，发出那缓慢而有节奏的呼吸声，虽几次变响，却始终没有打鼾；还有远端墙边行军床上乔短促而浮浅的呼吸声，令人舒心地慢慢传来。

露西心想，一定是这些声音让我难以成眠，但随后就立即自问：我这是在骗谁呢？她睡不着是亨利引起的——他看到过她赤身露体的样子，为她包扎拇指时曾轻柔地碰触她的双手，现在就躺在隔壁的床上，可能睡得正香。

她意识到，他没跟她讲多少他自己的事，只提到他没有结婚。她不知道他是在哪里出生的——他的口音中找不到线索。他甚至没有暗示过他以何为生，不过她猜他应该是个专业人士，或许是牙医师，或是军人。他不那么乏味，不像个律师；太聪明，不像个记者；说他是医生吧，没有哪个医生可以将自己的职业保密超过五分钟的。她宁可把宝押在军界。

他说独居，还是跟母亲住在一起？又抑或和一个女人同居？他不钓鱼时穿什么衣服？她喜欢看见他身穿双排扣深蓝色西装、胸前口袋插一条白色手绢的模样。他有汽车吗？对，他应该有的，一辆不寻常的、相当新的车。他大概是个开车开得很快的人。

想到这里，她又记起了大卫那辆双人座小轿车，她紧闭双眼，不想去看那梦魇般的影像。想点别的，想点别的。

她又想到亨利，并且意识到一件奇怪的事：她想和他做爱。

这种愿望很怪，依她的认知，这类愿望只会出现在男人而非女人身上。一个女人，当她遇到一个男人，很快就发现他有魅力，想更深入地了解他，甚至对他一见钟情；但她不会即时就产生肉体的欲望，除非她是……不正常的。

她告诉自己，这太荒谬了。她希望的是和丈夫做爱，而不是跟一个远方的来客调情。她对自己说，她不是那种人。

但只是遐想一番还是值得高兴的。大卫和乔正熟睡，没什么可以阻拦她下床，穿越过道，进入他的房间，溜到床上，躺在他身边……

除了性格、良好的门第和教育，没有什么能够阻拦她。

如果她要和什么人交欢的话，她宁可和像亨利这样的人。他将是善良、温柔和体贴的，不会因为她像个街头妓女似的主动奉献自己而看不起她。

她在床上翻了个身，暗笑自己傻：她怎么可能知道他会不会看不起她呢？她才认识他一天，而且这一天的大部分时间，他都在睡觉。

不过，再让他看看她也是好的，他那倾慕的眼神带着某种愉快的意味。摸摸他的双手，紧抵他热情的肌肤该有多好啊。

她意识到，身体在呼应她脑海中的幻想。她有一种自慰的冲动，但她极力——像四年来所做的一样——抵制这种冲动。她想：看来，我还不像老太婆那样干涸。

一股温热在她的下体扩散了开来，她轻叹了一声。这有点丧失理智了。该睡了。无论如何，今天夜里她是不可能和亨利或别的什么人做爱的。

她这样想着，却下了床，向门口走去。

费伯听到楼道里有脚步声，本能地作出了反应。

他原先满脑子的遐想登时清除了个一干二净。他以一个简单而流畅的动作溜出被窝，然后悄无声息地走到最暗的角落里那扇窗户旁边。那把锥形匕首已然握到手里。

他听到入侵者开了门，进了房间，又把门关上。他心想，如果是暗杀他，来人会把门敞着，以便能迅速撤退；他也百思不得其解，杀手怎么可能会找得到这里来。

但他随即排除了这种想法，他本人之所以能生存至今，凭的还不是很多看来几乎不可能的机缘巧合？风暂时止息了，他听到从他的床边传来一声吸气和一丝轻微的喘息，这使他能够确定来人的精确位置。他跃了出去。

他把她脸朝下按到床上，匕首放到她喉头，一条膝盖压住她的腰部，这时他才意识到来人是个女的，并且立即猜出了她是谁。他松开手，伸手打开了床头桌上的电灯。

在昏亮的灯光下，她的脸色苍白。

费伯不等她看见，马上把匕首藏好。他从她身上站起。“我实在抱歉。”他说。

她转过身来仰躺着，向上看着叉腿站在她面前的他。她咯咯笑了。

费伯又补充了一句：“我还以为你是贼呢。”

“贼从哪儿来呢？”她笑了，双颊一下变得嫣红了。

她穿着一件宽松的睡袍，从脖子一直罩到脚踝，棕红色的长发散在费伯的枕头上。她的眼睛显得很大，嘴唇濡润。

“你漂亮得没话说。”费伯平静地说。

她闭上了眼睛。

费伯俯身下去，吻了她的嘴。她的嘴唇立刻主动地张开了，并饥渴地回吻着他。他用手指抚摸着她的双肩、脖子和耳朵。她在他身下扭动了起来。

他本想多吻她一会儿，体会那种亲密感，但他意识到她等不及亲热了。她把手伸进他的睡裤里，握住了他。她轻声呻吟，并开始喘起粗气。

费伯一边继续吻她，一边伸出手去关灯。他站起身，脱掉了上衣。他动作很利落，一下子就把贴在胸前的底片盒扯下，塞到床下。撕下胶带的一刹那疼了一下，他也不去管它，他还取下了系在左前臂的刀鞘。

他把她的睡袍撩到她的腰部。她里面什么也没穿。

“快点，”她说，“快点。”

费伯趴到她身上。

事后露西丝毫没感到内疚。她只是感到满意、满足、充实。她达到了目的，心里很高兴。她躺着不动，闭着眼睛，抚弄着亨利颈后的短发，体会着手上那种粗硬感带来的激动。

过了一会儿，她说：“我太匆忙了……”

“还没完呢。”他喃喃地说。

她在黑暗中皱起眉：“难道你还没……”

“没有，我还没有。你也还没有。”

她莞尔一笑：“恐怕我不能同意。”

他打开灯，看着她：“咱们来看看吧。”

他溜下床，把身体夹在她的大腿中间，吻起她的肚皮。他的舌头在她的肚脐里里外外地舔着。真美。随后他的头向下移。她心想，他总不会想亲我那儿吧。他确实亲起那儿了。而且还不只是亲吻。他的嘴唇吮吸着她皮肤上的软褶。随后舌头开始伸进那道缝里，又用指头分开她的阴唇，把舌头一直伸到她里边，她惊得瘫软了。

最后，他那动来动去的舌头找到了一个小小的敏感部位，那地方这么小，她原先都没注意到它的存在，那地方又那么敏感，他的触碰起初简直是痛苦的。随后她被那种未尝体验过的最撕心裂肺的激动所控制，她忘记了惊恐。她无法自已地上下动着臀部，而且越动越快，把她那滑溜溜的皮肉贴在他的嘴上，他的下巴上，他的鼻子上，他的前额上来回蹭着。那种激动劲越来越大，直到她感到完全被快感攫住，张开嘴来尖叫。这时亨利赶紧用一只手捂住她的脸，不让她叫出声。但随着高潮迭起，她在喉头里叫着，高潮结束时的感觉如同爆炸，让她精疲力竭，仿佛再也爬不起来了。

她的头脑一时似乎变得空荡荡的。她模模糊糊地知道，亨利还在她的两腿之间，他那带着胡茬的面颊抵在她大腿的柔软的内侧，他的嘴唇在轻柔、深情地动着。

她最后说："现在我总算懂得劳伦斯的意思了。"

他抬起头："我不明白。"

她叹了口气："我从没想到会像这样。太美了。"

"是吗？"

"哦，老天，我一点力气都没有了……"

他换了个姿势，跨跪在她胸口上，她明白了他想让她做什么，她又一次惊呆了：那玩意儿实在太大了……但她突然间想那样做了，她需要把他吸进她的嘴里。于是她抬起头，用嘴唇裹住他，他轻轻呻吟了一声。

他用双手捧住她的头，来回动着，自己轻声哼着。她看着他的脸。他正大睁着眼睛盯着她，看她正在动作的样子。她不知道当他……来……的时候，她要怎么办，而她决定不在乎，因为和他在一起，样样都这么好，她知道连那个她也会高兴接受的。

可是还没有来。当她认为他就要失去控制时，他停下，躲开了，趴到她身上，又进到她里面去。这一次，他动得很慢，很放松，如同海浪有节奏地拍打沙滩；直到他把双手放到她的臀下，紧握住她的两片屁股，她看着他的脸，知道现在，就是现在，他就要不再控制自己，泄到她里面了。这使她激动得胜过一切，于是，当他最后弓起后背，面孔痛苦地皱成一团，在胸膛里深深地哼着，她便抬起双腿，圈住他的腰，任凭自己陷于狂喜的忘形境界。这时，经过这么长的时间之后，她终于听到了劳伦斯所允诺的那种雷鸣暴雨声和铙钹声。

他们好长时间都一言不发。露西感到热乎乎的，自从上岛以来，她还从来没感到这么温热过。当他的呼吸平缓下去之后，她能听到屋外的暴风雨声了。亨利压在她身上的体重很重，但她并不想让他移开——她喜欢他的体重，也喜欢他白皙的皮肤上淡淡的汗味。他一次又一次地动着他的头，用他的双唇摩挲着她的面颊。

和他交欢，真是太完满了。他对她的身体比她自己还了解。他的身体非常健美：宽厚的双肩，细腰窄臀，强健多毛的长腿。她认为他有些伤疤，但她不确定。他强壮、温柔并且英俊。然而她深知，她永远都不会爱上他，永远都不想和他私奔和嫁给他。她察觉出来，在他身体的深处有种又冷又硬的东西，他的某一部分交付给了别的，一种抛弃平常感情而投身什么更高的职责的准备。他永远不会属于任何女人，因为他另有更高的忠诚去奉献——就像艺术之于一个画家，赚钱之于一个商人，祖国之于一个爱国者，革命之于一个社会主义者。她只能把他控制在一臂之距，而且必须像服用麻醉品一样小心翼翼地使用他。

她终于动弹了一下，他立刻从她身上滚下去仰卧在床。她用一只臂肘撑起身子，看着他赤裸的身体。不错，他确实有伤疤：胸口上有长长的一道，还有一个星状的小点在他的臀部——可能是烧伤。她用一只手掌揉搓他的胸部。

“这不太像淑女的作为，”她说，“但我想说声谢谢你。”

他伸手去触摸她的脸蛋，微微一笑，说：“你非常像淑女。”

“你不知道你都做了什么。你——”

他把一根手指竖在她唇上：“我知道我做了什么。”

她咬着他的指头，然后把他的手放在她的乳房上。他摸着她的乳房。她说：“再来一次吧。”

“我想我不行了。”他说。

可是他还是做了。

天亮两小时后她离开了他。另外一间卧室传来一点小动静，她似乎才突然记起，在这栋住宅里她还有丈夫和儿子。费伯想告诉她，这没关系，无论他还是她都毫无理由去担心她丈夫知道什么或怎样想；但他闭住嘴没讲话，放她走了。她又感伤地吻了他一次，然后把身上那件揉皱了的睡袍从上到下拽平，便踮着脚尖出去了。他钟爱地盯视着她。

他想，她可真是个尤物。他仰卧在床，看着天花板。她相当天真，缺乏经验，但她依然很不错。他想，我可能会爱上她。

他站起身，从床下取出底片盒和匕首。他无法决定要不要把它们贴身保存。搞不好自己会想白天和露西做爱呢……他决定带着匕首——没有它，他会有一种没穿衣服的感觉——而把底片盒放在什么地方。他把它放到五斗柜里，用他的证件和皮夹盖住。他明知道他违反了所有的规定，但这肯定是他的最后一次任务，所以他自认为有权享受一下。万一有人看到那些照片，又有什么关系呢——他们又能怎样？

他躺回床上去，但随即又爬了起来。多年的训练不允许他冒险。他把底片盒和证件重新从五斗柜中拿了出来，改放到外套的口袋里。这样，才觉得放下了一块心头大石。

他听到小孩的说话声，随后是露西下楼梯的脚步声，然后是大卫拖着身子进了浴室。他将起床和家人共进早餐，反正他现在不想睡了。

他站在被雨水淋成一条条水纹的玻璃窗前，凝视着恶劣的天气，直到听见浴室的门打开了。这时他穿起睡袍，走进去刮脸。他未经允许就用了大卫的刮胡刀。

经不经允许现在已经没差别了。

## 24

隆美尔从一开始就知道自己一定会和海因茨·古德里安吵起来。

古德里安将军是隆美尔所痛恨的那种不折不扣的普鲁士贵族军官。他们相识已经有好长一段时间了。他们早年都曾指挥过戈斯拉尔狙击营，并且在波兰战役中再次相遇。隆美尔离开非洲时，曾举荐古德里安接任，因为他知道败局已定。不过，由于当时古德里安已失宠于希特勒，隆美尔的举荐没有被接受。

隆美尔认为，这位将军是那种坐在绅士俱乐部喝酒都要把一方丝手帕放在膝头以保护裤线的人。他之所以成为军官，只因为他父亲当过军官，而他祖父很有钱。隆美尔则是教书匠的儿子，在短短的四年里，就从中校晋升到了陆军元帅。

此刻他正在隔桌望着古德里安，那位将军正啜饮着从法国罗思契尔兹运来的白兰地。古德里安和他的搭档冯·盖尔将军来到法国北部罗歇·基扬的隆美尔司令部，为的是教隆美尔该如何部署他的军队。隆美尔对这种来访的反应从不耐烦直到怒气冲冲。依他之见，总参谋部的任务理应是提供可靠的情报和定期的物资——而从他在非洲的经验来看，这两项任务他们都没有很好地完成。

古德里安蓄着修剪得整整齐齐的金黄色小胡子，眼角有着深深的皱纹，显得总是在对人微笑。他高大英俊，却没有使矮小、貌丑、秃发的隆美尔感到亲切。古德里安看来很轻松自在，战争打到这一步，能够轻松得起来的德国将军，要不是蠢材，恐怕还挺难。

隆美尔望着窗外，看着雨水顺着树淌到庭院里，等着古德里安开口。当古德里安终于开口时，显然已经深思熟虑，准备用迂回战术来阐明他的观点。

“在土耳其，”他开始说，“英国的第九和第十军团在土耳其军队的配合下，正集结在希腊边境。在南斯拉夫，游击队也在其中，阿尔及利亚和法国军队正准备进犯里维埃拉[1]。俄国人看来要对瑞典发动两栖进攻。在意大利，盟军正准备向罗马进军。

“还有些小的迹象：一名将军在克里特岛遭绑架；一个情报

① 法国东南部和意大利西北部一带的地中海沿岸。

官在里昂被谋杀；一个雷达站在希腊的罗兹岛受到袭击；一架飞机受到腐蚀油的破坏，在雅典坠毁；一支突袭队袭击了萨格拉格；塞纳河上布伦港的氧气工厂发生了爆炸；一列火车在法国阿登省出了轨；布森的一座油库遭火焚……这种事不胜枚举。

“情况很清楚。在占领区，破坏和反叛活动与日俱增；在我们的国境线上，我们到处可见防止入侵的准备。我们当中没人怀疑，今年夏天，盟军将会有一次大规模进攻；我们同样可以肯定，所有这一切零敲碎打都旨在迷惑我们，让我们弄不清进攻从哪里来。”

古德里安停顿了一下。这种老师对学生式的演说激恼了隆美尔，他抓住古德里安这片刻的停顿插话说：“因此我们才有个总参谋部：对各种情报加以消化，对敌人的动作作出评估，并预测对方下一步的行动。”

古德里安放纵地笑了起来。“我们都应该清楚这种水晶球占卜的局限性。对于进攻来自何方，我敢说：我们每个人都有自己一套看法。我们在指定战略时，应该要考虑到猜测有误的可能性。”

隆美尔此时才明白古德里安采取的原来是迂回战术，他强忍着，才没有在对方说出结论之前高叫不同意。

“你属下有四个装甲师，”古德里安继续说下去，“第二装甲师在亚眠，第一一六师在卢昂，第二十一师在卡昂，党卫军第二师在图卢兹。冯·盖尔将军已经向你建议了：这些部队应该集结起来，远离海岸，随时准备好在任何地点快速反击。事实上，这一策略是最高统帅部方针中的一个原则。然而，你不仅抵制冯·盖尔的建议，而且还把第二十一师推进到大西洋岸边。”

“其实其他三个师也应该尽快调到海岸线去，”隆美尔按捺不住，爆发了起来，“你们这些人什么时候才能明白？盟军掌握着制空权。盟军一旦登陆，装甲部队就无法大规模移动了。盟军登陆的时候，如果你珍贵的装甲部队还待在巴黎的话，他们就只能继续待在巴黎了，皇家空军会把他们钉死在那儿，直到眼睁睁地看着盟军沿着圣·米歇尔大道进军。我对这一点一清二楚——我已经领教过了。两次！”他停下来吸了口气，“把我们的装甲部队集结起来做机动准备无异于弃置不用，我们将无力反击。我们应该在海滩上迎击登陆，趁他们立足未稳，把他们赶回海里。”

他开始讲述自己的防御战略时，脸上的红潮褪了下去。“我已经设置了水下障碍，加强‘大西洋铁壁’，岸上布下了雷区，并在我们防线的后方可降落飞机的草地上都打下了桩。我的所有部队只要没有训练，一概都去挖防御工事。

“我的装甲师应该转移到海岸线上。最高统帅部的预备部队要在法国重新部署。党卫军第九和第十师应该从东线调回来。我们的全部战略应该是防止盟军建立滩头阵地，因为他们一旦站住脚，这场战役就失败了……也许整个战争都要输掉。”

古德里安俯身向前，他那双含笑的眼睛带着愠怒眯了起来。“你要我们的防卫队从挪威的特罗姆瑟绕过伊比利亚半岛，直到罗马的欧洲海岸线？我们哪儿来那么多军队？”

“这个问题早在一九三八年就该问了[①]。”隆美尔咕哝着。

这番话一出口，大家一时尴尬地沉默了，尤其令人震惊的是，这话居然出自一向以不问政治出名的隆美尔之口。

冯·盖尔打破了僵局：“那你认为进攻来自何方呢，陆军元

① 希特勒发动战争的一年。

帅？”

隆美尔思忖着。“我一直相信盟军会在加来登陆的理论。然而，上次在元首那里，我被他的论证所折服。我佩服他的直觉，更叹服他的精确。因此，我确信我们的装甲部队首先应沿诺曼底海岸部署，也许要把一个师配置在索姆河口——这个师需要我的集团军以外的部队支援。”

古德里安郑重地摇起头：“不行，不行，不行。那样太冒险了。”

“我准备把这一争论提交给元首本人仲裁。”隆美尔威胁着说。

“请便。”古德里安的口气有点软化，“我无法苟同你的计划，除非……”

“除非什么？”隆美尔感到惊奇，没想到古德里安的立场竟然还有妥协的可能。

古德里安在座位里挪动了一下，似乎很不甘心向隆美尔这样冥顽不灵的人妥协。“你可能知道，元首正在等候一名潜伏在英国的干练间谍的情报。”

“我记得。”隆美尔点点头，“‘针’。”

“对。已经指派他去摸清驻在英格兰的巴顿麾下的美国第一集团军的实力。如果他发现那是一支小部队伪装成入侵部队——我对此确信无疑——那我就承认你是对的，你就可以调动你的装甲部队。你愿意接受这个妥协方案吗？”

隆美尔点了点他那颗大头，表示同意：“这么说，就全看‘针’了。”

“全看‘针’了。”

# 第五章

## 25

露西相当突然地意识到，这栋住宅实在太小了。毕竟，住宅里只有四个房间，由带有一段楼梯的小走廊连接在一起。你只要走动，就会碰上别人。如果你站着不动，竖起耳朵听，就能听到每个人都在做什么：亨利在向脸盆里放水，大卫在滑向楼梯，乔在客厅里玩着他的玩具熊。露西巴不得能有一点自己的时间，然后再遇见别的人，这样，她就能有些时间来平息昨夜的记忆，把它们深埋在脑海深处；这样，她就不必竭力装出一副什么事都没发生过的样子了。

她猜测自己不善于欺骗。她说起谎来不会很自然的，她没有这种经验。她努力去回忆她有生以来欺骗过亲人的另一次例子，但她想不出来。倒不是因为她有极高的道德准则，而是因为她从来没有什么事情需要隐瞒别人。

大卫和乔坐在厨房的餐桌旁，正在吃着东西。大卫一言不发，乔则喋喋不休，露西不想吃东西。

“你不吃点吗？”大卫漫不经心地说。

“我吃过一些了。”瞧——她的头一句谎话。还算不赖。

大雨如注，露西从厨房窗户望去，连谷仓都看不见了。灰天低垂，雾霭重重，形成一种连绵的昏光。在花园中，雨水在马铃薯植株中流成小溪，那片草地积成了水潭。屋檐下的雀巢已被冲走，麻雀惊慌地在檐下飞进飞出。

露西听到亨利走下楼来，感觉好了一些。出于某种原因，她确信他非常善于掩饰。

“早安！”费伯舒畅地说。大卫坐在轮椅中靠着餐桌，抬头看看，微微一笑。露西在炉灶前忙着，满脸都映着羞愧。费伯心里嘀咕，但大卫好像没注意到她的表情。费伯开始觉得，大卫是个呆子。

露西说：“坐下来吃些早点吧，亨利。”

“十分感谢。”

大卫说：“恐怕没法送你去教堂了。我们充其量只能听听收音机里的圣歌了。”

费伯才明白今天是星期日：“你们去教堂吗？”

“不，”大卫说，“你呢？”

“也不。”

“对于农夫来说，星期日差不多和平日一样，”大卫继续说，“我要开车到岛另一头去看我的牧羊工。要是你愿意，可以和我一起去。”

“我很乐意去。”这可以给他一个侦察的机会。他需要认一下通到有发报机的房子的路径。“你愿意让我来开车吗？”

大卫瞪了他一眼：“我自己开车没问题。”一阵紧张的沉闷之后，他又说，“在这种天气里，找路完全凭记忆，由我来开，会安全得多。”

“当然。”费伯开始吃早饭。

“不必勉强，如果你认为这太过——”

“不，我很高兴去。”

“你睡了一整夜吗？我看你不再那么累了。我希望露西没有和你聊得太晚。”

费伯强制自己不去看露西。他从眼角瞟到她已经脸红到耳根了。“我昨天睡了一整天了。”他竭力让大卫的目光对着自己。

没用。大卫正在盯着他太太。她背过身去。他皱起前额，刹那间，他张着嘴巴，一脸惊愕的表情。

费伯有点不安。这下大卫产生怀疑了。这倒没什么危险，不过可能够烦人的。

大卫迅速恢复了常态。他从桌边摇开轮椅，一路向后门而去。“我先把吉普车从车库里开出来。”他咕哝着说。他从一个钩子上取下一件雨衣，披到头上，然后便开门摇车出去。

在门敞开的几分钟里，暴风夹雨吹进小厨房，淋湿了地板，把屋里的人吹得透冷。门关上以后，露西打了个冷战，开始拖去地面上的雨水。

费伯伸出手去触碰她的手臂。

“不要。”她说着，向乔那边摆了下头，警告他。

“别傻了。”费伯告诉她。

“我想他知道了。”她说。

“如果你好好想一下，会明白自己并不当真在乎他知不知道。”

她想了想。“我不认为如此。”

费伯耸了耸肩。吉普车的喇叭在门外不耐烦地响着。露西递给他一件雨衣和一双雨鞋。

“别和他聊起我。”她说。

费伯穿上雨衣，向前门走去。露西跟着他，随手关上厨房门，挡住乔的视线。

费伯的一只手扶着大门的门把，转过身来吻了她。

她很有力地回吻了他，然后转身进了厨房。

费伯冒雨跑过一片泥水，跳进吉普车，坐到大卫身边。他马上开动了车子。

车子经过改装，专供缺腿的人驾驶：有手刹车、自动排挡，方向盘上还有一个把手，供单手转动之用。折叠起来的轮椅滑进司机座后的一个特设的空当里。挡风玻璃上方的架子里有一支滑膛枪。

大卫驾车技术娴熟。他对道路的形容一点没错：只是由轮胎在石南上轧出的一条小道罢了。深深的车辙里积满着雨水。车子在泥泞中打着滑。大卫似乎开得挺带劲。他嘴里叼着一支烟，脸上是满不在乎的神气，与驾驶的难度很不协调。或许他正以此代替飞行。

“你不钓鱼的时候都干些什么？”他叼着烟说。

“我是个公务员。”费伯告诉他。

“什么工作？”

“财务。不过是机器上的一个小螺丝钉。”

“在财政部吗？”

“主要是。”

即使这么蠢的答复也没止住大卫的刨根问底。“有趣吗？”他坚持问。

“还可以。”费伯绞尽脑汁编造一番说辞，“我懂得一点一项工程该花多少钱，大部分时间是确认纳税人不致多缴税。”

“啊，原来如此。我们都在各以自己的方式为战争尽一份力。”

这是一句暗含讽刺的话。大卫不明白，费伯为什么没有反感。“我超过了当兵的年纪。”费伯温和地说。

“你参加过第一次世界大战吗？”

“当时太年轻了。”

“真走运，逃掉了。”

“没错。”

道路很贴近悬崖的边缘，但大卫并没有放慢速度。费伯掠过一个念头，大卫是不是想跟他同归于尽。他伸手去拉住了扶手。

“你是不是觉得我开得太快了？”大卫问。

“你看来对路很熟悉。”费伯回答。

“你看起来有点害怕。”大卫说。

费伯没有理睬。大卫放慢了一些速度，显然很满意他总算猜对了这一点。

费伯观察到，这座小岛相当平坦而光秃。地面起伏平缓，他一直没看到有山。植被主要是草，稍微有些蕨类和灌木，极少有树，对风雨无所阻挡。大卫·罗斯的羊一定很能吃苦，他想。

“你结婚了吗？”大卫突然问。

“没有。”

“明智。”

“哦，我不晓得是不是这样。”

“我打赌你在伦敦那边一定惹了不少麻烦。”大卫斜眼瞥了他一下。

费伯向来不喜欢一些男人谈起女性那种含沙射影的轻蔑口吻。他厉声说：“我觉得你娶到露西实在太有福气了。”

“哦，是吗？”

“是的。”

“不过，就换不成口味喽，嗯？”

费伯心想：这家伙到底要把话题引向哪里？他说：“我还没有机会尝试一夫一妻制的乐趣呢。”

“差不多吧。”

费伯想：大卫他自己也不知道要把话题引向哪里。他决定，既然对方讲的每句话都会引燃一场大火，他还是什么也别说为妙。

“说实话，你的衣着看起来不像是个政府的会计人员。你的雨伞和礼帽在哪呢？”

费伯装出淡淡的一笑。

“不过你倒挺像个耍笔杆的。”

“我职位低微。”

“能够挺得过这次船难，你一定身强力壮。”

“谢谢你的夸奖。”

“你看起来也不像超过当兵的年纪。”

费伯转头盯着大卫。“你想往哪儿开？大卫。”他不动声色地问。

“我们就要到了。”大卫说。

费伯向挡风玻璃外面望去，看到了一栋和露西的住所很相似的小房子。房子耸立于一座小山的顶上，那是费伯在岛上看到的唯一的山，其实也算不上山。房子很敦实，看上去蛮舒服。吉普车向它爬去，绕过了一片松树和冷杉。费伯想不通，为什么不把房子盖在树荫里。

房子旁边有一株山楂，上面星星点点溅满了雨珠。大卫把车停下。费伯看他打开折叠着的轮椅，并且从司机座上滑进轮椅里。费伯知道，自己要是主动帮他，他会不高兴的。

他们穿过一扇没有锁的木门，进到房里。迎接他俩的是厅堂里的一条黑白两色的牧羊犬。牧羊犬体形不大，头很宽，摇着尾巴，但没有吠叫。房子的格局与露西那栋一样，但气氛大不一样：这里光秃秃的，气氛阴沉，而且不太干净。

大卫引路进了厨房。那个牧羊工坐在一个老式的烧木柴的灶台旁，烤着手。他站起了身。

大卫说："亨利，这是汤姆·麦卡维帝。"

"见到你很高兴。"汤姆很郑重地说。

费伯握了他的手。他身材矮胖，面孔像只旧的棕黄色提箱，头戴着一顶布制便帽，吸着一只带盖的石南根大烟斗。他握手很有力，皮肤粗糙得像砂纸。他长着一个很大的鼻子。他的苏格兰口音极重，费伯要费很大的劲才能听懂他的话。

"我希望我没有妨碍你。"费伯说，"我只是随车出来转转。"

大卫摇着轮椅靠近桌子："我看今天上午咱们干不了什么啦，汤姆——只能四下看看了。"

"嗯。出发以前咱们先来杯茶吧。"

汤姆把浓茶倒进三个大杯子，还都加了一点威士忌。三个人坐下来，默默地喝着。大卫吸起一支香烟，汤姆文静地抽着烟斗，费伯确信，这两个人经常这样消磨时间：吸着烟，暖着手，却什么也不说。

他们喝完茶，汤姆把杯子放进浅浅的石头水槽里，他们便出门，坐进车里。费伯坐在后座。这一次大卫开得很慢，那只叫鲍勃的狗不大费力地在车旁跟着慢跑。显然，大卫对地形了如指掌，他信心十足地转动着方向盘，越过空旷的草地，没有一次陷进沼泽的坑洼。羊群的样子可怜巴巴的：它们的毛全都湿透了，有些羊挤在洼地里，有些靠在荆棘丛边，有些待在背风坡上，一点也没有心思吃草。连羊羔都乖乖地躲在母羊身下。

费伯正盯着那条狗。只见它停下脚步，听了一会儿，然后一直向前冲去。

汤姆也在盯着看。“鲍勃发现什么了。”他说。

吉普车跟在狗后面驶了四分之一英里。车停下来时，费伯听到了海的呼啸——他们已经接近岛的北端了。狗站到了一个小峡谷的边缘上。他们下了车，听到了狗刚才听到的声音：一只羊在哀鸣。他们走到崖边，向下望去。

那只羊在下面二十英尺左右的地方侧躺着，随时都可能从陡峭的斜坡上滑下去。它的一条前腿别扭地抬着。汤姆小心地迈着步子下去，检查它的那条伤腿。

“今天晚上要吃羊肉了。”他向上喊说。

大卫从车里取下滑膛枪，顺坡滑给他。汤姆一枪结束了那只伤羊的痛苦。

“你要用绳子把它拽上来吗？”大卫叫着。

“嗯——要是亨利愿意下来帮我一把就不用了。”

“当然。”费伯说。他挑着路，下到汤姆站立的地方。他俩一人拽着一条羊腿，把死羊拉上斜坡。费伯的雨衣挂到了一棵荆棘上，差点没掉下去，他用力一扯，随着很响的一声，雨衣从荆棘上脱了下来。

他们把羊扔进车里，又开走了。费伯感到身上很湿，原来他几乎把雨衣后背全撕开了：“恐怕我把这件雨衣糟蹋了。”

“又不是故意的。”汤姆告诉他。

他们很快就回到汤姆的房子。费伯脱下他的油布雨衣和湿淋淋的夹克，汤姆把夹克放到炉子上方去烘干。汤姆的房子没有露西家的现代化抽水马桶，他们挨个去了户外厕所。汤姆又煮了新茶。

“这只羊是我们今年损失的第一只。”大卫说。

“啊。”

“今年夏天我们要在峡谷上围上篱笆。”

“啊。”

费伯觉察到气氛有点异样，与两三个小时以前略有变化。他们还像原先那样坐着喝茶吸烟，但大卫显得不安。有两次费伯注意到大卫在瞪着他，若有所思。

最后，大卫说：“我们得走了，你在这里宰羊吧，汤姆。”

“好。”

大卫和费伯走了。汤姆没有起身相送，那条狗倒是把他俩送到门口。

大卫先把那支滑膛枪从挡风玻璃上面的架上取下，重新装好子弹，又放回去，然后才发动车子。

在回家的路上，他的情绪又变了，变得饶舌起来：“我曾经飞过‘喷火式’，你知道。多可爱的风筝啊。每个机翼上有四支枪——美国制的勃朗宁式，每分钟能发射一千两百六十发子弹。德国人爱用炮，当然——他们的米-109型飞机只有两挺机关枪。炮杀伤力大，但我们的勃朗宁更快，更准。”

“真的？”费伯客气地说。

“他们后来在‘旋风式’上加了炮，不过赢得了不列颠战役的却是我们的‘喷火式’。”

费伯对他的夸大感到恼火。他说：“你打下来多少架敌机？”

“我在训练时失去了双腿。”大卫说。

费伯偷看了他的脸，那上面是压抑着愤怒的表情。

大卫说：“我还没杀死过一个德国人呢。”

这个信号是一清二楚的。费伯突然警觉起来了。他不知道大卫发现了什么，但这人无疑知道了一些情况。费伯稍稍转身，面对着大卫，把一只脚抵在底板的变速箱上，撑住身体，把右手轻轻放到左前臂处。他等着大卫的下一步行动。

“你对飞机感兴趣吗？”大卫问。

“不。”费伯的语气很平淡。

“我猜想，观察敌机已经成了全国性的消遣活动了。就像观鸟一样。人们购买识别飞机的书籍，一下午一下午地仰卧在地，用望远镜观察天空。我还以为你也热衷此事呢。”

“为什么？”

“怎么？”

“你怎么会认为我热衷于观察飞机？”

“哦，我不知道。”大卫停下来，点燃一支香烟。他们正在岛的中间，离汤姆和露西的房子都各有五英里远。大卫把火柴扔到地上：“大概是从你口袋里掉出来的照片吧——”

话没说完，他便把燃着的香烟向费伯的脸上扔去，同时伸手去拿挡风玻璃上方的枪。

## 26

席德·克利普斯望着窗外，低低地骂了一句。草地上都是美国人的坦克，足足有八十辆。他明白要打仗了，其实他们要是开口问他，他会给他们提供另一块地，那儿的草没有这么丰茂。如今，这些坦克肯定会把他最好的牧草都给碾坏掉。

他穿上了靴子，走出屋门。外面有些美国兵，他不知道他们是否注意到了附近那头公牛。他走到牛栏前面站住，搔起头来。那儿进行着一些十分有趣的事情。

坦克没有碾坏他的牧草。它们没有留下痕迹。但那些美国兵正在用耙子似的工具在地上制造痕迹。

席德在设法弄明白这一切的时候，那头公牛注意到了坦克群。它瞪了它们一会儿，然后用蹄子刨了刨地，跟着便向一辆坦克冲去。

“笨蛋，你会把脑袋撞破的。”席德咕哝着说。

美国兵也在盯着牛看。他们好像觉得很好玩。

那头公牛全速向坦克撞去，牛角竟然刺穿了坦克侧壁的钢板。那一刹那，席德心里强烈地盼望，英国的坦克得千万要比美国的结实。

当公牛把角拔出来时，钢板的破洞处发出很响的嘶嘶声。坦克如同泄了气的气球似的瘪了。美国兵捧腹大笑起来。

席德·克利普斯又搔起头来。这事可真怪。

高德里曼手里打着雨伞，快步穿过议会广场。他在风衣下面穿着一身深色的条纹西装，脚下那双黑皮鞋擦得光亮，要知道，能向丘吉尔单独报告可不是每天——甚至可以说——每年都有的事。

换成是一名职业军人，带着高德里曼现在带着的坏消息去见三军统帅，肯定紧张万分。但高德里曼却毫无紧张之感，因为一名著名的历史学家是不必害怕政治家的，除非对方的历史观点比高德里曼的还要高明。他虽然不紧张，但却忧心忡忡。

他在想着为制造美国第一集团军驻在东英格兰的假象所投入的人力、物力：四百艘漂在油桶上用木架和帆布做的登陆舰；精心制造的充气坦克、火炮、卡车，甚至弹药库；在地方报纸通讯栏目中刊载的自从数千美国军人抵达这一地区后道德败坏方面的抱怨；由英国最出色的建筑家设计、并由电影制片厂借来的道具制造的假供油码头；由双重间谍发往汉堡苦心编撰的情报；由专业小说家专为德国监听站精心炮制的虚构电文，其中包含这样的精彩内容："据皇家第五兵团报告，一些平民妇女估计未经当局许可，就登上了美军的行军车。我们要把她们怎么办呢，把她们一块儿带去加来吗？"

有迹象表明，德国人中了圈套。但如今这个精心策划的骗局却有可能付诸东流，就只因为一名漏网的间谍——一名从高德里曼手中漏掉的间谍。

他以鸟般的短促步伐沿着西敏寺的人行道迈向大乔治街二号的一座小门。站在堆着沙袋的墙边的武装警卫检查了他的通行证，挥手放他进门。他穿过前厅，走下楼梯，进入了丘吉尔的地下指挥部。

高德里曼如同走下了一艘战舰的甲板。这里由四英尺厚的防轰炸水泥天花板和钢舱门封得密密实实。高德里曼走进地图室时，从后面的会议室中出来一群表情肃穆的年轻人。过了不久又出来一名副官，他看到了高德里曼。

“您真准时。”副官说，“他已经在等您了。”

高德里曼迈进小巧舒适的会议室。地上铺着地毯，墙上悬着国王的肖像。一台电扇吹拂着空气中的烟雾。丘吉尔坐在一张光滑如镜的古老大桌子的另一头。

高德里曼决定不向他敬礼。

丘吉尔：“坐吧，教授。”

高德里曼霎时间意识到，丘吉尔的身材其实并不高大——但他的坐姿却像个大块头：肩部隆起，臂肘放在椅子的扶手上，下巴低垂，两腿分开。他没有穿那身著名的海军军服，而是穿短短的黑外套和带条纹的灰裤子，洁白的衬衫上系着一个圆斑点的蓝色领结。尽管他胸宽体胖，大腹便便，但握着圆珠笔的手却很小巧，手指细瘦。他脸上的肤色是婴儿的那种粉红。他的另一只手挟着一支雪茄，桌上的文件旁边摆着一个玻璃杯，里面盛的好像是威士忌。

他正在批准一份报告，嘴里偶尔喃喃地说着什么。高德里曼对这位大人物毫无畏惧之意。依高德里曼之见，在战前的和平时期，丘吉尔是一个差劲透顶的政治家。然而，这个人具备一个伟大的战争统帅的气质，高德里曼为此而尊敬他。

丘吉尔猛地抬眼，并且说："我想，这个该死的间谍无疑已经发现了我们正在做的事情了？"

"丝毫不错，阁下。"高德里曼说。

"你认为他已经跑了吗？"

"我们追踪他到了阿伯丁。几乎可以肯定，他在两夜之前乘一艘偷来的小船跑了，大概在北海有个接头地点。不过，风暴起以前，他不可能走太远。不能排除他在起风以前搭上U型潜艇的可能，但几率不高。最可能的情况是他已经淹死了。我很遗憾，我们不能提供更准确的信息了。"

"我也感到遗憾。"丘吉尔说。他一下子生气起来，当然不是对高德里曼。他从椅子上站起身，走到墙上的壁钟前面，着迷似的瞪着上面的刻字。随后，他仿佛忘记了高德里曼也在屋里，一个人在桌旁踱来踱去，自言自语。

他的自言自语结束得如同开始一样突然。他坐了下来，递给高德里曼一页文件，说："这是上星期德军的部署情况。"

高德里曼读着：

> 俄国战线：
> 122个步兵师
> 25个装甲师
> 17个混成师
>
> 意大利和巴尔干：
> 37个步兵师

9个装甲师

4个混成师

西部战线：

64个步兵师

12个装甲师

12个混成师

德国境内：

3个步兵师

1个装甲师

4个混成师

丘吉尔说："在西部的十二个装甲师中，实际上只有一个部署在诺曼底海岸。两个党卫军的加强师——'帝国'和'阿道夫·希特勒'，分别驻在土鲁斯和布鲁塞尔，而且没有调动的迹象。这一切告诉了你什么呢，教授？"

"我们的骗局看来是成功的。"高德里曼回答说。

"完全正确！"丘吉尔大声说道，"他们被我们搅糊涂了，举棋不定。他们对我们动向的猜测全都大错特错。可是——"他停了一下，故作悬疑，"可是，尽管如此，艾克[①]的参谋长史密斯将军告诉我……"他从桌上拿起另一份文件，读出声来，"我们能成功攻占滩头的机会，只有百分之五十。"

① 指盟军的统帅艾森豪威尔将军。

他放下雪茄，声音变得十分柔和："时间将定在六月五日，也可能是六日或七日，依海潮的情况而定。在英国西部已经开始集结军队，运输大队此刻正沿着英格兰的乡间道路前进。全部英语系的国家，投入了全部军事和工业力量，准备了四年的时间，才获得百分之五十的成功希望。要是给那间谍跑掉，那我们就连这百分之五十都要泡汤了。"

他凝视了高德里曼一会儿，然后用纤弱白皙的手再次拿起了笔。"我要的不是'可能'，教授，我要的是'针'的尸体。"

他低下头又批阅起他的文件。过了一会儿，高德里曼站起身，悄悄地离开了房间。

## 27

香烟燃烧时的温度能达到摄氏八百度，但由于烟头周围通常都包着一层烟灰，所以想用它来烫伤人，非得把香烟头压在对方皮肤上整整一秒钟不可。即使往眼睛上烫也没用，因为眨眼是人体最快的反射动作。只有外行才会拿烟来扔人。行家是不会在乎一支迎面而来的香烟的。

费伯不去管大卫抛向他的香烟。他是对的，因为那支烟擦过他的前额之后，便落到吉普车的底板上去了。费伯随即伸手去抓大卫的枪，这一招却错了。他应该抽出匕首刺向大卫才对。尽管大卫真的有可能会向他开枪，但因为大卫从来没拿枪对准一个人（更不用说持枪杀人了），所以在开枪以前，几乎肯定会迟疑一下，而费伯就可趁机杀死他。

费伯这一错招的代价就高了。

大卫的双手握着枪的中段，左手握枪管，右手在枪栓附近，他已经从架上取下了六英寸的距离，费伯才用一只手握住枪口。大卫把枪拉回自己，可是费伯一时抓得紧紧的，使枪口朝向了挡风玻璃。

费伯虽然强壮，但大卫更是力大非凡——他用双肩、双臂和双腕来移动身体和摇动轮椅，已经有整整四个年头，肌肉之发达非同一般。何况，大卫是用两只手在胸前握枪，而费伯只用一只手，身体的角度还很别扭。大卫又拉了一下枪，这次决心更大，枪口从费伯的手中滑脱了。

就在这一瞬间，大卫把枪对准他的肚子，手指弯向了扳机，费伯感到死亡已经临近。

他猛地向上一跳，离开了座位。他的头撞到了吉普车的帆布顶篷，就在这一刹那间，枪“砰”的一声响了，震耳欲聋。客座旁的玻璃窗被打得粉碎，雨水从窗框中吹了进来。费伯扭动身体，往后倒下，却没有摔倒自己的座位上，而是歪在大卫的身上。他用双手掐住大卫的喉咙，用两个拇指加力按下去。

大卫试图在两人的身体间调转枪口，再把枪管中的另一颗子弹射出去，但枪太长了。费伯盯着他的眼睛，看到了……什么呢？振奋！也难怪大卫有这种眼神——这个人终于有机会为国家而战了。但随着身体缺氧，大卫的表情变了，他开始为喘气而挣扎。

大卫松开枪，尽快收回双肘，然后用双拳猛击费伯的两肋。

疼痛难忍，费伯疼得面部扭曲，但仍没松开掐着大卫喉咙的双手。他知道，他能挺住大卫的拳头，但大卫却熬不住这么长时间的憋气。

大卫一定也想到了这一点。他把两双前臂架在两人中间，把费伯推开；随后，当空隙大了几英寸时，他抽出双手，从下向上外捶击着费伯的双臂，挣脱了对方的掐卡。他抽出右拳，从上向下用力击在费伯的颧骨上，直打得费伯流出了眼泪。

费伯也向对方身体连续击打，大卫则继续打他的面部。他俩距离太近，谁也无法在短时间内真正打伤对手，但大卫力大，开始占了上风。

费伯悄悄移动了一下身体，使臀部触到了排挡杆，把它推到前进的位置上。引擎本来就没关，车子抖动了一下，他歪了过去。与其说是判断准确，不如说是运气碰巧，大卫抓住这一机会抽出左手，一个直拳狠狠打在费伯的下巴上，把他打得飞了出去。他的头撞到了顶篷支架，肩头压在门把上，车门开了，他向后滚着翻出了汽车，在泥地上摔了个满嘴泥。

费伯一时晕得无法动弹。他睁开眼睛，什么也看不见，眼前金星直冒。他听到吉普车的引擎急转。他摇摇头，拼命想甩掉眼前的金星，并且挣扎着用手撑地跪起来。吉普车声音远了又变近。他向着车声转过头去，随着眼前的金星渐渐消失，他看见了车子已高速向他冲来。

大卫是想把他轧死。

就在汽车的前保险杠离他的脸只有一码之遥时，他向一旁滚去。他感到一阵风呼啸而过。当汽车吼叫着驶过他时，汽车的挡泥板刮到了他甩出去的那只脚。宽大的轮胎掀起松软的草皮，溅起一片泥浆。他在湿草地滚了两圈，然后用一条腿跪了起来。他的脚伤了。他看见吉普车猛转回头，又向他冲来。

他能够通过挡风玻璃看见大卫的面孔。那年轻人俯身向前，双肩拱起在方向盘上，嘴唇向后撇，龇牙咧嘴，像是在狂野地发笑。他大概在想象着自己身处喷火式的座舱里，背着阳光向敌机俯冲，用八支勃朗宁机关枪每分钟射出一千两百六十发子弹。

费伯向悬崖边缘移去。吉普车加快了速度。费伯心里清楚，他一时还不能跑动。他向悬崖外面看去——峭壁多石，几乎直上直下地垂向一百英尺下面的怒涛。吉普车沿着悬崖侧边直向他驶来，费伯狂乱地上下张望，想发现一块突出的岩石，哪怕一个立足点。但是没有。

吉普车离他只有四五码远，而且以四十英里的时速前进，车轮距悬崖的边缘不足两英尺。费伯卧倒下去，把双腿甩出崖边，用双臂把身体吊在悬崖处。

车轮在离他只有几英寸的地方碾了过去。再向前几码，车子的一个车轮滑出了崖边。费伯当时以为整辆车都会滑出去，掉入下面的大海，但另外三个车轮最终还是把吉普车安全带离了崖边。

费伯臂下的崖面在动。吉普车经过时的震动把表土弄松了。他感到身体滑动了一小段。一百英尺之下，怒涛正在岩石间沸腾着。费伯把一条手臂尽量伸直，把手指深深插进软土里。他感觉一个指甲掀掉了，但他顾不上了。接下来他又用另一只手如法炮制。两只手都插到了泥土里去以后，他开始把身体向上引去。引体上升的过程痛苦而缓慢，不过，费伯终于还是把身体带上了地面。当他的臀部触到了坚实的地面时，立刻转了个身，接着便从边上滚开。

吉普车又掉过头来了。费伯迎着车子跑去。他的一只脚很疼，但没有断。大卫加速，准备再轧他。费伯转身，与吉普车前进方向成直角跑开，迫使大卫掉转方向盘，终于放慢了速度。

费伯无法一直一直这样闪躲奔跑。他肯定会在大卫之前感到疲乏。这只能是最后一次了。

他跑得更快了。大卫走拦截的路线，向费伯前进的一点驶去。费伯猛转回头，吉普车走了个之字形。现在已经离得很近了。费伯全速奔跑，他跑的路线迫使大卫拐起小弯。车速渐慢，费伯也越来越近。在他们之间只有几码时，大卫明白了费伯的意图。他想掉头驶开，但已为时太晚。费伯向车侧冲去，向上一跃，趴到了帆布车篷上。

他在上面待了几秒钟，喘口气。他那只伤脚像是放在火上烧，肺部也胀痛着。

吉普车还在走。费伯从袖下抽出匕首，在帆布车篷上划出一个V形的裂缝。撕开的篷顶向下揭开，费伯发现自己正盯着大卫的后脑。

大卫回头向上一看，脸上掠过万分惊恐的神色。费伯的手肘向后一缩，准备向下刺去。

大卫踩油门，猛打方向盘。吉普车向前一跳，在急转弯中两轮离地。费伯拼命不让自己被甩下去。吉普车的速度没有减慢，四轮着地后，又翘起两轮。车子又摇摇晃晃地颠了几码，车轮在精湿的地皮上打着滑，终于“砰”的一声侧身翻倒在地。

费伯给摔出好几码远，狠狠地摔在地上。着地的那一下他的呼吸几乎停止了，过了一会儿他才能动弹。

最终吉普车那疯狂的路线又把车子到带了离崖边很近的地

方。费伯看到他的匕首就在几码以外的草里。他捡起匕首，转身对着吉普车。

不知怎么，大卫已经从撕开的顶篷中钻了出来，连轮椅也拿出来了。而现在他就坐在轮椅里，沿着悬崖边缘逃走。费伯不得不佩服他的勇气。

但不管怎么说，他还是得死。

费伯跑起步来追他。大卫一定听到了脚步声，因为就在费伯眼看要追上时，轮椅突然定住并掉转过来，费伯瞥到大卫手中握着一把沉重的大扳钳。

还没有等轮椅转定，费伯就猛地向轮椅一撞，把轮椅撞翻。他最后一件想到的事情是，不知道自己会不会跟大卫和他的轮椅一起掉到下面的大海里。接下来大扳钳就砸到了他的后脑上，他昏了过去。

他醒来时，轮椅倒在他身边，但大卫却不知去向。他站起身，昏昏地四下张望。

“这边！”

声音来自悬崖外面。大卫一定是从轮椅中甩出去以后，坠出崖边的。费伯爬到悬崖处，向外望去。

大卫一只手抓住一丛在崖下的灌木，另一只手插在一个小石缝里，像几分钟之前费伯那样，吊在那里。他的勇气全消，眼睛里是赤裸裸的恐惧。

“把我拉上去，看在上帝的份上。”他沙哑的嗓音喊着。

费伯趴得近些。“你是怎么知道照片的事的？”他说。

“救救我，拜托！”

“把你发现照片的经过告诉我。”

“哦，天啊。”大卫竭力集中自己的思路，“你到汤姆的户外厕所去的时候，你的外套在厨房里烘着。汤姆到楼上去取另一瓶威士忌，我掏了你的口袋，发现了那盒底片。”

“这一点就足以使你杀死我吗？”

“除了那个之外，还有你和我太太在我家干的勾当。我们英国人不会有那种行为的。”

费伯不禁哈哈大笑起来：“底片现在哪里？”

“在我口袋里。”

“给我，我就拉你上来。”

“你得自己取——我不能松手。”

费伯卧倒在地，将手伸到大卫雨衣后面的外套口袋里。他的指头摸到了底片盒，把它取了出来，满意地叹了口气。他看了看底片，好像一张也不缺。他把小盒放进外套口袋里，然后把手朝下伸向大卫。

他握住了大卫抓着的那棵灌木，恶狠狠地用力连根拔起。

大卫尖叫着：“不要！”他绝望地用落空的手东抓西摸，而另一只手则无可奈何地从石缝中滑了出去。

“这不公平！”他厉声高叫。随后那只手也脱开了。

他似乎在空中悬了一会儿，然后才向下坠落，而且越来越快，在往下落的中途又在悬崖上碰撞了两次，才落入海中，溅起巨大的水花。

费伯又盯着看了一会儿，确认他没有再上来。“不公平？”他喃喃地自言自语，“不公平？你知道正在打仗吗？”

他低头看了一会儿大海。有一度，他觉得他看到黄色的雨衣在海面上一闪，但没等他注目凝视，就消失不见了。下面只有大海和岩石。

他突然感到疲惫不堪。他的伤处一一刺痛他的知觉：扭伤的脚，头上的肿包，满脸划破的伤口和青痕。大卫·罗斯是个傻瓜，是个没用的丈夫，死的时候还高叫救命，但他也是个勇敢的人，而且为了他的祖国而死——他死得其所。

费伯真不知道他自己的死会不会同样美好。

他终于从悬崖边转过身，往回走向翻了的吉普车。

## 28

高德里曼从丘吉尔的地下指挥部出来时，感到精力充沛，决心百倍。

当他后来回想起来时，又觉得不自在。鼓励士气的讲话通常只对普通士兵有效，很少会对知识分子起作用。但现在，尽管高德里曼明明知道丘吉尔的表演是经过精心策划的，讲话的抑扬顿挫都像交响乐一样，是在事前安排好的，然而，对他还居然起了作用，就好像他是中学板球队队长，在赛前最后一分钟聆听教练的告诫一般，这可真是不可思议。

他回到办公室，抓耳挠腮地想做点什么。

他把雨伞放进伞架，把湿淋淋的雨衣挂好，在橱柜门里的镜子中照了照自己。毫无疑问，自从他成了一名英国反间谍人员以来，脸上发生了一些变化。有一天他偶然翻到了一些一九三七年拍的照片，那是在牛津的一个研究班上和学生们的合影。当年他的样子比现在看起来还要老：脸色苍白，头发稀疏，胡茬不净，还穿着退休的人那种不合身的衣服。如今稀疏的头发已经不见：中间秃了头，只像修道士似的还有一圈头发。现在他的衣着不像教授，倒像个企业家。虽说可能是他的想象，但依他看，他的下巴变得更坚定了，双眼益发炯炯有神，而且更认真地刮脸了。

他坐到办公桌后，点燃一支烟。新添的这习惯并不好，引得他常咳嗽，他本想戒掉，却发现已经上瘾。在战时的英国，几乎人手一根香烟，包括一些妇女在内。这没什么好奇怪的，她们正做着男人的工作，添些男人的坏习惯也是理所当然。他吸了一口香烟，嗓子发痒，便咳嗽起来。他在一个充当烟灰缸的壶盖里把烟掐灭了。

他回想着与丘吉尔的会面。麻烦在于，他所收到的激励是要他去做一件不大可能的事，而那番激励又没有给他任何具体的启发。他回想起他写过的一篇论文，研究的是一个名叫托马斯的中世纪苦行僧。当时，高德里曼为自己选定了一个重要性不大却十分棘手的研究课题：搞清楚那位修道士一段为期五年的旅行的行程。在这五年间，托马斯有八个月行踪不明，不是在巴黎就是在坎特伯雷，高德里曼也定不下来，这对全篇论文的价值影响极大。他所使用的资料根本没有这些记载。如果那位修道士的行止没有记载，那就无法发现他在哪里，事情就是这样。高德里曼当时年轻气盛，不肯相信就是没有记载，于是，他从一个假定出发：托马斯既没在巴黎也没在坎特伯雷，那他就一定在两地之间的途中。经过锲而不舍的搜寻，他最后终于在阿姆斯特丹一座博物馆的航海记录中发现，托马斯登上了一艘驶往多佛的船，而那艘船被风吹离了航线，最终在爱尔兰海岸沉没。这篇历史研究的论文使高德里曼得以晋升为教授。

高德里曼心想，自己也许可以将这种思维方式用于搜寻费伯。

十分可能，费伯已经淹死。不然，他此刻大概也已经在德国了。这两种可能性都是令高德里曼无计可施的，因此应不予考虑。他应该假定费伯还活着，而且到达了某一处陆地。

他出了办公室，走下一段楼梯，来到地图室。他的舅舅特里上校正叼着一支烟，站在一幅欧洲地图前，思考着。高德里曼清楚，这是陆军部近来常有的场面：高级军官凝神注视着地图，默默盘算着战争的胜败。他猜测，这是因为全部计划已经制定，庞大的战争机器已经开动，对那些作出这一重大决策的人来说，已经无事可做，只有坐看他的决策是否正确了。

特里看到他进来，便说："你和那位大人物处得还好吗？"

"他在喝威士忌。"高德里曼说。

"他成天都喝，但从来没见对他有什么影响。"特里说，"他说了些什么？"

"他想要用盘子盛着'针'的脑袋。"高德里曼走到挂着大不列颠大地图的那面墙前面，把一个手指放到阿伯丁的地方，"如果让你派一艘U型潜艇来接一个要求出逃的间谍，你认为潜艇离海岸线最近的安全距离是多少？"

特里站到他身边，看着地图："我不会近于三海里。不过最保险的做法还是停在十海里开外。"

"对。"高德里曼沿海岸线画两条平行的铅笔线，分别在三海里和十海里处："现在，假如你是个业余水手，从阿伯丁驾一艘小渔船出海，航行多远会感到紧张呢？”

“你的意思是说，乘这样的小船，合理的航程是多少？”

“不错。”

特里耸耸肩：“问问海军吧。我是说十五至二十海里。”

“我同意。”高德里曼以阿伯丁为圆心，二十英里为半径，画了一条弧线，“瞧，如果费伯还活着，他要么回到了陆上，要么在这个范围之内。”他指着两条平行线界定的弧线以内的海域。

“那片海域中没有陆地。”

“我们还有更大的地图吗？”

特里拉开一个抽屉，取出一张苏格兰的大比例尺地图。他把地图铺在桌面上。高德里曼把墙上地图上的铅笔线，照着画到这幅大地图上。

在这一地区仍然没有陆地。

“可是看哪！”高德里曼说。就在十海里线的东边有个又长又窄的小岛。

特里凑近盯视着。“风暴岛。”他读着地图上的地名说，“太贴切了。”

高德里曼打了个响指：“我敢打赌他就在那地方。”

“你能派人去吗？”

“得等暴风雨停下来，布劳格斯就在那儿，我要为他准备一架飞机。等天一好转，他就能起飞。”他向门口走去。

“祝你好运！”特里在他身后叫着。

高德里曼跑上另一层楼，进了他的办公室。他拿起电话：“请接通阿伯丁的布劳格斯先生。”

他一边等候，一边随手在笔记本上画起那座岛屿。那岛的外形像一根拐杖的上半截，弯头在西端。岛长大约十英里，宽度在一英里左右。他不晓得那地方是什么样子：是一块块光秃秃的岩石呢，还是农家的聚集区？如果费伯在那儿，就有和U型潜艇联络上的可能，布劳格斯得抢在潜艇前面赶到那里。这可不容易。

“我接通布劳格斯先生了。”接线小姐说。

“弗雷德？”

“喂，珀西。”

“我想他在风暴岛上。”

“不，他不在。”布劳格斯说，“我们刚抓到他。”

那把锥形匕首九英寸长，有一个雕刻的柄和一个短粗的护手。它那针似的刀尖极其锋利。布劳格斯认为：这匕首看起来是非常管用的杀人工具。

布劳格斯和探长兼局长金凯德站在那里看着这把匕首，谁也不想碰它一下。

“他正在赶一辆去爱丁堡的公共汽车。”金凯德说，“一名警官在售票处看到了他，并且找他要身份证。他扔下提箱就跑，一位女售票员用她的票箱打到他头上，他倒在地上十分钟才苏醒过来。”

“咱们来看看他。”布劳格斯说。

他们沿走廊来到囚室。“就是这个人。”金凯德说。

布劳格斯从监视孔向里看。那人坐在最里头的板凳上，背靠着墙。他双腿交叠，眼睛闭着，双手放在口袋里。“他以前坐过牢。”布劳格斯说。那人个子高高的，有一张英俊的长脸，头发是深色的。他可能就是照片上的那个人，但是难以肯定。

“想进去吗？”金凯德问。

“等一等。他的手提箱里除了匕首还有什么？”

“行窃工具、许多小面额钞票、一把手枪和一些子弹、夜行服和平底鞋。”

“没有照片吗？”

金凯德摇摇头。

“该死的家伙。”布劳格斯气恼地说。

“他的证件说他是米德尔塞克斯郡布雷人，名字叫彼得·弗雷德里克斯，还证明他是个正在找工作的失业工匠。”

“工匠？”布劳格斯半信半疑地问，“近四年来，全英国没有一个工匠是失业的，这一点就连间谍也应该知道。不过……”

金凯德问：“由我来盘问他，还是你来呢？”

“你。”

金凯德打开门，布劳格斯跟着他进去。角落里那人漫不经心地睁开眼。他没有改变姿势。

金凯德坐到一张简陋的小桌旁。布劳格斯靠着墙。

金凯德说：“你的真名叫什么？”

“彼得·弗雷德里克斯。”

“离家以来你都在做什么？”

“找工作。”

“你为什么没有入伍？”

“心脏衰弱。”

“最近几天你在哪里？”

“这儿，阿伯丁。在这以前在丹迪，再往前在佩思。”

“你什么时候到阿伯丁的？”

“前天。”

金凯德瞥了布劳格斯一眼，布劳格斯点点头。金凯德说：“你编造得很蠢。工匠用不着找工作，国家正缺工匠呢。你最好还是说实话。”

“我说的就是实话。”

布劳格斯从他的口袋里拿出了所有的零钱，用手帕包了起来。他站着看，一语不发，右手摇晃着那个手帕包。

“照片在哪儿？”金凯德说。

那人的表情毫无变化：“我不明白你在讲什么。”

布劳格斯说：“站起来。”

“什么？”那人说。

“站起来！”布劳格斯喝道。

那人小心地站起来。

“向前站！”

他向桌子迈了两步。

“姓名？”

“彼得·弗雷德里克斯。”

布劳格斯从墙边走过去，用包着硬币的手帕包朝那人打去。这一下准确地砸在那人的鼻梁上，他号叫了一声，用两手去捂脸。

“立正！”布劳格斯高叫，“姓名！”

那人直直地站着，双手垂在两侧，低声回答：“彼得·弗雷德里克斯。”

布劳格斯又准确地打在刚才那地方。这次那人一条腿跪下去，两眼泪汪汪的。

“照片在哪里？”布劳格斯了厉声问道。

那人没吭声，只是摇头。

布劳格斯把他拉起来，用膝盖顶他的下体，然后朝他小腹又是一拳："你把底片放在哪里？"

那人倒在地上，呕吐起来。布劳格斯朝他脸上踹了一脚。只听得"咔嚓"一响，像是什么东西断了。"与U型潜艇会合的地点在哪里？暗号是什么？"

金凯德从后面拉住布劳格斯。"够了，布劳格斯。"他说，"这是我的警局，我只能装聋作哑到这会儿。"

布劳格斯转过来面对着他："我们处理的可不是破门盗窃的小案子，金凯德——这个人可以让我们整个的战争努力泡汤呢。"他伸出一个指头，在局长的鼻子下晃着。"请你记住：我是军情五处的人，我可以在你的局子里他妈的想怎么干就怎么干。要是这犯人死了，自有我负责。"他转过身，面对地板上的那人。

那人满脸是血，瞪着布劳格斯和金凯德，脸上露出难以置信的表情。"你们在说些什么？"他有气无力地说，"这是怎么回事？"

布劳格斯把他抓起来。"你是海因里希·鲁道夫·汉斯·冯·穆勒-古德，一九〇〇年五月二十六日生在奥尔恩；又叫亨利·费伯，是德国情报局的中校。不出三个月，你将以间谍罪被处以绞刑，除非留下你比死掉对我们更有用。你还是让你自己有用点好，穆勒-古德中校。"

"不。"那人说，"不，不！我是小偷，不是间谍。拜托！"他吓得直躲布劳格斯举起的拳头，"我可以证明这一点。"

布劳格斯又揍了他一下，金凯德又拦了一次。"等会儿。"

局长说，“好吧，弗雷德里克斯——如果你真叫这个名字的话——证明你自己是小偷吧。”

“上星期我在朱比利·克列森特偷了三家。”那人喘着气说。“我从一家偷了大约五百镑，从第二家偷了一些钻石戒指和珍珠的首饰，我在第三家什么也没偷到，因为有条狗……你们应该知道我说的是实话，他们一定报案了，是吧？哦，老天——”

金凯德看着布劳格斯：“这些窃案都发生过。”

“他可以从报纸上读到这些消息。”

“第三家没报案。”

“也许他真偷过这几家，但他还可以是间谍。间谍也可以偷东西。”

“但这是上星期的事，你们要找的那个人还在伦敦呢，对不对？”

布劳格斯一时哑口无言。

随后他说：“好吧，妈的。”然后走了出去。

彼得·弗雷利克斯透过满脸血污，抬头看着金凯德：“他是什么人，该死的盖世太保吗？”

金凯德若有所思地瞪着他：“你不是他要找的那个人，算你走运。”

“什么？”高德里曼对着电话说。

“空欢喜一场。”长途电话线传来的布劳格斯的声音有些沙哑失真，“一个半夜时分溜门撬锁的小偷，他刚好带着一把锥形匕首，而且模样像费伯。”

“还是回到原地吧，”高德里曼说，“妈的。”

“你说过有关一座小岛的什么话。”

“是的。风暴岛——在阿伯丁正东，离海岸大约十英里。你会在大比例尺的地图上找到它的。”

“我没把握，一点都没有。我们还要考虑所有别的可能性——别的城镇，海岸、一切。但是如果他偷了那艘……”

“玛丽II号。”

“对。如果他真的偷了那艘船，他的会面地点很可能在岛的附近；而如果我在这一点上是对的，那么他要不是淹死了，就是船只沉没，他上了那个岛。”

“好吧，言之成理。”

“那边的天气怎么样？”

“没变化。”

“你能乘一艘大船上岛吗？”

布劳格斯咕哝着：“我想，要是船够大，就什么风暴都不怕了。不过我猜那个岛不会有那么大的码头。”

“你最好弄清楚。不过，我想你是对的。现在，听我说：爱丁堡附近有个皇家空军的基地。你赶往那里，我会安排好一架水上飞机。天一转好，你马上起飞。我还会吩咐当地的海岸警备队，随时准备行动。”

“嗯。”布劳格斯的口气有些迟疑，“不过，如果那艘U型潜艇也在那附近等着风暴停止，它就会比我们先到那里了。”

“说得对。”高德里曼点燃一支香烟，寻思对策，“好吧，我们派一艘海军的巡洋舰，绕着那座小岛巡航，监听费伯的无线电信号。天一放晴，就放下一艘小登陆艇上岛。对，这是个好主意。”

“派些战斗人员怎么样？”

“好。不过和你一样，他们也得等到天气放晴。”

“暴风雨不会再持续很久了。”

“苏格兰的气象员是怎么说的？”

“至少还有一天。”

“妈的。”

“这没什么差。”布劳格斯说，“这一段时间我们起飞不了，他也困着不能动。”

“只要他在那儿。”

“是的。”

“好吧。”高德里曼说，“我们要派一艘巡洋舰、海岸警备队、一些战斗人员和一架水上飞机。”

“还有我。”

“你最好立即行动。从罗希思给我打电话。小心。”

“再见。”

高德里曼挂掉电话。他的香烟放在烟灰缸里忘了抽，烧得只剩下一小截烟蒂了。他点燃一支，然后又拿起电话，开始部署。

## 29

吉普车侧翻在地，如同一头翻倒的大象。引擎已经熄灭。费伯用力一掀，车子居然摇摆着四轮着地，站稳了。经过这番战斗，车子总算还能用。帆布顶篷当然是已经毁了：费伯用匕首割开的裂缝，已经从一边撕到了另一头。前侧的挡板戳到地里才把车停住，所以也撞毁了，那一侧的头灯也碎了。同一侧的玻璃窗被那一枪打破了，但挡风玻璃居然完好无损。

费伯爬进司机座，打上空挡，试着发动车子。响了一下就熄掉了。他又试了下，引擎启动了。他松了口气：这会儿他实在走不了那么长的路了。

他在车里坐了一会儿，检查了一遍身上的伤。他轻轻触了下右脚踝，发现那里肿了一大片，也许断了一根骨头。幸好，车子是为没腿的驾驶人设计的——他实在踩不动刹车踏板了。脑袋的肿块摸起来有高尔夫球大小，黏乎乎的。他在后视镜里察看自己的面孔，上面满是大大小小的伤口，宛如一张战败拳击手的脸。

他的外套和工作裤淋得透湿，沾满泥浆。他需要尽快温一温并弄干身子。

握住方向盘的一刹那，他的手上传来火辣辣的痛楚：他忘了一个指甲给掀掉了。他看了看那只手，那是他所有的伤中最恶心的。现在，他只好用一只手来驾驶了。

他把车子慢慢驶出去，找到了他猜想是路的地方。在这座小岛上不必担心迷路，他只要沿着崖边行驶，就能一直开到露西的房子。

他需要编造一个假话来向露西解释，她丈夫出了什么事。他当然可以告诉她实情，反正她对此也无可奈何。不过，她有可能会制造麻烦，要是那样，他就得杀掉她；一想到要杀她，费伯心中就油然产生一种反感。他冒着倾盆大雨和怒吼的狂风，沿着崖脊缓缓地驾驶着：暗自惊奇内心竟然会有这种新感觉，这种踌躇——这是他第一次感到不愿意杀人。他以前从没有过这种感觉，并非因为他是个没有道德标准的人。恰恰相反，他早已下定决心，他杀人和在战场上制造死亡一样，是出于同样的道德标准，他的情感是服从理智的。他不明白，为什么每次杀人后，自己都会想吐，但他不去管它。

那他为什么不愿意杀死露西呢？

这种感情和当初驱使他不把圣保罗大教堂的正确方位提供给德国空军是一样的——一种保护美的东西的冲动。她是非凡的尤物，如同一件艺术品那样精致可爱。费伯是一个杀手，但他不是一个漫无目的的破坏者。这种自我剖析一出现，他立刻意识到自己是个非常奇特的人。可是话说回来，间谍本来不就都是些奇特的人吗？

他想起了一些和他同时被招募到德国情报机构的间谍：奥托，是个北欧的大个子，他能做日本式的精致剪纸，并且憎恨女人；弗雷德里希，是个机灵的数学天才，要是输一盘棋，就会一连五天郁闷不乐，不肯见人；海尔姆特，爱读关于美国奴隶制的书籍，很快就加入了党卫军……他们彼此不同，个个都很奇特。

他好像开得越来越慢，雨雾也益发难以看透了。他开始担心他左侧的崖边。他感到很热，可是又一阵阵打冷战。他发现自己在大声谈论着奥托、弗雷德里希和海尔姆特；他意识到这是呓语的征兆。他努力什么也不去想，只一心让吉普车保持笔直的路线。风声像是带着某种节奏，催人入眠。他有一度发现自己停在那里，向海面上张望，连他自己也不知道停了多久。

好像经过了好几小时，露西的小房子才映入眼帘。他转动着方向盘，向那儿驶去，心里想：我要记着用刹车，别撞上墙，门洞里站着一个人影，隔着雨幕望着他。他得控制好自己的神智，直到对她说出假话为止。他得记住要说的假话，得记住……

吉普车返回时已是黄昏。露西既担心不知这两个男人出了什么事，同时又生气他们不回来吃她准备好的晚饭。随着这一天一点点过去，她站在窗前眺望的时间也越来越多。

当吉普车驶下山坡，向房子而来时，它看上去显然是出了什么毛病。车子开得极慢，一路遥遥晃晃，而且车里只坐着一个人。车子更近了，她看到前方被撞瘪了，一只前灯也碎了。

“哦，天啊。”她嘀咕着。

车子在小房子前面抖动着停住了，她看到车里的人是亨利，他做出要下车的动作。露西跑出门，冒着雨，打开司机一侧的车门。

亨利半闭着眼睛，头向后仰着，坐在车里。他的手还放在刹车上。他满脸是伤，到处是血。

露西说：“发生什么事了？发生什么事了？”

亨利的手从刹车上滑下来，吉普车又向前走了。露西探身进去，绕过他，把排挡杆打到空挡。

亨利说："大卫留在汤姆的房子里了……我回来的路上把车给撞坏了……"说这句话像是费了他好大力气。

露西显然明白出了什么事，惊慌也就平息了。"进来吧。"她语气里的那种迫不及待传达到了亨利身上。他转向她，把一只脚踩到踏脚板上，想下车，却登时摔倒在地。露西看到他的脚踝肿得像气球一般大。她把双手架到他的两个肩腋下，将他拉了起来，说："把你的重心放到另一只脚上，靠着我。"她把他的右臂绕过自己的脖子，搀着他进了屋。

乔大睁着眼睛看着她把亨利扶进客厅，然后放到沙发上。他往后一靠，便闭上了眼睛。他的衣服上面沾满泥水，都湿透了。

露西说："乔，上楼去，穿上你的睡衣，去。"

"但我还没听故事呢。他死了吗？"

"他没死，但他撞了车，今天晚上你不能听故事了。去吧。"

小孩子嘟囔了一声，露西严厉地瞪着他。他走了。

露西从她的针线篮中取出大剪刀，把亨利的衣服剪开，先是外套，再是工作裤，最后是衬衫。这时她看到他绑在左肘上的匕首，她困惑地皱了皱眉头，然后猜那也许是用来处理鱼体的工具。她想把匕首解下来，亨利把她推开了。她耸耸肩，把注意力转到他的靴子上。左脚的靴子和短袜都很容易地脱了下来，但她刚一碰他的右脚，他就疼得叫了起来。

"得脱下来才行。"她告诉他，"挺着点。"

他脸上这时掠过一个可笑的笑意，然后赞同地点点头。她剪断靴带，用双手轻柔但坚决地握住靴子，脱了下来。这次他没哼出声。她把短袜口的松紧带剪开，脱了下来。

乔走进来，说：“他只穿着内裤！”

“他的衣服全湿了，”她吻了吻孩子，“自己上床去吧，宝贝。过一会儿我再去给你把被子盖好。”

“那，亲亲我的小熊。”

“晚安，小熊。”

乔走了。露西回过头来看亨利。他的眼睛睁开了，脸上露出笑容。他说：“亲亲亨利。”

她向他俯下身去，吻了他伤痕累累的脸。随后，她小心地剪开他的内裤。

热烘烘的壁炉会很快烘干他赤裸的肌肤。她到厨房倒了一碗温水，加了些杀菌剂，准备给他擦伤口。她还找出了一卷棉花，又回到客厅。

“这是你第二次半死不活地来到门口了。”她一边动手擦洗，一边说着。

“信号照常。”亨利说。

“什么？”

“在加来守候的是一支假军队。”

“亨利，你在说些什么？”

“每逢星期五和星期一。”

她明白过来，他在呓语。“别说话。”她说。她把他的头稍微抬起一点，擦净肿块周围的血痂。

他突然坐直身子，凶狠狠地瞪着她，说：“今天星期几？星期几？”

“是星期日，放松些。”

“好吧。”

这以后他安静了下来，还任凭她解下了匕首。她洗揩了他的脸，包扎了他那掉了指甲的指头，在他的伤脚踝上涂了药膏。当她做完这一切之后，她站着看了他一会儿。他像是睡着了。她触了下他胸前的长疤和臂部的星状印记。她认为那颗星是个胎记。

她在扔掉那些被剪掉的衣服之前掏了一遍口袋。东西不多：一些钱、他的证件、一个皮夹和一个底片盒。她把这些东西全都放在壁炉台上，在他的鱼刀旁堆成一堆。只能给他穿大卫的衣服了。

她离开他上楼去看乔。小男孩睡着了，压着他的玩具熊，两臂摊开。她亲了亲他的嫩脸蛋，把被子给他盖好，然后到屋外去，把吉普车开进车库停好。

他醒来时已经快半夜了。他睁开眼睛，脸上接二连三地出现了她已经熟悉的表情：先是恐惧，然后是警惕地打量四周，最后才放松。她一时冲动，问他：“你怕什么呢，亨利？”

“我不懂你的意思。”

“你每次醒来都露出害怕的样子。”

“我不知道。”他耸耸肩，这么一动好像又感到疼了，“天啊，我快散架了。”

“你想告诉我出了什么事吗？”

“好，你给我一点白兰地吧。”

她从橱柜里取出白兰地：“你可以穿上些大卫的衣服。”

“等一会儿吧。不过你要是不好意思的话……”

她把酒杯递给他，莞尔一笑：“我正欣赏着呢。”

“我的衣服呢？”

“我要剪开它，才能把它从你身上脱下来。我已经把剪破的衣服扔掉了。”

“我希望没连我的证件一起扔掉吧。”他微笑着，但在笑容下面还隐有其他情绪。

“在炉台上呢。”她指着说，“我想，那把刀是刮鱼用的吧？”

他的右手伸向他的左前臂，那是原先绑刀的地方。“差不多。”他一时似乎有些不安，然后尽力放松，啜饮起白兰地。“真好。”

过了一会儿，她说：“嗯？”

“什么？”

“你是怎么甩掉我丈夫，又撞了车的？”

“大卫决定留在汤姆那儿过夜。有些羊在一个地方出了麻烦，他们管那儿叫溪谷——”

“我知道那地方。”

“——有六七只羊受了伤。它们全都在汤姆的厨房里，他们给伤羊包扎，一只只包得样子好吓人。反正，大卫建议我回来告诉你，他待在那边了。我也说不清楚我是怎么撞的车。这车子我不熟，又没有真正的路，我撞上了什么，车子一滑，便翻了。详情嘛……”他耸耸肩。

“你准是开得太快了——你回到这儿来的时候，简直不成人形了。”

“我想我在车里打了几个滚。撞了头，扭了脚……”

“掉了一个指甲，划破了脸，还差点染上肺炎。你真是个倒霉蛋。”

他一摆腿，站到了地板上，走到壁炉前。

“你的身体可恢复得真快。”她说。

他把匕首绑到臂上。“我们渔民都是很结实的。那些衣服呢？”

她起身站到他身旁：“你还要衣服干吗？该睡觉了。”

他把她拉过去，抵住他赤裸的身体，用力地亲吻她。她上下抚摸着他的大腿。

过了一会儿，他脱身而出，从壁炉台上拿起他的东西，拉起她的一只手，一瘸一拐地领着她上楼。两人上了床。

## 30

宽阔的白色快速路在巴伐利亚的山谷中蜿蜒盘旋，伸进山中，在参谋部的那辆奔驰的后座上，坐着陆军元帅格尔德·冯·伦德施泰德，他一动也不动，面带倦容。他已经六十九岁，深知自己喜欢香槟酒远胜过喜欢希特勒。他那忧郁的瘦脸上映出比希特勒其余的军官都要漫长而坎坷的经历：他被贬黜的次数之多，连他自己都记不得了，但元帅每次都会召他回来。

当汽车驶过十六世纪的贝尔切斯特花园村时，他想不出希特勒为什么一原谅他就让他重掌军权。金钱和名利对他来说，已经没什么价值，他已晋升到最高的军阶，勋章在第三帝国也毫无价值，而且他相信，在这场战争上赢不到荣誉。

是伦德施泰德第一个把希特勒称作“波西米亚的下士”的。但总的说来，那个矮子对德国的军事传统一无所知，对军事战略同样一窍不通——尽管也有灵光一闪的时候。不然的话，他就不会发动这场战争了，因为本来就是打不赢的。伦斯特是德国最优秀的军人，而且他在波兰、法国和俄国已经证明了这一点，但他对胜利不抱任何希望。

尽管如此，他和那一小伙正在密谋推翻希特勒的将军们仍然毫无瓜葛。他身上那种德意志武士的血誓精神毕竟太强，令他不会参与任何阴谋之间。对也罢，错也罢，他的国家正处于危机之中，他除了奋起保卫它以外，别无选择。他觉得自己像是一匹老战马，如果待在家里，只会感到羞愧。

如今，他指挥着西部战线的五个军团，麾下有一百五十万人。他们并不像期待中的那样强大——有些师不过比从俄国前线撤下来休养的伤兵稍强，又缺少装甲部队，何况还有不少非德国人的杂牌军。不过，只要伦德施泰德部署得当，他仍能将盟军拒于法国之外。他现在要和希特勒商谈的，正是部署问题。

车子爬上凯尔斯坦山，驶抵路尽头山腰中的一座青铜大门前。一名党卫军警卫按了一个按钮，门嗡嗡响着打开了，汽车驶进由青铜灯照亮的长长的大理石隧道。司机把车子停在隧道尽头，伦德施泰德走进电梯，坐到一个皮座上，升向四百英尺上面的“鹰巢”。

在接待室里，拉顿休伯接过他的手枪，留他等候。他不以为然地打量着希特勒的瓷器，脑子里想了一遍自己要说的话。

几分钟之后，那个金发碧眼的贴身警卫回来，引领他进了会议室。

那地方让他联想起十八世纪的宫殿。墙上挂满了油画和壁毯，屋里有一尊瓦格纳的半身像，还有一座顶上有一只铜鹰的大钟。从侧窗望出去，景色十分宜人：萨尔茨堡群山和下斯伯格峰一览无遗，山中埋葬着腓特烈大帝。房间里的几把奇特的乡村式座椅上，坐着希特勒和他的三位参谋人员：西线海军司令西奥多·克兰克海军上将、总参谋长阿尔弗雷德·约德尔将军和希特勒的大本营助手卡尔·耶斯科·冯·普特卡默海军上将。

伦德施泰德敬了礼，希特勒示意他坐下。一名勤务兵端来一盘鱼子酱三明治和一杯香槟酒。希特勒站在一扇大窗前，背抄着手，向外眺望。他头也没回，突然开口说："伦斯特已经改变了主张。如今他同意隆美尔，认为盟军会从诺曼底登陆。这是我的直觉一直告诉我的。克兰克呢，还是偏向于加来。伦德施泰德，告诉克兰克，你是怎么得出结论的。"

伦德施泰德吞了一口东西，用手拢着嘴咳嗽了一下。妈的，希特勒一点礼貌都不懂，连个喘口气的机会都不给人。"有两点：一条新情报和一种新的推理，"伦德施泰德开始说，"第一是情报：最近盟军在法国所进行的轰炸表明，他们的主要目标是摧毁塞纳河上的每一座桥梁。现在，如果在加来登陆，塞纳河与这场战役毫不相干，但如果在诺曼底登陆，我们所有的预备部队都要跨过塞纳河才能抵达战斗地区；第二是推理：我曾经设想，假如由我来指挥盟国军队，我将如何入侵法国。我的结论是：第一步目标应该是建立起一个人员和装备都能迅速汇集的桥头堡。因此，矛头先要指向一个回旋余地大的港区。自然的选择便是瑟堡。轰炸模式和战略需要，两者都指向诺曼底。"他说完了。他端起酒杯，一饮而尽，那个勤务兵走过去重新斟满。

约德尔说："我们的全部情报都指向加来——"

"我们刚刚把情报机构的首脑以叛国罪处决了。"希特勒插话说，"克兰克，你被说服了吗？"

"我的元首，还没有。"海军上校说，"我也思考过，假如我站在他们那一方，我会怎样指挥这次入侵，但我在推理中考虑到了一些海上的自然因素，伦德施泰德可能未予注意。我相信他们打算在夜幕的掩护下，借助月光，趁涨潮之际越过隆美尔所设的水中障碍物，避开峭壁、暗礁和激流。诺曼底吗？绝不可能。"

希特勒厌恶地摇着头，表示极不赞同。约德尔说："还有一条小情报，我认为很有意义。警卫装甲师已经从英格兰北部调到东南部的霍夫，与巴顿将军麾下的美国第一集团军汇合。我们是从无线电监听中得知这一点的——途中有一些辎重弄乱了，一支部队拿了另一种部队的重要物资，那群傻瓜就在无线电中争吵不已。这是一支精锐的不列颠师团，很多人出身贵族，由阿戴尔爵士将军统帅。我敢说，战争打响之后，他们不会远离中心战场的。"

希特勒神经质地挥舞双手，他的面孔因难以决断而痛苦地抽搐着。"各位将军！"他向他们吼道，"从你们那儿，我得到的要不是一些相互抵触的建议，就是什么建议都得不到！"

伦德施泰德以他特有的勇气插话说："我的元首，你还有四个精锐的装甲师闲置在德国。如果我是对的，他们绝对无法及时赶到诺曼底来反击入侵，我请求你命令他们移师法国，划归隆美尔指挥；如果我们错了，入侵是从加来开始，他们仍处于较近的位置，足以在早期投入战斗。”

“我不知道——我不知道！”希特勒圆睁两眼，伦德施泰德不知道他是否又犯了老毛病——逼得太凶了。

普特卡梅第一次开口讲了话：“我的元首，今天是星期日。”

“是吗？”

“明天夜里，那艘U型潜艇可以接到那名间谍，‘针’。”

“啊，对！这是个我信得过的人。”

“当然，他可以随时用无线电报告。不过，可能有某种原因使他避免使用无线电，在这种情况下，他会亲自把情报送回来。考虑到这一可能，你或许愿意延后二十四小时作出你的决定，说不定今明两天他就会用某种方式和我们联络了。”

伦德施泰德说：“已经没时间延后决定了。空袭和破坏活动已经剧增，入侵可能随时发生。”

“我不同意，”克兰克说，“气候条件在六月初之前不会合适。”

“那也不是很久了！”

“够了！”希特勒叫嚷着，“我已经打定主意。我的装甲部队留在德国——目前是如此。星期二，我们听到‘针’的消息之后，我将重新考虑这些部队的部署。如果他的情报偏向诺曼底——我相信会是这样——我就调动装甲部队。”

伦德施泰德轻声说：“如果他没报告呢？”

“如果他没报告，我也照样重新考虑。”

伦德施泰德满意地点了点头：“如蒙允许，我希望现在回我的指挥部去。”

“很好。”

伦德施泰德站起身，敬了礼，便出去了。在镶着铜边的电梯里下降四百英尺到地下车库时，他感到胃里直翻腾，不知道这种感觉是由于下降速度太快造成的，还是因为他想到他的国家的命运竟然置于一个独来独往的间谍手中。

# 第六章

## 31

露西缓缓醒来。朦朦胧胧地，她先是感觉到她旁边那温暖而结实的男性躯体，接着是小床的陌生感，然后是户外暴风雨的喧嚣，然后是淡淡的男人肌肤的气味。她感到自己的一只手搭在那男人的胸前，一条腿压在他的腿上，乳房抵在他体侧。天光有点刺眼，规则的轻声呼气，柔和地吹过她的面颊。突然之间，她如同解开了一道难题，恍然意识到自己竟明目张胆地和一个她刚刚认识了四十八小时的男人赤身露体地睡在自己家里。

她睁开眼睛，看到了乔。

他穿着皱巴巴的睡衣站在床边，头发蓬乱地夹着一个破布娃娃，一只拇指放在嘴里，瞪大眼睛看着他的妈妈和那陌生男人搂抱着睡在他的——乔的床上。露西看不透他的心事，因为乔每天一醒来都是同样一副惊讶的表情，仿佛每天早晨，这个世界总是那么新颖奇特。她默默地回瞪着他，不知说什么才好。

这时，亨利那低沉的声音响了："早安。"

乔从嘴里抽出了拇指，说："早安。"然后就转过身，走出了卧室。

露西说："该死，该死，该死。"

亨利往下挪动了一下，把脸对上她的脸，亲吻起她。他的一只手伸到她的腿裆。

她推开了他。"老天，停下来。"

"为什么？"

"乔看见了我们！"

"那又怎么样？"

"他会讲出去的，你知道。迟早他会对大卫说些什么的。我该怎么办？"

"什么也不办。让大卫知道好了，那又有什么关系？"

"当然有关系。"

"我看不出来。他委屈了你，这就是后果。你没必要感到内疚。"

露西突然意识到，亨利对婚姻概念中所包含的忠诚和义务一无所知。她说："没那么简单。"

她下了床，穿过走廊，进了她自己的卧室。她穿上裤子和一件毛衣，然后记起来，亨利所有的衣服都被她给剪开了，只好借大卫的衣服给他穿。她找出了内衣裤和短袜，一件衬衫和一件尖领毛衣，最后，在箱子底找到了一条裤管没有齐膝剪掉的裤子。乔一声不响地看着她做这一切。

她拿起那些衣服进了另一间卧室。亨利到浴室去刮脸了。她隔着门叫："你的衣服放在床上了。"

她下了楼，点燃厨房里的炉灶，把一锅水放到火上烧，打算煮鸡蛋当早餐。她在厨房的水槽里给乔洗了脸，又给他梳了头发，很快地给他穿戴起来。“你今天早上真安静。”他没有回答。

亨利下楼来，坐到了餐桌旁边，神情自然得就像是在做一件多年来每早都做的事情。露西看见他穿着大卫的衣服坐在那里，觉得很怪，递给他一个鸡蛋，又把一份烤面包放到他前面。

乔突然说：“我爸爸死了吗？”

亨利怪怪地瞪了那孩子一眼，没有说话。

露西说：“别说傻话。他在汤姆那儿。”

乔不理她，而对着亨利说：“你弄到了我爹爹的衣服，你还弄到了我妈妈。现在你要做我爹爹了吗？”

露西轻声咕哝说：“不懂事的小孩子嘴里说出来的……”

亨利说：“你昨天晚上看到我的衣服了吗？”

乔点点头。

“那好，你就该明白，我为什么不得不借你爹爹的衣服了。等我有了我自己的新衣服，我就把这些衣服还给他。”

“你也还回我妈妈吗？”

“当然。”

露西说：“吃你的鸡蛋吧，乔。”

小孩子埋头吃起早饭，显然感到满意了。露西凝视着厨房的窗外。“今天船不会来了。”她说。

“你高兴吗？”亨利问她。

她看着他：“我不晓得。”

露西不觉得饿。乔和亨利吃东西的时候，她喝了一杯茶。然后，乔上楼去玩，亨利清理起桌子。他一边把餐具放进水池，一边说：“你担心大卫会伤害你吗？”

她摇头否定。

“你应该忘掉他。”亨利继续说，“你本来就打算离开他，那你又何必在乎他发现没有呢？”

“他是我的丈夫，”她说，“这点是不会变的。他对我所做的一切……没有给我权利羞辱他。”

“我认为那给了你权利不去在乎他是否受到了羞辱。”

“这不是个可以靠逻辑来解决的问题，这只是我感觉的问题。”

他摊开双手，做了个放弃的手势。“我最好开车到汤姆那儿去一趟，看看你丈夫想不想回来。我的靴子呢？”

“在客厅里。我去给你拿件上衣。”她上楼去，从衣柜里取出大卫以前穿的骑马上装。那是质地精良的灰绿色花格呢料子，紧腰身，式样精致，露西还在肘部补上皮子来耐磨。现在再也买不到这样的衣服了。她拿着上装下楼，走进客厅，亨利正在穿靴子。他系好左脚的靴带，正小心地把受了伤的右脚塞进另一只靴子。露西跪下去帮助他。

“肿已经消了。”她说。

“那倒霉地方还在疼。”

他们把那只靴子穿上，但没有系带。亨利试着站起来。

“还好。”他说。

露西帮他穿上上装，肩部有些紧。“我们没有多余的雨衣。”她说。

“那我就要淋湿了。”他把她拉过来，粗野地亲吻她。她伸出双臂搂住他，紧紧地抱了一会儿。

“今天开车要更小心。”她说。

他微笑着点点头，又短促地亲吻了她，就出门了。她看着他一瘸一拐地走到车库，发动了吉普车，开出去，爬上缓坡，驶出视野之外。她一直站在窗前，他一走，她感到松了口气，但多少有点落寞。

她动手收拾房间，铺床洗碟，擦扫整理，但她提不起精神。她心神不宁，忧虑着该如何生活的问题，依然在熟悉的圈子里左思右想，打不定主意，也无法转移思路去想别的事。她感到这栋房子不再小巧舒适，而是幽闭恐怖。外面的什么地方有一个大天地，一个投身战争和英勇奉献的天地，充满着色彩、激情和人民，上百万的人。她想出去，置身其间，接触新的想法，看看城市。她打开收音机，但这只是徒劳，因为收听新闻广播只会使她感到更加与世隔绝。有一条发自意大利的战争报道，还有放宽补给规定的消息，伦敦那个手持锥形匕首的凶手依然逍遥法外、罗斯福发表了一次演说等等新闻。桑迪·麦克弗森开始演奏一支舞台风琴曲，露西关掉了收音机。这一切都不能打断她，因为她没生活在那个世界里。

她想放声高叫。

尽管风骤雨狂，她还是得出屋去看看。这不过是一种象征性的逃跑，因为幽闭她的不是房子的石头墙壁。但象征毕竟聊胜于无。她上楼去叫乔，小家伙正在玩一队玩具士兵，她好不容易才把他拉下楼，给他穿好防雨衣服。

“我们干吗要出去？”他问。

“看看船来了没有。”

“你说过今天不会来了。”

“要是万一来了呢？”

他们戴上鲜红色的防雨帽，在下颏处系牢帽带，走出了房门。

狂风如同打在身上的重拳，刮得露西左右摇晃。没一会儿，她的脸就像浸在水盆里一样了，雨帽下的发梢湿淋淋地紧贴着脸颊和雨衣的肩头。乔高兴地直叫，跳进一个水坑。

他们沿着崖脊向海湾走去，一边低头看着北海的滚滚巨浪呼啸着拍击峭壁和海滩。暴风雨把水下植物从天晓得有多深的地方连根拔起，成团成簇地抛到沙石上。母子二人完全被那变幻不停而千姿百态的海浪所吸引了。他们以前也来看过海涛，大海对他们具有一种迷人的魅力，露西事后总是想不出，他们到底默默地观看了多久。

这次，那种着魔的感觉被她看到的什么东西打乱了。起初，只是在波谷有什么颜色一闪，速度之快，她都没弄清那是什么颜色，而面积之小和距离之远，使她立即怀疑到底是不是当真看见了。她搜寻着，但那东西没有再出现。她把目光收回到海湾和小码头上，随波漂到那儿的东西，又随着下一次巨浪漂走了。等暴风雨过后的第一个好天气，她要和乔来赶海，看看大海带来了什么宝物，捡回去一些奇光异彩的石头、来历神秘的木块、巨大的贝壳和扭曲生锈的金属片。

她又看到那块闪亮的颜色了，这次要近得多，而且在视线内停留了一会儿，那是鲜黄色的，他们所有的雨衣都是这种颜色。她透过雨帘注视着，但没等她辨清它的形状，就又不见了。但浪潮把它冲得更近了。浪潮总是把无论什么东西都带到海湾里来，把各式各样的废物拢到沙滩上，仿佛一个人把裤袋里的一切都掏出来，放到桌子上。

那的确是一件雨衣：在一次大海把它托到浪尖上，让她第三次也是最后一次看到时，她终于看清了。昨晚亨利回来时没有穿他的雨衣，可是那件雨衣怎么会到海里呢？海浪越过小码头，把那东西抛到了斜坡的湿木板上。露西看出来那不是亨利的雨衣，因为穿雨衣的人就在雨衣下面。她恐惧的喘气被风吹走了，连她自己都没听见。他是谁呢？他从哪儿来？又有一艘船遇难了吗？

她突然想到，他也许还活着。她应该过去看看。她弯下腰对着乔的耳朵喊着："待在这儿，别动，哪儿也别去。"然后便跑下斜坡。

她刚下到一半，听到后面有脚步声：乔跟来了。那个斜坡又窄又滑，十分危险。她站住脚，转过身，弯腰把孩子抱起来，说："你这不听话的孩子，我告诉你等着！"她的目光从下面的人体看到崖顶的平台，身上战栗了一阵，因为拿不定主意而难受。她看得出，大海随时会把那人体冲走，于是便抱着乔，向下面走去。

一股小浪淹过了人体，浪退下去之后，露西已经走得很近，看得出那是个男人，而且由于在海中泡得过久，已经肿得辨不清五官了。这表明他已死了。她对他已经无能为力，而且也犯不着为保存一具尸体拿她和乔的生命冒险吧。她正要转身回去，忽然感到那张肿脸有些面熟。她盯着那张面孔，没看出什么，心里在竭力把那模样和她记忆中的某种东西联系起来；随后，她蓦地认出了那张脸，一阵恐惧攫住了她，她感到周身麻木，连心脏似乎都停止了跳动，她悄声自语："不，大卫，不！"

这时她不顾危险地走向前去。一个不大的浪头在她膝边溅开，在她的雨靴里灌满了带泡沫的咸水，但她根本没注意到。乔在她怀里扭动着，想向前看，但她对着他耳朵高叫着："别看！"并且把他的头按在她肩上。他哭了起来。

她跪到死尸旁边，用手碰了碰那张可怕的脸。是大卫，这是毫无疑问的。他死了，而且死了一段时间了。在某种深邃的本能的驱使下，她撩起雨衣的下摆，看了一眼那双截断的腿。

她无法接受大卫已死这一事实。她确曾在某种意义上希冀过他死，但她对他的感情混杂着担心被发现不贞的惧怕和愧疚。悲伤、惊恐和获得自由的轻松感，全都飞鸟似的在她的头脑里盘旋，没有一种情绪肯安定下来。

她本想在那儿一动也不动地待上一会儿，但接着来的是个大浪。那浪把她冲出去好远，还呛了她一大口海水。不过她总算抱紧了乔，也还待在斜坡上；浪退以后她赶紧爬起来，跑到贪婪的大海冲击不到的地方。

她头也不回地一路向崖顶走去。当她来到看得见她家小房子的时候，正瞧见那辆吉普车停在屋外。亨利回来了。

她抱着乔，跌跌撞撞地爬了起来，一心只想找亨利来分担她的痛苦，去体会被他搂在怀里的感受，由他来慰藉自己。她喘气夹杂着抽泣，泪水混合着雨水淌下面颊。她走到房子的后面，冲进厨房，急忙把乔放到地上。

亨利说："大卫决定在汤姆那儿再待一晚。"

她眼睛瞪着他，脑子里是一片怀疑的茫然；随后，她的直觉一闪，终于恍然大悟。

是亨利杀死了大卫。

这一结论如同一拳打在她腹部，她定了定神，理智接踵而至。遇难的船只、系在臂上怪模怪样的匕首、撞坏的吉普车、有关伦敦那个用锥形匕首杀人的凶犯的新闻报道——霎时间一切全都清楚了，犹如一盒拼图抛在空中，落地时居然不可思议地全都拼好了。

“何必一副大惊小怪的样子，”亨利笑着说，“他俩在那边有好多事要做，而且我也没鼓励他回来。”

汤姆。她得去找汤姆，他会知道该怎么办的。他会保护她和乔，等着警察到来。他有一条狗，还有一支枪。

她的恐惧被一阵哀伤所打断，她为自己曾经信任，甚至几乎爱上的那个亨利感到难过，显然，那个亨利并不存在——只是她的想象而已。她看到的不是什么温暖、强壮、柔情的男人，而是眼前的这个魔鬼：他满面笑容地坐在那里，煞有介事地给她讲着编造出来的她丈夫的口信，其实正是他谋杀了她丈夫。

她压抑着一阵要从体内发出来的战栗，拉起乔的手，走出厨房，穿过厅堂，一直出了前门。她坐进吉普车，把乔安置在旁边，便发动了引擎。

可是亨利就在那里，一只脚悠闲地蹬在脚踏板上，手里握着大卫的滑膛枪，说：“你到哪儿去？”

她的心往下一沉。如果她现在就把车开走，他可能开枪——什么本能警告了他，让他这一次把枪从车里拿到屋里去了呢？——就算她自己愿意冒险，她也不能让乔冒险。她说：“只是把吉普车开到一边去。”

“你这么做需要乔的帮助吗？”

“他喜欢兜风。别一副盘算我的样子！”

亨利耸耸肩，退了开去。

看亨利漫不经心地握着大卫的枪那样子，她不敢肯定，要是她就这样把车开走，他会不会当真开枪。但她随即回想起她从一开始就感觉到的他那种内在的冷酷，她明白了：他什么都干得出来。

出于一种困乏至极的感觉，她畏缩了。她把汽车倒进了车库，关掉引擎，下了车，带着乔返回了屋子里。她想不出该对亨利说什么才好，在他面前做什么才是，要怎么才能隐瞒自己已经发现真相的事实。

她想不出什么主意。

她让车库的门敞着，没有关上。

## 32

“就是这地方，大副。”舰长说着，放下望远镜。

大副透过雨幕向外窥视：“算不上什么休假胜地，是吧，长官？依我说，太荒凉了。”

“没错。”留着灰白胡子的舰长是位老派的海军军官，第一次世界大战时就曾与德国人在海上交过手。不过，他已经学会不去计较大副说起话来的油腔滑调，因为这小子是个十分出色的海员。

这个“小子”年过三十，按照这次战争的标准，已经称得上是老兵了，他根本不晓得自己从舰长的宽宏大量中获得了多少好处。这时巡洋舰爬上了一个海浪陡斜的侧面，舰身倾斜着，然后又钻进了波谷，他紧握住一根栏杆，才稳住自己。“既然我们已经到了这里，长官，我们要做些什么呢？”

“绕岛巡航。”

“太棒了，长官。”

“还有就是睁大眼睛，看看有没有U型潜艇的影子。”

“在这种天气，我们不大可能在水面附近找到什么潜艇——就算真的有，不到口水吐得到的距离也不会看得见。”

“今天夜里——最迟明天，暴风雨就会停了。”舰长开始往烟斗里装烟草。

“你这么认为吗？”

“我敢肯定。”

“凭着海上的本能吗？”

舰长咕哝着说：“不，是天气预报。”

巡洋舰绕过一个岬角，他们看到一个小海湾，那儿还有个小码头。上面，在悬崖顶上，一栋方形的小房子在风雨中屹立着。

舰长指点着说：“我们只要条件允许，就立即派一队人登陆。”

大副点点头：“没什么两样……”

“你说什么？”

“我得说，每绕岛一周，要花我们一小时。”

“那又怎样？”

“那样，除非我们特别走运，而且刚好在恰当的时间赶在恰当的地点……”

“否则那艘U型潜艇会浮出海面，接走他的人，再沉下去，我们连个水花都不会看得见。”舰长帮大副把话说完。

“是的。”

舰长用他多年来在海上风浪中练就的那一招点燃了烟斗。他连吸了几口，然后喷出满肺腔的烟。“我们顺其自然吧！”他说着，从鼻孔里喷出烟。

岛的东端还有一栋小房子。舰长用望远镜观察着，发现房子那儿有一根大型的无线电天线。“报务员！”他喊道，“看看能不能与那些房子联络上。用皇家观察队的频率。”

“是的，长官。”

那栋房子出了视野时，报务员说道：“没有回答，长官。”

“算了，报务员。”舰长说，“那不重要。”

阿伯丁港海岸警备队快艇上的水兵们坐在甲板上，一边玩着半便士一把的“二十一点”，一边拿高级军官的低能来开玩笑。

“要牌。”杰克·史密斯说，虽然从名字看不出，他其实是个苏格兰人。

“瘦子”艾尔伯特·巴利什是个胖胖的伦敦人，他发给了史密斯一张J。

“我爆了。”史密斯说。

“瘦子”捞过他的赌注，“有一个半便士了，”他装出疑惑的样子说，“但愿我能活着花掉这笔钱。”

史密斯抹去一个舷窗内壁上的小水珠，向外望着港湾里上下浮动的船只。“看咱们的船长那副惊慌失措的样子，”他评论说，“还让人以为我们要去的是柏林，而不是风暴岛呢。”

“你难道不知道吗？我们是盟军反攻的尖刀。”“瘦子”翻开自己的牌，是一张十，他又给自己发了张K，说，“我二十一点，给钱吧。”

史密斯说：“这家伙到底是个什么人——开小差的吗？那么，抓他应该是宪兵队的事，不是我们的事。”

“瘦子”一边洗牌一边说道：“让我来告诉你们他是干什么的吧，他是个逃跑的战俘。”

大家不相信地齐声嘲笑。

“好吧，你们不信就随你们的便。等我们抓住他的时候，注意他的口音好了。”他把牌放下，“我问你们：有什么船会到风暴岛去？”

“只有那艘送货船。”有人回答。

“对啊，他要是开小差的，他只有乘那艘船才能回陆上来。所以，宪兵们只要等查理的定期送货船到岛上去的时候，在这边等着那个开小差的一下船就抓住他就行了。我们就没理由坐在这儿，等着天气一好就起锚，光一般地开出去，除非……”他故弄玄虚地停顿了一下，“除非他另有办法离开那座岛。”

“比如说？”

“一艘U型潜艇。”

“瞎说。”史密斯轻蔑地说。别的人只是哄堂大笑。

“瘦子”又发起牌。这次史密斯赢了，但别人都输了。“我还赢着一先令多呢，”“瘦子”说，“我想我要退休到德文郡那座漂亮的小别墅去。我们当然抓不到他。”

“那个开小差的？”

“那个战俘。”

“为什么？”

“瘦子”拍了拍脑袋：“动动脑筋嘛。风暴一停，我们在这儿，而U型潜艇却在那座岛的海湾水下。这么说谁先到达到那儿？当然是德国鬼子喽。”

“那我们还何必白忙这一趟呢？”史密斯说。

“因为发号施令的人没有你这么机灵，巴利什。”他又发了一圈牌，“下注吧。你们会看到我是对的。我敢用一赌五的盘口，赌我们会从风暴岛空手而归。有人应赌吗？一赔十怎么样？嗯？”

“别赌那个了，”史密斯说，“发牌吧。”

“瘦子”发起牌来。

空军中队长彼得金·布连金索普笔直地站在地图前，对着全房间讲话。“我们三架飞机一组，”他开始说，“第一组天气一好马上起飞。我们的目标是——”他用教鞭指点着地图，“——是这里。风暴岛。到那里之后，要在低空盘旋二十分钟，寻找U型潜艇。二十分钟之后，返回基地。”他停顿了一下。”你们有逻辑头脑的人现在可以推断出来，为达到持续不断的监视，第二组应该分秒不差地在第一组起飞后二十分钟之后起飞，依次类推。有问题吗？”

空军中尉朗曼说：“长官。”

“怎么样？”

“如果我们看到了那艘U型潜艇，该采取什么行动？”

“当然要扫射，投上几枚炸弹。给它制造些麻烦。”

“我们飞的都是战斗机，长官——我们对牵制一艘U型潜艇无能为力。那是军舰的事，对不对？”

布连金索普叹了口气：“你们有谁能想出打赢这场战争的更好办法，欢迎直接写信给温斯顿·丘吉尔先生，地址是伦敦西南区唐宁街十号。现在，除了朗曼提的这个愚蠢意见之外，还有什么别的问题吗？”

大家都没问题了。

布劳格斯坐在紧急起飞室靠在炉火边的一把软椅上，听着雨水敲打屋顶的声响，继续打着瞌睡。

飞行员们都沉默不语。他们都坐在他周围：有些和他一样在打盹；有些在读书；有些在玩牌。墙角里一名戴眼镜的领航员正在学习俄语。

布劳格斯半眯着眼打量房间。这时，又进来了一个飞行员，布劳格斯可以马上判断出来，他还没有被战争磨炼得过分老成。他长着一张嫩脸，常挂着笑容，似乎一周也用不着刮一次脸。他身上的夹克敞着怀，飞行帽拿在手里，径直朝布劳格斯走来。

“布劳格斯探长吗？”

“我是。”

“帅呆了。我是你的飞行员。查理斯·卡尔德。”

“好的。”布劳格斯和他握了手。

“风筝已经准备好了，引擎声像鸟鸣一样甜蜜。那是一架水上飞机，我想你知道。”

“对。”

“帅呆了！我们在海上降落，滑行到离海岸十码的地方，让你乘小艇上岸。”

“然后你就等着我回来。”

“没错。好啦，我们只需要等天气了。”

“对。我在全国各地已经追捕这家伙六天六夜了，所以一有机会我就补充睡眠。希望你不会介意。”

“当然不！”那飞行员坐下去，从他的夹克下面取出一本厚书。“我也需要补充我的教育。”他说，“《战争与和平》。”

布劳格斯说："帅呆了。"说完便闭上了眼。

高德里曼和他的舅舅特里上校并肩坐在地图室里，边啜饮咖啡，边把香烟灰掉进他俩中间地板上的一只灭火筒里。高德里曼在重复他讲过的话。

"我再也想不出我们还能做些什么了。"他说。

"你已经这样讲过了。"

"巡洋舰已经在那里，飞机也只在几分钟的航程之外待命，所以那艘潜艇一浮出海面，就会在我们的炮火之下。"

"只要能发现它。"

"巡洋舰会尽快派出一队人登岛。布劳格斯随后就到，海岸警备队会担任后援。"

"可是他们谁也确保不了及时到达那里。"

"我知道。"高德里曼困乏地说，"我们已经做了一切能做的了，但这够吗？"

特里又点燃一支香烟："岛上的居民怎么样？"

"那里只有两栋房子。牧场主和他太太住在一栋里，他们有个小孩；另一栋里住着一个老牧工。牧工有一部无线电，他是皇家观察队的，但我们和他联络不上，他很可能把无线电的旋钮始终对准着'发射'的位置。他年纪很大了。"

"那个牧场主可能可以起些作用，"特里说，"要是他够聪明的话，说不定可以牵制那个间谍。"

高德里曼摇了摇头："那可怜的小伙子是个坐轮椅的。"

"亲爱的上帝，我们没分到半点好运气，对不对？"

"对，"高德里曼说，"'针'占尽了上风。"

# 33

露西变得相当冷静了。她的感情越来越麻木，理智却越来越清晰。起初，她会由于想到和一个凶手同处一室而出现瞬间的瘫软，如今，这种情形已经愈来愈少。她冷静得连她自己都惊讶。

她做着家务，亨利坐在客厅中读着一本小说，她扫到他的周围时，心中不清楚他对她的情绪变化注意到多少。他很能察言观色，很少有什么事情能逃过他的法眼；刚才在吉普车内外的面面相觑，即使没引起极大的怀疑，也足以引起他的警惕了。他一定看得出来，她受到了什么事的惊吓。但另一方面，早在亨利早上开车出去之前她就已经惊慌失措了，因为乔发现他们躺在床上：亨利可能以为她是因此才举止失措的。

她有一种十分奇怪的想法，觉得他对她的所思所想一清二楚，只是装作一切正常罢了。

她把洗好的衣服晾在厨房里的衣架上。“我很抱歉洗了这些衣服，”她说，“可是我无法老这么等着雨停啊。”

他无动于衷地看了一眼那些衣服，说：“这没什么。”就又回到客厅去了。

在那些湿淋淋的雨衣中夹杂着一整套露西干净的干衣服。

她做了一道蔬菜馅饼当作午饭。

大卫的枪靠在厨房的一个角落里。露西说："我不喜欢在家里看到装上子弹的枪，亨利。"

"吃完午饭我就把它拿到外面去。"他说，"这个馅饼味道蛮不错。"

"我不喜欢。"乔说。

露西拿起枪，放到柜橱上。"只要乔够不着枪，就没关系。"

乔说："等我长大了，我要用枪射德国人。"

露西对他说："今天下午我要你好好睡一觉。"她走进客厅，从柜橱的瓶子里取出一片大卫的安眠药。两片药对一个体重一百六十磅的男人剂量够重了，因此，四分之一刚够一个五十磅的男孩睡一下午的。她把药片放到砧板上，分成两半，再分成四分之一。她把一粒放在一个匙子里，用另一个匙子的背面把它碾碎，再把粉末搅进一小杯牛奶里。她把杯子递给乔，说："我要你把它喝得干干净净。"

亨利从头到尾瞅着，一语未发。

午饭后，她把乔放到沙发上，还在他旁边放了一叠书。乔当然不识字，但他听露西读过太多遍了，多得已经自己背得出来。他喜欢翻着书页，一边看着书中的图画，一边背诵书上的文字。

"你想来点咖啡吗？"她问亨利。

"真的咖啡吗？"他惊奇地问。

"我还存了一些。"

"好啊，请来一杯吧！"

他盯着她煮咖啡。她不知道，他是否怕她也给他下安眠药。她听到从隔壁传来乔的声音：

"有没有人在家？"普大声问。

"没有！"一个声音回答说。

——这时乔像每天听到这个笑话时一样，开心地哈哈大笑。哦，天啊，露西想，千万别让乔受到伤害。

她斟完咖啡，坐到亨利对面。

他从桌子对面伸过手来，握住她的手。他俩默默地坐着，边啜饮咖啡，边听着窗外的雨声和隔壁乔的背书声。

"要多久才能变瘦，医生？"普焦急地问。

"我想，大概要一个星期。"

"可是我不能在这儿待一个星期啊！"

乔的声音开始带着睡意，接着就没声音了。露西过去给他盖上了一条毯子。她捡起乔掉到地上的书。这本书她小时候的，书的扉页上有她母亲的字："给露西，四岁；爱你的妈妈和爸爸。"她把书放到橱柜上。

她回到厨房。"他睡着了。"

"那……"

她伸出一只手。亨利握住那只手，她站起了身。她领着他上楼，进了卧室。她关上门，然后从头上脱下毛衣。

他一动也不动地站了一会儿，看着她的乳房，然后也开始脱衣服。

她上床的时候，心里想：给我力量吧。这一步是她所担心的，她没把握能够演得像。

他上了床，拥抱着她。

没过多久，她发现她根本不用假装了。

她在他的臂弯里躺了一会儿，思忖着：一个人怎么可能杀起人来那么冷酷，而爱起来又那么温柔？

但她嘴里说的却是："你要不要喝杯茶？"

他笑了："不，谢谢你。"

"我想喝。"她挣脱他，坐起身。他一动，她就把一只手放到他平平的肚皮上，说："你别动，待在这儿。我把茶端上来。咱们还没完事呢。"

他又笑了："你倒是真想把四年荒废的时间都补上呢。"

她一出房门，笑容立即像面具似的从脸上掉了下去。她光着身子快步下楼，心在胸口怦怦直跳。在厨房里，她故意把壶往炉上碰，还把瓷器弄出响声。随后她便穿上藏在湿衣服中间的那套衣服，她的手抖得几乎扣不上裤扣。

她听到楼上的床吱嘎作响，她原地僵立着，听着，心想：待在那儿！别下来！幸好他只是在床上翻了个身。

她准备妥当，走进客厅。乔睡得很香，还在磨牙。露西祈祷着：亲爱的上帝，千万别让他醒来。她抱起他。他在睡梦中咕哝着什么，是克里斯托弗·罗宾的故事，露西紧闭上眼睛，期盼着他别出声。

她用毯子把他裹好。她回到厨房，伸手到柜橱顶上去抓那支枪。一下没抓好，枪掉到了架子上，打碎了一个盘子和两个杯子，那声响大得惊人。她钉在那里，一动也不动。

“怎么回事？”亨利从楼上叫道。

“我把一个杯子掉地上了。”她喊道，压不下去声音里的颤抖。

床又响了起来，她头上的地板又有了落脚的声响。现在要停止行动为时已晚。她拿起枪，打开后门，抱起乔，向车库跑去。

她跑在路上，心里一阵惊慌：她把钥匙放在吉普车里没有？她肯定放了，她向来都是把钥匙留在车里的。

她在湿泥里一滑，跪倒在地上。她的泪水一涌而出。她有一阵禁不住想待在那里，让他抓住她，像杀她丈夫那样杀死她好了；但一想到了怀中的孩子，她又站了起来继续跑。

她进了车库，打开了车门，把乔放到座位上。他歪到了一边。露西抽泣着把乔扶正，但他立刻又倒向了另一边，她跑着绕到车子的另一侧，进去，把枪放到两腿之间。

她转动钥匙。

引擎响了两声便熄了。

“拜托，拜托！”

她又打了一次火。

引擎吼叫着发动了起来。

亨利从后门跑了进来。

露西加大油门，把排挡杆推到前进挡上。吉普车从车库里跳了出来。她拉开手动油门。

车轮在泥里转了一下，便走了起来。亨利赤脚在泥地里追着车子。

她意识到他越追越近了。

她用尽全力推着手油门，几乎把那细细的杆子弄断了。她沮丧得真想高叫。亨利这时只有一码左右的距离，差不多和她拉平了。他像个运动员似的跑着，两臂活塞般地摆动，赤脚蹬踏着草皮，两腮鼓着吐气，裸露的胸膛上下起伏着。

引擎尖叫着，自动换挡时车子稍稍一震，然后便得到了新的动力。

露西又往侧面看了一眼。亨利似乎明白他就要失去她了。他向前一跃，用左手抓住了车门的把手，右手也伸了过来。他被车子拖着，紧跑了几步，几乎脚不着地。露西瞪着他那张由于用力而憋得通红的脸。

她突然知道自己该怎么做了。

她从方向盘上抽出一双手来，伸出打开的窗口，狠下心用留着长指甲的食指向他的眼睛戳去。

他松开手，摔下车去，用两只手捂着脸。

他和吉普车之间的距离迅速拉大了。

露西意识到自己在像婴儿般地哭泣。

车子驶出她家两英里，她看到了那辆轮椅。

它像一座纪念碑似的屹立在崖顶上，傲然承受着连绵的风雨。露西从一个小坡向它驶去，看见由铅灰色的天空和沸腾的大海衬托出来的轮椅的轮廓。那奇特的模样既像一个连根拔起的树留下的空坑，又像一栋窗户破损的房子——看来乘车的人曾经挣扎过一番才摔出去。

她回忆起她在医院第一次看到这辆轮椅的情景。当时，轮椅崭新光亮，立在大卫的床边，他很在行地一摆身体，坐了进去，在病房里转来转去，显摆了一番。“这轮椅和羽毛一样轻灵——是用飞机的合金制造的。”他用不稳定的热情说着，在一排排病床间加速转动着。他背对着她，在病房尽头把轮椅停下，过了一会儿，她从他身后向他走过去，看到他在流泪。她当即跪在他面前，握住他的双手，什么也没说。

那是她最后一次能够安慰他。

在这崖顶上，雨水和海风会很快腐蚀金属，它最后会锈掉，橡胶会变脆变硬，皮座会腐烂，变成一堆破烂。

露西没有减速就驶了过去。

又往前开了三英里，她正好处于两栋房子中间时，却没有汽油了。

吉普车抖动了一下停住了。她压下惊慌的心情，竭力运用理智去思考。

她记得在什么地方读到过，人每小时步行四英里。亨利是个运动员，但他的脚踝有伤，尽管似乎痊愈得很快，但刚才追车那一段奔跑肯定又伤了，因此她应该在他到达之前有足足一小时。（她毫不怀疑他会跟踪而来——他和她同样清楚，汤姆的房子里有一部无线电。）

她还有足够的时间。在吉普车后面还有半加仑的一桶油，专为这种情况使用。她走下车，把油箱从车后取出来，打开盖子。

她想出了一个狠毒的主意，连她自己都感到吃惊。

她又把油箱盖上，走到车前。她察看了一下，点火装置已经关掉，便掀起引擎盖。她对机械不内行，但她总还分得清配电器，她循着导线找到引擎，把油箱固定在轮拱旁，取下了油箱盖。

工具箱里还有一个火花塞。她把它取出来，又检查了一遍点火装置，确认已经关好了，然后便把火星塞放到油箱口，用带子固定，最后关上引擎盖。

亨利来到时，肯定会想发动汽车。他一开电门，启动马达就会转动，火星塞就会打火，那半加仑汽油就会爆炸。

不过，一小时之后，露西就会后悔自己的自作聪明了。

她身上的衣服湿透，脚下踩着烂泥，肩上又扛着死沉沉的睡着的孩子。她回头一想，感到设下的那圈套既不可靠又担风险：汽油只会燃烧而不会爆炸；如果油箱口里空气不足，甚至不会起火。更糟糕的是，亨利可能会怀疑有诈，只要打开引擎盖一看，就会卸下那颗汽油弹，把油倒进汽车的油箱，开着车来追她。

她禁不住想停下来休息一下，但觉得一坐下去，可能就再也站不起来了。

她现在应该看得见汤姆的房子了。她不大可能会迷路——虽说原先她走这条小路没超过十次，但整座岛这么小，不那么容易迷路。

她认出了她曾和乔看见过一只狐狸的小丛林：离汤姆的家也只有一英里左右了。要是没雨的话，她现在应该已经看得见汤姆的小房子了。

她把乔换到了另一个肩头，又把枪从一只手换到另一只手，强迫自己向前跑。

当小房子终于透过雨幕映入眼帘时，她松了一口气，恨不得大哭一场。路程只差四分之一英里左右了——比她想象的要近。

乔也一下子像是变轻了，虽然这最后一段路是上坡路（这里是全岛唯一的一座小山丘），但她却像是三两步似的就跨过去了。

“汤姆！”她走进前门时叫着，“汤姆，哦，汤姆！”

她听到那条狗鲍勃回答的吠声。

她穿过前门进了屋。“汤姆，快出来！”鲍勃在她脚下激动地转来转去，气咻咻地吠叫着。汤姆不可能走太远——他大概在那个户外厕所里。露西上楼去，把乔放到汤姆的床上。

无线电在卧室里，上面满是导线、表盘和旋钮，看起来十分复杂。其中有一个看着像拍报键：她试着触摸了一下，果真发出“哔啪”一声。从她记忆的深处跳出一个主意来——打摩斯电码的紧急呼救信号：SOS（那还是她从中学时读的一本惊险小说里学的）。她敲击着拍报键：三短，三长，三短。

汤姆在哪儿？

她听到了一个声响，赶紧冲到窗前。

那辆吉普车在一路上山向这栋房子开来。

亨利发现了那个愚蠢的圈套，把汽油倒进了汽车的油箱。

汤姆在哪儿？

她冲出卧室，想去关上房子的门。在楼梯顶上她停住了。鲍勃正站在一间卧室——空着的那间——敞开的门口。

“过来，鲍勃。”她说。那条狗站在原地不动，只是叫。她走过去，弯腰抱起它。

这时她看到了汤姆。

他仰卧在空卧室的地板上，眼睛茫然地等着天花板，他的帽子翻在他头边的地面上。他的夹克敞开着，里面的衬衫上有一个小小的血斑。他的手边不远是一箱威士忌。露西发觉自己在想些文不对题的事情：我不知道他那么爱喝酒！

她摸了下他的脉搏。

他死了。

想想，想一想!

昨天亨利回到露西的房子时，遍体是伤，像是经过了一场格斗。那是他杀死大卫时弄的。今天他来到了这里，汤姆的房子，他声称是来接大卫的。但他明知道大卫并不在这儿。他来干吗呢?

显然，是为了杀汤姆。

是什么在驱使他?他内心有什么目的能燃烧得如此猛烈，驱使他坐进汽车，开了十英里，用匕首捅死一个老人，又开车回去，那种平静、安详的样子就仿佛只是外出去透了透气。露西打了个冷战。

现在她只有靠自己了。

她拉着那条狗的颈圈，把它从它主人那儿拉开。出于一时冲动，她又回过身来，把老人的夹克扣上，好遮住他身体上的伤口。然后，她关上房门。她对狗说:“他死了，但我需要你。”

她回到前面的卧室，向窗外望去。

吉普车开到屋前停了下来，亨利下了车。

# 34

露西的呼救信号被巡洋舰收到了。

“舰长，”报务员说，“我刚刚收到岛上发来的紧急呼救信号。”

舰长皱起眉头。“在我们派出登陆艇之前，我们无能为力，”他说，“他们还说别的没有？”

“什么别的也没说，长官。连那呼救信号都没发第二次。”

舰长又想了想。“我们无能为力，”他又说了一遍，“向陆上发报，报告这件事。继续收听。”

“是，长官。”

在苏格兰一座山上，军情八处的一个监听站也收到了那个呼救信号。无线电报务员是个因腹部受伤而从皇家空军退役的年轻人，他只能再活六个月了。他正在设法截获发自挪威的德国海军的电报信号，因而没理睬那个紧急呼救信号。不过，五分钟之后他交班的时候，顺口向指挥官提了一下。

“那个呼救信号只发了一次，”他说，“大概是苏格兰海岸外面的一艘渔船——在这种天气里，有个别的小船出了麻烦是很可能的。”

“把这件事交给我吧，”那军官说，“我要给海军挂个电话。同时，我想最好也向白厅报告一下。这是出于礼貌，你知道。”

“没错，长官。”

在皇家观察队的电台站里引起了一阵惊恐。当然，观察员发现敌机时，发的不该是呼救信号，但他们知道汤姆年纪大了，谁又说得准他一激动会发出什么信号呢？因此空袭警报的汽笛响了起来，其他各站也惊动了，苏格兰东海岸所有的防空枪炮都摇动起来，报务员发狂地呼叫着汤姆。

当然，没有德国飞机到来。陆军部想弄清楚，既然除了几只羽毛潮湿的大雁外，空中再无别物，为什么到处都响起警报？

于是他们被告知了原委。

海岸警备队也收到了那个呼救信号。

通常，在收到任何呼救信号时，海岸警备队如果能够确定发讯的位置，又如果该处位于合理的范围之内的话，都会有所行动的。

不过，经过研究判断，正如他们所料的，信号是由老汤姆发出的；这样，他们就无能为力了，因为他们能做的都已经做了。

当这一消息传到阿伯丁港中那艘快艇的甲板下打牌的水兵们中间时，“瘦子”刚发完一圈牌，说：“我来告诉你们出了什么事吧。老汤姆抓到了那个战俘，正坐在他头上，等着军队来把那家伙带走呢。”

“瞎说。”史密斯说。大家一致同意。

那艘U-505潜艇也听到了呼救信号。

它位于距风暴岛还有三十多海里的水下。当时魏斯曼正随意转动无线电的旋钮，不切实际地希望能收听到驻英美军广播网播放的音乐，不巧却刚好接收到呼救信号。他把这一情报上报给黑尔少校，还补充说："不是我们的人的频率。"

沃尔少校还守在那儿，他像以往一样激动，说："那就没什么意义了。"

黑尔不放过机会纠正他。"怎么会没意义呢？"他说，"那意味着，水面上有什么事情正在发生中。"

"但不大可能和我们有关。"

"是不大可能。"黑尔同意说。

"那就没什么意义了。"

"只能说是有可能没意义罢了。"

他们在驶向小岛的航程中一直争论不休。

于是，不出五分钟，海军、皇家观察部队、军情八处和海岸警备队都给高德里曼打了电话，告诉他那个呼救信号的事。高德里曼又给布劳格斯打了电话。

布劳格斯正在紧急起飞室里的炉火前沉睡着。电话的尖响惊醒了他，他一跃而起，还以为是飞机要起飞呢。

一个飞行员拿起听筒，对着话筒说了两次"是"，就递给了布劳格斯，"一位叫高德里曼的先生找你。"

布劳格斯说："喂，珀西。"

"弗雷德，岛上有人刚刚发出了紧急呼救信号。"

布劳格斯摇摇头，甩掉最后一丝睡意："谁？"

"我们不知道。那信号只发了一次，也没重复。而且他们根本没在接收。”

“不过，这样一来，事情就确定无疑了。”

“是啊，你那儿一切都准备好了吗？”

“只差天气了。”

“祝你好运。”

“谢谢。”

布劳格斯挂掉电话，转向那个还在读《战争与和平》的年轻飞行员。“好消息，”他告诉他，“那混蛋肯定在岛上。”

“帅呆了。”那飞行员说。

## 35

亨利关上吉普车门，慢步向房子走去。他又穿上了大卫的骑马夹克。他的裤子上因为摔倒而沾满了泥浆，头发湿漉漉地贴在头皮上。他的右脚稍有点跛。

露西从窗前退开，跑出卧室，奔下楼梯。滑膛枪还在她放的厅堂地板上。她拿起枪，突然觉得它十分沉重。她从来没开过枪，也不懂怎么检查这支枪有没有装子弹。如果有时间的话，她可以研究出来，但现在来不及了。

她深吸了一口气，把前门猛地打开。“别动！”她喊道。她的声音比她预计的还要高，听起来激动，带点神经质。

亨利笑眯眯的，继续往前走。

露西左手握着枪管，右手扣着枪栓，枪口对着亨利。她的手指放在扳机上。“我要杀死你！”她叫道。

“别傻了，露西。”他温和地说，“你怎么能伤害我呢？在我们一起做了那一切之后？我们难道不是彼此相爱的吗？”

这是真的。她曾认为自己不可能会爱上他，这也是事实；但她却确实曾对他起了某种感觉——即使那不是爱，也很接近了。

“你今天下午不就已经对我有所了解了吗？”他说，现在他只在三十码外了，“可是当时你在床上的反应也没什么两样呀，对不对？”

那是事实。一时间，她眼前出现了一幅画面：她叉开腿，跨坐在他身上，把他那两只敏感的手放到她的双乳上，然后——

“我们可以想办法，露西，我们还可以互相——”

——她扣动了扳机。

随着一声震耳欲聋的响声，枪像个活物似的在她手中跳了起来。惊慌之中，她几乎把枪失手落到地上。她从来没想到，开枪会是这样感觉。霎时间，她简直什么都听不见了。

子弹从亨利的头顶上飞过。他立刻转过身，沿着之字形路线，朝吉普车跑回去。露西禁不住想再开第二枪，但她及时制止了自己，因为她想到，要是两支枪管里都没有了子弹，他就会扭头跑回来了。

他猛地打开车门，跳进去，飞快地朝山下驶去。

露西知道，他还会回来的。

她突然感到高兴，甚至兴高采烈。她赢了第一个回合——她把他赶跑了——而她是女人！

但他会回来的。

不过，她仍然占着上风。她在房子里，而且还有枪。并且她有准备的时间。

准备。她要做好对付他的准备，下一次他会更审慎的。他肯定会悄悄爬上来。

他希望他会等到天黑，那样她就有充分的时间了。

第一步她得重新装好子弹。

她走进厨房。汤姆的东西全都放在厨房里——食物、燃煤、工具和别的备用品——而且他也有一支和大卫一样的枪。她知道两支枪一模一样，因为大卫是在看汤姆的枪之后，才托人买来一支一模一样的。两个男人曾经兴致勃勃地在一起长时间地谈论着武器的事。

她找出了汤姆的枪和子弹匣。她把两支枪和子弹匣放在厨房桌上。

机械的问题很简单，她现在确信这一点了：妇女面对着一个机器之所以会束手无策，并不是因为她们蠢笨，而是因为不懂。

她小心地摆弄着大卫的枪，让枪口朝外，最后终于在枪机处打开了枪膛。她弄明白了枪是怎么打开的之后，又练习着连续打开了几次。

简单得难以置信。

她把两支枪都装上了子弹。之后，为了证实她做得没错，她用汤姆的枪对着厨房的墙壁，扣动了扳机。

墙灰纷纷落下，鲍勃发疯似的吠叫起来，她的耳朵又震聋了，但她毕竟武装起来了。

她应该记着轻扣扳机，这样枪就不会跳动，也就不会错过目标了。男人大概是在军队里受到这种训练的。

下一步该做什么呢？她应该让亨利难以进入房子里。

露西在汤姆的工具箱里翻找着，发现了一把光亮、锋利的斧头。她站在楼梯上，砍起栏杆。

这工作使她两臂发酸，但没出五分钟，她就砍好了六根粗短的旧橡木。她找出了一把锤子和一些钉子，把前后门各用三根橡木柱钉死，每根柱上都用了四颗钉子。这件事做完之后，她的手腕酸痛难当，锤子沉得提不动，但她还有事要做。

她又拿了一把闪闪发亮的四英寸长的钉子，把房子的每一扇窗子都钉死了。他现在明白为什么男人总把钉子叼在嘴里了——那是因为他们两只手都要用来干活，抽不出空来；而要是把钉子放在口袋里，又会扎到皮肤。

她做完这一切之后，天已经黑了。她没有开灯。

他显然还是能进到房子里来，不过他不可能不弄出半点声音就进来了。他总得打破什么，这样就暴露了自己——那样，她就可以做好开枪的准备了。

她提着两支枪上楼去看乔。他还躺在汤姆的床上，盖着毯子，睡得很香。露西划着一根火柴，看着他的脸，那点安眠药药劲还真强，不过乔的脸蛋颜色和平时一样，温度正常，呼吸也平稳。“就这样睡着吧，小家伙。”露西低声说。一阵温情油然而生，她对亨利益发仇恨了。

她心神不宁地巡视了一会儿房子，透过各扇窗子向黑暗中窥视着，那条狗一直跟着她。她决定只握着一支枪，把另一支放到楼梯上头；但她把斧头束到了裤带上。

她想到了无线电，又敲了好几次紧急呼救信号。她不知道是否有人接收到，甚至不知道无线电还能不能用。她不知道别的摩斯电码了，所以无法发出别的电文。

她突然想，汤姆大概也不懂摩斯电码。他肯定会在什么地方有一本电码书吧？她在房子里到处寻找，划了十几根火柴，却什么也没找到。

算啦，汤姆大概是懂得摩斯电码的。

可是另一方面，他又何必非懂不可呢？他只要告诉陆上，有敌机接近就行了，而且这样的情报没理由能用某种方法传送出去……大卫用了个什么词来着？对，是“通话”。

她返回卧室，又看了看那部无线电。在主机的一侧，放着一个话筒，刚才仓促之间她没有看见。

如果她能和他们讲话，他们也就能和她讲话。

另一个人的声音——一个来自陆上那边的说话声——一时之间简直成了这个世界最最需要的东西了。

她拿起话筒，开始试着转动各个旋钮。

鲍勃轻轻地嗥叫了一声。

她放下话筒，摸黑向那条狗伸出手去：“怎么回事，鲍勃？”

它又嗥叫了一声。她能摸到它的耳朵直挺挺地竖了起来。她吓坏了——刚才握枪面对亨利，学会给枪装子弹，把门窗钉死……由这一切赢得的自信，随着警觉的狗那一声嗥叫全部消散了。

“下楼去，”她悄声说，“别出声。”

她拉着它的颈圈让它领着她下楼。她在暗中摸索着楼梯的扶手，忘记了扶手已经被她砍了下来钉门，差一点没摔了下去。她重新稳住身体，吮了一下被断木渣扎破的手指。

狗在厅堂里犹豫了一下，然后大声吠叫着，牵着她向厨房奔去。她抱起狗，捂住它的口鼻，不让它出声。然后便轻手轻脚地穿过门道。

她向窗口方向看去，但眼前只有一团漆黑，什么也看不见。

她倾听着。窗子在吱嘎作响：起初几乎听不见，后来声音大了。他在设法进来。鲍勃在喉咙里闷着声音威胁地咕哝着，但似乎明白了她突然用力捂住它的意思。

夜更静了。露西意识到风暴正在不为人察觉地平息下去。亨利好像已经放弃了厨房的窗口。她向客厅走去。

她听到了同样的木头吱嘎声。这一次亨利的决心似乎更大了：那儿闷声闷气地响了三次，似乎他正用手掌劈着窗框。

露西放下狗，抄起枪。也许是出于想象吧，不过她只能看出窗口在黑暗中显出灰灰的一个方块。要是他砸开窗子，她就立刻开枪。

又是一声沉重得多的响声。鲍勃挣脱控制，高叫了一声。她听到窗外有拖着脚走动的声响。

随后便是说话声。

“露西！”

她咬着嘴唇。

“露西！”

他用的是床上所用的声音：低沉、轻柔而亲密。

“露西，你听得见我吗？别怕，我不想伤害你。和我讲话，拜托。”

她强压下冲动，才没有当即扣动扳机，制止住那可怕的声音。

“露西，亲爱的……”她觉得听到了堵着的抽泣，“露西，他要伤害我——我只有杀死他……我是为我的国家而杀人的，你不该为这个恨我。”

她搞不懂这话的意思。听起来像是疯子在讲的话。难道他是个精神病人，在这两天亲热的日子里只是装出正常的样子？他原本看起来比谁都正常——谁又知道他其实早已杀过人了……难道他有什么苦衷……该死，她有点心软了，而这恰恰是他所希望的。

她想出了一个主意。

“露西，就和我说句话吧……”

她踮着脚尖走进厨房，他的声音变小了。如果亨利另有行动的话，鲍勃会警告她的。她在汤姆的工具箱中翻出了一把钳子。她先到厨房窗子前面，用指尖摸出了三颗钉子的帽，那是她刚才钉的。她小心翼翼地尽量不弄出声响，把三颗钉子拔了出来。这让她使出了全力。

她拔完钉子后，又走回客厅去倾听。

“……别阻止我，我不会……”

她尽量不出声地把厨房窗子打开。她轻手轻脚地走进客厅，把狗抱起来，又回到厨房。

“……伤害你，我绝不会那样做……”

她抚摸着狗，一次，两次，喃喃地说：“我要不是不得已，我不会这么做的，宝贝。”说完就把狗放出了窗子。

她迅速关上窗子，找到一颗钉子，狠敲了三下，把钉子钉进一个新地方。

她放下锤子，拿起枪，跑进前室，贴紧墙，靠窗子站着。

“……我给你最后一次机会——啊！”

一阵狗足的奔跑；一声令人血液凝固的犬吠，露西从来没听过牧羊犬这种叫声；一阵扭打的声响和一个大个子倒地的声音。

她听得出亨利粗声粗气的喘息声、咕哝声；然后又是狗的跑动声；一声痛苦的叫喊；用外国话咒骂的一句话；又一声犬吠。她心想要是能看见外面的情况就好了。

那声音变闷了，变远了，随后便突然止息了。露西紧贴在窗边的墙上，竖起耳朵听着。她想走开，照看一下乔，还想再试试无线电，想咳嗽，但她不敢动。她的脑海中闪过一幕鲍勃把亨利咬得血淋淋的景象，她等待着听见狗喷着鼻息扒门的声响。她看看窗子。过了一会儿她才意识到，她看见的已不仅是是个浅灰色的方块，而且还有窗框的横轴。黑夜就要过去了。黎明随时都会到来。到那时，她就能看清屋里的家具，而亨利也就再也无法趁黑惊吓她了——

就在离她脸几英寸的地方，“哗啦”一声，玻璃碎了。她跳了起来。她感到面颊上有一小块地方很疼，她伸手一摸，原来是被一块飞来的碎玻璃扎破了。她端起枪，等着亨利从窗口进来；但什么情况也没发生。只是过了一两分钟之后，她才纳闷是什么打破了窗玻璃。

她盯视着地板。在玻璃碎片中有一大团黑乎乎的东西。她发现如果从另一侧看会比正对面看得清楚。她从侧面看去，辨出原来是那条狗熟悉的身形。

她闭上眼睛，然后掉过头去。对这条忠实的牧羊犬之死，她已经无法再动任何感情。她的心已经被眼前的一切危险和一件件死亡弄麻木了：先是大卫，然后是汤姆，随后是一整夜无休止的紧张……她只感到饥饿。整整一天，她都紧张得顾不得吃东西，也就是说她已经有三十六小时粒米未进了。现在，她渴望着吃一块起司三明治。

又有什么东西伸进了窗口。

她从眼角看到后，便扭过头来直视着。

那是亨利的手。

她着魔般地瞪着那只手：细长的手指，上面没戴戒指，泥污下面的肤色白皙，修剪得很仔细的指甲，食指尖上缠着绷带。这只手曾经亲热地抚摸过她，像弹奏竖琴一样摆弄过她的肉体，但也正是这只手，曾把匕首刺进老汤姆的心脏。

这只手打破一小片玻璃，然后又是一小片，尽量把窗户玻璃上的洞扩大，随后便伸了进来，一直伸到手肘。这只手在窗台上摸索着，寻找着可以打开的窗钩。

露西竭力不出声地、极慢地把枪换到左手，然后用右手从裤带上抽出斧头，高举过头，使出全力，向亨利的手砍去。

他大概是听到了风声，或是看到了窗后黑影一闪，因为就在斧头落下前的瞬间，他把手抽了回去。

斧头劈进了木窗台里，插在那儿了。霎时间，露西以为她没砍中。但紧跟着，从窗外传来痛苦和失落的尖叫。她看到，在斧刃旁边，在涂过清漆的木头上，留着毛虫似的两截断指。

她听到脚步声跑了开去。

露西吐了。

这时疲劳向她袭来，随后便是一阵自怜。她已经吃尽苦头了，这个世界上有警察和军人应付这类局面，谁有权指望一个普通的家庭主妇这样一直拖住一个杀人凶手？如果她现在顶不住的话，谁又能指责她？谁能够凭良心说，他能够做得更好，坚持得更久，把勇敢、坚定和机智再保持一分钟呢？

她已经尽到责任了。那些在岛外的警察和军人，那些接受无线电信号的人——他们该把责任接过去了。

她把目光从窗台上那怪模怪样的东西上移开，并疲惫地走上楼去。她拿起第二支枪，把两支枪都带进卧室。

乔还在熟睡，上帝赐福他吧。他一整夜几乎没动，对身边这场惊天动地的争斗一无所知。不知怎样，她感觉得出来，他现在睡得没那么沉了：他面部的样子和他呼吸的方式使她知道，他很快就会睡醒，要吃早饭了。

她现在渴望着那种单纯的生活：早上起床，做早饭，给乔穿衣服，做那些简单、乏味、安全的家务琐事，诸如洗洗擦擦、割草、煮上一壶茶，等等。

那种生活永远不会再来了。

她曾经向往着刺激、城市、音乐、人群和各种新的思想。如今，那种渴望已经离她而去，她无法理解当初她为什么会有那些向往。现在在她看来，安宁平静理应是一个人唯一要求的东西。

她坐在无线电前面，研究着那些旋钮和指针。她打算把这唯一的一件事做完之后就不再做任何的努力了。她尽了极大的努力，迫使自己再多有条有理地思考一会儿。那些旋钮和指针的可能组合不会太多。她发现了一个双定位的旋钮，便转动一下，敲击起摩斯电码按键。没有声音。也许这意味着话筒的线路已经接通了。

她拉过话筒，对着它讲起话来："喂，喂，有人吗？喂？"

有一个旋钮上方有"发射"字样，下方则是"接收"。现在对着的是"发射"。如果外界要对她答话，显然她得把旋钮转到"接收"上。

她说："喂，有人在收听吗？"说完就把旋钮转到"接收"

上。

没有回答。

接着便是："回话，风暴岛，收到了你的声音，响亮而清楚。"

那是男人的声音，听起来年轻又健壮，能干又自信，使人放心。

"回话，风暴岛，我们一夜都在设法和你联系……你到底一直在哪里？"

露西把旋钮调到"发射"，还没说话，就大哭了起来。

## 36

由于吸烟过度和睡眠太少，高德里曼头疼了。他喝了一点威士忌来帮他度过在办公室这忧心忡忡的长夜，这是个错误之举。什么事情都和他作对：天气、他的办公室、他的工作、这场战争。自从他开始反间谍工作以来，这是第一次发现自己渴望那落满灰尘的图书馆、难以辨认的手稿和中世纪的拉丁文。

特里上校端着一个托盘，上面摆着两杯茶，走进房里来。"没人在睡觉。"他兴致勃勃地说着，坐了下来，"来点饼干吗？"他向高德里曼举过一个盘子。

高德里曼没要饼干，只喝了茶。茶水落肚，他的精神振奋了些。

“我刚接到那个吸粗雪茄的人的电话。”特里说，“他和我们一样整夜没睡。”

“我想象不出为什么。”高德里曼酸溜溜地说。

“他在担心哪。”

电话铃响了。

“我是高德里曼。”

“阿伯丁的皇家观察部队和您通话，长官。”

“好的。”

这时传来一个新的声音，对方是个小伙子：“我是阿伯丁的皇家观察部队，长官。”

“说吧。”

“您是高德里曼先生吗？”

“是。”天啊，这种军人派头可真能拖时间。

“我们终于和风暴岛联系上了，长官。”

“谢天谢地！”

“那不是我们原先的观察员，而是个女人。”

“她说什么了？”

“还没说呢，长官。”

“你这话是什么意思？”高德里曼强压下他心中升起的火气。

“她只是……唉，哭个不停，长官。”

“哦，”高德里曼犹豫了一下，“你能给我接通她吗？”

“能。别挂断。”电话中传来几声咔嗒声，然后嗡地一响。这时高德里曼听到了一个女人的哭泣声。

他说：“喂，你听得见我说话吗？”

哭泣声继续着。

小伙子又回到线路中，插了句话：“她得调到‘接收’上才能听到你，长官——啊，她已经调好了。讲吧。”

高德里曼说：“喂，年轻的女士。我讲完以后会说‘完毕’，这时你就调到‘发射’上和我讲话，你讲完说声‘完毕’再调到‘接收’上，听明白了吗？完毕。”

那女人的声音传了过来：“哦，感谢上帝，总算有了明白人。是的，我明白。完毕。”

“这就对啦，”高德里曼轻柔地说，“告诉我那儿出了什么事。完毕。”

“两天——不，三天前，一个人船只遇难来到这里。我认为他就是那个从伦敦来的用锥形匕首杀人的凶犯。他杀死了我丈夫和我们的牧羊工，现在他就在房子外面，但这儿还有我的小男孩……我把窗户钉死了，还用滑膛枪向他开了枪。我关上了门，放狗出去咬他，他把狗也杀死了，他想从窗口进来，我用斧头砍了他，我再也无能为力了，所以请赶快救我……完毕。”

高德里曼用手捂住话筒。他的面色苍白了。“这可怜的女人。”他低声说了一句。他开始和她讲话，就干脆得很了，“你要多坚持一会儿，已经派出海军、海岸警备队、警察和各式各样的人向你那里进发了，但他们只能在暴风雨停止后才能登陆。现在，我有些事情要你做，而我又不能讲明为什么，因为可能有人在偷听我们的讲话，我只能告诉你，我要你做的事是绝对必要的。你听清我的话了吗？完毕。”

“听清了，请继续说。完毕。”

“你得毁掉你的无线电。完毕。”

“哦，不要，求求你……我一定要这样做吗？”

“一定。”高德里曼说，这时他意识到她还在发射。

“我不……我不能……”接着是一声尖叫。

高德里曼说：“喂，阿伯丁，出什么事了？”

小伙子的声音传来：“那台无线电还在发射，长官，但她没有讲话。我们什么也听不见。”

“她尖叫了一声。”

“我们也听到了。”

“好的。”高德里曼想了片刻，“你们那边天气怎么样？”

“在下雨，长官。”小伙子听起来很困惑。

“我不是想和你聊天，小伙子，”高德里曼厉声说，“暴风雨有停息的迹象吗？”

“刚刚小了点，长官。”

“好的。那女人一讲话，马上就接通我。”

“好，长官。”

高德里曼对特里说：“天晓得那女人在那儿经历了什么。”他敲打着电话的按键。

上校跷起双腿：“只要她能毁掉无线电就行了……”

“那我们就不在乎她的生死？”

“这是你说的。”

高德里曼对着话筒说：“给我接通罗希思的布劳格斯。”

布劳格斯一惊而醒。外面，天已经亮了，四周一片寂静。

雨水已经停止敲铁片屋顶了。

布劳格斯走到窗前。灰色天空的东方地平线出现了一条白色的光带。风突然停了，雨也变成了毛毛细雨。

飞行员开始穿起飞行夹克，戴上飞行帽，系好靴带，点燃最后一支香烟。

播音器响了起来，一个低沉的声音响彻机场上空："紧急起飞！紧急起飞！"

电话铃响了。飞行员没人去接，自顾自列队出门。布劳格斯拿起话筒。"喂？"

"我是珀西·弗雷德。我们刚刚和岛上通过话。他杀了岛上的那两个男人。那女人这时还拖着他，但是她坚持不了多久了。"

布劳格斯说："雨已经停了。我们马上就起飞。"

"尽快地，弗雷德。再见。"

布劳格斯挂断电话，四下找他的飞行员。查尔斯·卡尔德已经拿着《战争与和平》睡着了。布劳格斯用力摇着他："醒醒，你这瞌睡虫，醒醒！"

他睁开了眼睛。

布劳格斯真想揍他一下："醒醒，起来，我们要走了，暴风雨停了！"

那个飞行员一跃而起，说："帅呆了。"

他跑出屋门，布劳格斯紧随在后。

救生艇落入水里，溅起一个宽大的V型水花。远处的大海并不平静，但在海湾的环抱之中，有经验的水兵所操作的小艇是不会有什么危险的。

舰长说："走吧，大副。"

大副和另外三个水兵站在栏杆旁。他佩着一支有防水套的手枪，说："咱们走吧，兄弟们。"

四个人爬下舷梯，进了小艇。大副坐在船尾，三个水兵取下桨，划起水。

舰长看了一会儿他们朝小码头稳定前进。随后他就回到舰桥上，命令巡洋舰继续绕岛巡航。

刺耳的铃声打断了快艇上的纸牌戏。

"瘦子"说："我看有点不一样了。我们上下颠簸得不那么厉害了。真的，简直一动也不动了。我倒觉得要晕船了。"

没人听他讲话：船员们都在匆匆奔向各自的岗位，一些人边走边系紧救生衣。

引擎吼叫了一声，启动了，能够察觉到船稍稍有点震颤。

在甲板上，史密斯站到船艄，在下面憋了一天一夜之后，正高兴地呼吸着新鲜空气，迎着扑面而来的水花。

快艇离开了港湾，"瘦子"站到了他身边。

"我们又要出海了。""瘦子"说。

"我当时就有预感要响铃了，"史密斯说，"你知道为什么吗？"

"为什么？"

"你知道我手里当时拿着什么牌吗？一张A和一张K。"

"这可是最大的二十一点。""瘦子"说，"我可从来没拿到过。"

温纳·黑尔海军少校看看手表，说："三十分钟。"

沃尔少校冷漠地点点头。"天气怎么样？"他问。

"暴风雨已经停了。"黑尔不情愿地说。他宁可对这一消息秘而不宣。

"那么，我们该浮上去了。"

"如果你们那个人在那儿，他该给我们发信号。"

"战争不是靠'如果'打赢的，舰长。"沃尔说，"我坚决提议，我们要浮出海面。"

U型潜艇在基地时，黑尔和沃尔两人各自的上司曾激烈地争吵过；沃尔的上司赢了。黑尔虽然还是舰长，但他接到不容置疑的命令，今后如果不理睬沃尔少校坚决的建议，最好他妈的找个充分的理由。

"我们将在六点整准时上浮。"

沃尔又点点头，眼睛转向一旁。

## 37

先是打碎玻璃的声音，随后又是燃烧弹爆炸般的声音——

轰隆！

露西撇下了话筒。楼下出了什么事。她抄起一支滑膛枪奔了下去。

客厅一片火光。火是从地上的一个破罐子里着起来的，亨利用吉普车的汽油制了这个炸弹。火焰在汤姆那条磨得只剩底板的地毯上迅速蔓延，并舔向他那三件旧式家具松垂的罩布。一个羽毛靠垫着了火，火苗蹿向天花板。

露西拿起那个靠垫，从破窗口中抛出去，把手烧伤了。她把上衣脱下来，扔到地毯上，在上边踩着。火灭了，她把上衣捡起来，向雕花沙发上一扔。她获胜了——

又是一声打碎玻璃的声响。

是从楼上传来的。

露西尖叫："乔！"

她冲上楼梯，进入前面的卧室。

亨利坐在床上，把乔抱在膝头，孩子醒了，吮着拇指，一副早醒睁大眼睛的样子。亨利抚摸着他那乱蓬蓬的头发。

亨利说："把枪扔到床上，露西。"

她的肩头因失败而下垂，她照他说的做了。

亨利从膝头上把乔放下。"去找妈妈。"

乔向她跑去，她把他抱起来。

亨利拿起两支枪，向无线电走去。他把右手挟在左腋下，他的夹克上有一大片红色的血迹，他坐下去。"你伤了我。"他说。随后他便把注意力转到无线电上。

突然无线电传出声音："回话，风暴岛。"

亨利拿起话筒："喂？"

"等一等。"

一阵停顿之后，另一个声音传来。露西听出来是伦敦那个人：刚才要她毁掉无线电的那个。他一定对她失望了。那声音说："喂，这里还是高德里曼。你能听见我说话吗？完毕。"

亨利说："能，我能听见你，教授。最近又参观了什么好的大教堂了吗？”

“你是……”

“对，你好啊。”亨利微笑了。他的笑容随即消失，仿佛逗趣已经结束，他开始去调无线电的频率。

露西转身离开了房间。完了，她败了。她无精打采地下楼，进了厨房。她已经无能为力，只有等着他来杀她了。她不能跑走——她已经没那份力气了，而且他显然对此了然于胸。

她向窗外望去。暴风雨已经停息。怒吼的狂风变成了劲吹的和风，雨也不再下了，东方的天际明亮，看来太阳就要照射大地了。大海——

她皱起眉，又望出去。

对，那是一艘潜水艇。

毁掉无线电。那位教授是这样说的。

昨天夜里，亨利曾经用外国话咒骂过。

“我是为我的国家这样做的。”他曾经说。

还有，在他昏迷不醒时，还说过：守在加来对岸的是一支假军队。

毁掉无线电。

一个人出海捕鱼时何必要带着底片呢？

她一直清楚，他没有精神不正常。

那艘潜艇是德国潜艇，亨利是个德国间谍，他这会儿就是正在设法用无线电和潜艇联络。

毁掉无线电。

她明白她该做什么了。她既然已弄清楚了，就无权放弃，因为赌注不只是她的一条性命。她必须为大卫和在战争中牺牲的所有年轻人再做好这最后一件事。

她明白她该做什么了。她本该把乔放到他看不见的什么别的地方，可是来不及了，因为亨利随时都能找到他的频率，那可就太迟了。

她明白她该做什么了。她必须毁掉无线电，但无线电在楼上亨利的手里，而且他掌握着两支枪。

她明白她该做什么了。

她把汤姆厨房的一把椅子放到房间中央，站上去，伸手转下灯泡。

她从椅子上下来，走到门口，打开电灯开关。

“你要换灯泡吗？”乔说。露西爬上椅子，迟疑了一下，然后便把三根手指插进带电的灯座。

随着“砰”的一响，她感到极度痛苦，之后便失去了知觉。

费伯听到了那砰的一响。他已经在无线电上找到正确的频率，而且把旋钮对准了“发射”，拿起了话筒。他正要讲话时，传来那砰的一声。无线电表盘上的灯当时就都灭了。

他怒容满面。她把整座房子的电源都弄短路了。他没料到她还有这样的头脑。

他该先把她杀死的。他到底见什么鬼了？他从来没有犹豫过，从来没有过的，直到这次遇到了这个女人。

他拿起一支枪，走下楼去。

那孩子在哭。露西躺在厨房门口的地板上，身上冰冷，失去了知觉。费伯注意到了空的电灯插座和下面的椅子。他惊讶地皱起眉头。

她用自己的手造成了短路。

费伯说："老天爷。"

露西的眼睛睁开了。她全身都感到疼痛。

亨利双手握抢，站在她上方。他说："你为什么要用手？为什么不用螺丝起子呢？"

她说："我不知道可以用螺丝起子。"

他不可思议地摇了摇头："你可真是个令人惊讶的女人。"他举起枪，瞄着她，又放了下去，说了声："该死！"

他的目光移向窗户，吃了一惊。

"你看见潜艇了。"他说。

她点点头。

他紧张地站了一会儿，随后便向门口走去。他发现门钉死了，就用枪托砸开窗子，爬了出去。

露西站起身。乔伸出双臂，抱住她的大腿。她觉得没力气抱起他来。她蹒跚地走到窗前，向外望去。

亨利向悬崖跑去。那艘U型潜艇还在那里，离岸大约有半英里。亨利走到了崖边，翻身过去。他打算游到潜艇那儿去。

露西得制止他。

她从窗子爬出去，不顾她儿子的哭叫，向亨利追去。

她到达崖边时，便卧倒下来，向下面看去。他正爬到在她和大海的中间位置。他向上望时，看到了她，愣了一下，然后便迅速地移动，快得有点危险了。

她的第一个念头是跟在他后面爬下去。但下一步她该做什么呢？即使她抓住他，也拦不住他。

脚下的地面松动了一下。她又爬回来，唯恐会连她一起滚下悬崖。

这倒使她想到了一个主意。

她用双拳捶打着石头地面，那儿好像动摇了一点，还出现了一道缝隙。她用一只手扣住崖边，把另一只手插进缝隙。一块西瓜大的石灰石在她的双手下松动了。

她向崖外看去，瞧见了亨利。

她认真地瞄准了一下，然后把石头向下抛去。

石头似乎往下落得很慢。亨利看到了石头向他落下，用一只手臂遮住头部。看来砸不到他了。

石头差一两英寸。没砸到他的头，却击中了他的左肩。他原先正好是用左手抓着崖壁，这一来便松了手。他那只有伤的右手乱挥，想抓住崖壁，随后他便划出崖壁，先是双臂悬空，接着两脚也从窄窄的立足点上滑落，一下子整个人都悬了空，最后，他像块石头似的掉落到了下面的石滩上。

他没有发出任何喊叫。

他落到了凸出水面的一块平平的石头上。他的身体撞到石头上的那声响让人感到恶心。他仰跌在那里，像是个破娃娃，两臂向外伸出去，头歪成一个不可能的角度。

有什么东西从他身体里流到了石头上，露西扭过头去。

她杀死了他。

之后，一切都在瞬间发生了。

空中响起马达的吼声，三架机翼上带有皇家空军圆圈标志的飞机从云层中飞出，向U型潜艇俯冲，机上的枪炮开火了。

四名水手爬上山，朝房子慢步走来，其中一个还喊着：“左——右——左——右——左——右。”

另外一架飞机降在海面，从舱里出来一只小艇，一个身穿救生衣的男人划着小艇向悬崖而来。

一艘小型军舰从岬角绕过来，向U型潜艇逼近。

U型潜艇潜入了海中。

那艘小艇撞到崖脚的石头上，一个人跳出来，检查着亨利的尸体。

她认出那是一艘海岸警备队的快艇。

一名水兵走到她前面说："你没事吧，小姐？不过有个小女孩在房子里哭着要妈妈。"

"他是个男孩，我该给他剪头发了。"她毫无理由地笑了。

布劳格斯调整着小艇，对准崖脚下的尸体。船撞到石头上，他爬出来，跳到那块平石上。

他看到了"针"。

他彻底死了。他在撞到石头上时，头盖骨像玻璃杯似的跌碎了。布劳格斯凑到近处看看，发现那个人在摔死前已经伤痕累累了：他的右手残缺不全，脚踝上也有伤。

布劳格斯搜查了尸体。不出所料，那把锥形匕首插在鞘里，捆在左前臂上。在那件血渍斑斑、看来很昂贵的上装内袋里，布劳格斯找到了皮夹、证件、现金和一个小底片盒，里面是二十四张三十五毫米的底片。他把底片对着越来越亮的光线察看：就是费伯送到葡萄牙大使馆的信封中那些照片的底片。

崖顶的水手抛下了一根绳索。布劳格斯把费伯的东西都放进自己的口袋，然后用绳索捆好尸体。他们把尸体拉上去，又放下绳索给布劳格斯。

他上到崖顶后，一名水兵说：“你把他的脑浆漏在石头上了，不过没关系。”

那名海军少尉作了自我介绍，他们一起向山顶上的小房子走去。

“我们没有碰任何东西，怕破坏现场。”那带队的水兵说。

“用不着担心，”布劳格斯告诉他，“不会起诉的。”

他们穿过打破的厨房窗户进到屋里。那女人坐在一张桌子的旁边，膝头抱着一个小孩。布劳格斯朝她微笑。他想不出该说什么。

他迅速打量了一下这栋房子。这里简直是座战场。他看到的是：钉死的门窗，燃烧的余烬，割断脖子的狗，两支滑膛枪，砍断的楼梯扶手，楔进窗台的斧头，旁边还有两截断指。

他想：她是个什么样的女人啊？

他吩咐水兵们去工作：一个人去打开门窗和整理房间；一个人去换烧掉的保险丝；第三个人去煮茶。

他坐到那女人的前面，端详着她。她穿着不合身的男士衣服，头发湿答答的，脸上尽是脏污。尽管如此，她依然美貌出众，鹅蛋脸上长着一双可爱的琥珀色大眼睛。

布劳格斯朝孩子笑了笑，非常轻柔地对那女人说：“你所做的这些，对这场战争极端重要。过两天我会解释这有多重要。不过现在我得问你两个问题。行吗？”

她的目光集中到他身上，过了一会儿，她点点头。

“那个费伯用电台和U型潜艇联络上了吗？”

那女人满脸迷茫。

布劳格斯在他的裤袋里找出一块奶油糖。他问：“我可以给这孩子一块糖吗？他看来已经饿了。”

“谢谢你。”她说。

“现在说说吧：费伯和U型潜艇联络上了吗？”

“他叫亨利·贝克尔。”她说。

“啊，好吧，他联络上没有？”

“没有。我把电弄短路了。”

“这做得很聪明，”布劳格斯说，“你是怎么弄的？”

她指了下他们头顶上的空灯座。

“用螺丝起子吗？”

“不是。”她莞尔一笑，“我没那么聪明。我用的是手指。”

他惊愕地看了她一眼。太可怕了。他把这念头逐出脑海。“好吧。你认为U型潜艇上的人可能看到他从悬崖上掉下去吗？”

她脸上露出聚精会神思考的神情。“没有人走出舱口，”她说，“他们有没有可能从潜望镜里看到他呢？”

“不会，”他信心十足地说，“这可是个好消息。这意味着他们不知道他已经被抓到了，并且……不中用了。反正……”他匆忙换了一个话题。“你经历了在前线作战的男人才可能会遇到的艰险。我们打算把你和孩子送到陆上的医院去。”

“好的。”她说。

布劳格斯问那个带队的水兵：“这儿有什么交通工具吗？”

“有——下面那片小树中有一辆吉普车。”

“好极了。请你把他们送到小码头上，让他们上你们的船好吗？”

“没问题。”

“好好待他们。”

“当然。”

布劳格斯又面对着那女人。他感到自己对她产生了极大的仰慕。她这时看上去极为柔弱和无助，但他深知，她不仅美貌动人，而且勇敢坚强。他一时激动，拎起她的手。“你在医院住上一两天之后，便会觉得十分沮丧。那就是你好转的征候。我不会远离你的，而且医生会告诉我你的状况。我想和你再深谈一下，但要等你觉得高兴谈的时候再说。好吧？”

她终于对他微笑了，简直让人觉得火一般地温暖。“你真是好人。”她说。

她站起身，抱着孩子出了屋。

“好人？”布劳格斯喃喃自语，“天哪，这是个什么样的女人啊。”

他上楼走到无线电前面，调到皇家观察部队的频率。

“风暴岛在呼叫，完毕。”

“回话，风暴岛。”

“请给我接伦敦。”

“稍等。”长长的一阵停顿之后，传来了熟悉的声音，“我是高德里曼。”

“珀西。我们抓到了那个……走私犯。他死了。”

“妙极了，妙极了。”高德里曼的语调是透着胜利的喜悦，“他和同伴联络上了吗？”

“几乎可以肯定没有。”

“干得漂亮，干得漂亮！”

“别祝贺我，”布劳格斯说，“我赶到这里时一切都已结束，只剩下整理房间了。”

“那么是谁杀死他的呢？”

“那个女人。”

“哦，老天。她是个什么样的女人啊？”

布劳格斯露齿而笑：“她是女英雄，珀西。”

高德里曼大声笑了出来：“我想我明白你的意思啦。”

## 38

希特勒站在落地窗前，眺望着外面的山色。他穿着淡灰的军装，面容憔悴沮丧，夜里他刚召唤过他的医生。普特卡梅海军上将敬礼后说：“早安，元首。”

希特勒转进身来，紧盯着他的大本营助手。那一双小眼睛向来都让普特卡梅感到神经紧张。希特勒说：“接回‘针’没有？”

“没有。接头点出了些麻烦——英国警察正在追捕走私犯。不过，看来‘针’当时没在那里。几分钟之前，他发来了一份电报。”他呈上一张纸。

希特勒接过电文，戴上眼镜，读了起来：

你们定的接头地点不安全，蠢透了。

我受了伤，用左手发报。美国第一集团军在巴顿指挥下集结在东英吉利亚。

兵力如下：二十个步兵师、五个装甲师、大约五千架飞机，另有泊在沃什湾的必需的运输舰艇，将于六月十五日进攻加来。向威廉致意。

希特勒把电报还给普特卡梅，叹息了一声：“如此看来，毕竟还是加来。”

“我们能信得过这个人吗？”助手问道。

“绝对可信。”希特勒转过身，穿过房间，走到一把椅子前面。他的动作僵硬，看似十分痛苦。“他是个忠诚的德国人。我了解他的家庭。”

“可是您的直觉……”

“哎……我说过我会相信这个人的情报，我当然就要相信。”他做了个让人退下去的手势。“告诉隆美尔和伦德施泰德，他们不会有装甲部队了。叫医生过来。”

普特卡梅又敬了礼，出去传达命令了。

# 尾声

一九七〇年世界杯足球赛的准决赛中，英格兰队败给了德国队，老爷爷对此十分恼火。

他坐在彩色电视机前，抖着胡子，冲着电视里的评论员训话："要狡猾和隐蔽！这样才能打败德国佬！"

直到孙儿们来了，他的火气才消了。乔的那辆白色的捷豹汽车驶到这栋朴实的住宅门前车道上停了下来，小大卫跑进来坐到爷爷的膝头，扯着他的胡子。其余的便正经地鱼贯而入：大卫的小妹妹丽贝卡，乔的太太安，然后是乔本人。他穿着小羊皮夹克，一副春风得意的样子。奶奶从厨房出来迎接他们。

乔说："你看那场足球赛了吗，爸？"

"糟透了，"爷爷说，"我们的球员全是废物。"他退役后空闲时间多了，对体育发生了兴趣。

乔抹了一下髭须说："德国人比我们踢得好。他们的球踢得很棒。我们没办法每次都赢。"

"别在我面前讲他妈的德国人的好话。"爷爷说。

乔咧嘴笑了："我和德国人有不少生意往来呢。"

奶奶的话音从厨房里传来："别惹他谈这些，乔！"她装作快耳聋了，但没什么她听不见的。

“要狡猾和隐蔽：这样才能打败德国佬。”爷爷对坐在他膝头的孙子又说了一遍。其实那并不是他的亲孙子，因为乔不是他亲生的，“我们在那场战争中就是这样才打败他们的，小大卫——我们骗了他们。”

“你们怎么骗他们的？”小大卫问。

“嘿，我们让他们以为——”爷爷的声音变得低沉、诡秘了，听得那孩子咯咯直笑，“我们让他们以为我们要进攻加来——”

“那是在法国，不在德国。”

安嘘着他：“让爷爷讲他的战争故事。”

爷爷继续说：“我们让他们以为我们要进攻加来，于是他们就把他们所有的坦克和士兵都放到那儿啦。”他用一个靠垫当法国，一个烟灰缸当德国，一支铅笔刀当盟军，“其实我们进攻的是诺曼底，而那里没有人，只有老隆美尔和几支破枪！狡猾和隐蔽，懂了吗？”

“他们没发现这个骗局吗？”小大卫问。

“他们差一点就发现了。事实上，有一名间谍就发现了。如今没多少人知道那件事了，可是我知道，因为打仗的时候，我是抓间谍的。”

“那个间谍怎么样了？”

“没等他把情报说出去，我们就打死了他。”

“是你打死他的吗，爷爷？”

“不是——是你奶奶。”

小大卫的眼睛睁大了。“奶奶杀死了他？”

奶奶端着一把茶壶走了进来，说：“弗雷德·布劳格斯，你是不是又在吓唬孩子们？”

“他们难道不该知道吗？”他抱怨着，“她还得了一枚勋章呢，你们知道吗？她不告诉我她把勋章藏到了哪里，因为她不愿意让我向客人炫耀。”

奶奶在倒茶：“事情都过去了，最好还是忘掉吧。反正，从这件事里我们没得到多大好处。”她递给爷爷一杯茶和托盘。

他握住她的一只手臂拉着她。“还是有些好处的，”他说。他的声音一下轻柔了，上年纪人的那种坏脾气全都不见了，“我遇见了一位女英雄，还娶了她。”

他们对视了一会儿，她那一头秀发如今已经灰白，梳成了发髻。她发福了。多年来，她的服装都是时髦动人的，但她已不再有穿时装的身材了。不过，她的眼睛依然如故：大大的，琥珀色，美丽出众。

现在，那双眼睛正回视着他，他们全都一动也不动，沉浸在往事的回忆里。

这时，小大卫跳下爷爷的膝头，把那杯茶碰翻在地，爷爷和奶奶这才回过神来。